U0835359

本书获暨南大学2013年度学科建设计划资助

# 《华文文学新视野》编辑委员会

饶芃子　杨匡汉　王列耀

刘　颖　范俊军　吴奕锜

New Vision of Chinese Literature

# 华文文学新视野

《暨南学报》“台港澳及海外华文文学研究”栏目论文选集

第一辑

中国世界华文文学学会
《暨南学报》编辑部

选编

暨南大学出版社
JINAN UNIVERSITY PRESS

中国·广州

**图书在版编目（CIP）数据**

华文文学新视野：《暨南学报》“台港澳及海外华文文学研究”栏目论文选集．第1辑/中国世界华文文学学会，《暨南学报》编辑部选编．—广州：暨南大学出版社，2013.5

ISBN 978－7－5668－0693－2

Ⅰ.①华…　Ⅱ.①中…②暨…　Ⅲ.①华文文学—文学研究—世界—文集　Ⅳ.①I106－53

中国版本图书馆CIP数据核字（2013）第178454号

出版发行：暨南大学出版社

**地　址**：中国广州暨南大学
**电　话**：总编室（8620）85221601
营销部（8620）85225284　85228291　85228292（邮购）
**传　真**：（8620）85221583（办公室）　85223774（营销部）
**邮　编**：510630
**网　址**：http：//www.jnupress.com　http：//press.jnu.edu.cn

**排　版**：广州市天河星辰文化发展部照排中心
**印　刷**：佛山市浩文彩色印刷有限公司

**开　本**：787mm×960mm　1/16
**印　张**：15.75
**字　数**：282千
**版　次**：2013年5月第1版
**印　次**：2013年5月第1次

**定　价**：39.80元

**（暨大版图书如有印装质量问题，请与出版社总编室联系调换）**

# 目　录

# 海外华文文学与比较文学

饶芃子

**【摘　要】** 海外华文文学是一种世界性文学现象。海外华文作家都是在双重文化背景中写作，他们的作品中常常有两种文化的“对话”，需要以跨文化的眼光去对其审视和观照。为了探究海外华文文学丰富多彩的文化和美学的价值，应当引进比较文学的多维比较方法。在海外华文作家笔下，有一些不同族群的人物形象，这是一种文化的现实描述，是一种文化对另一种文化的解读和诠释，对其进行分析、追问，会给海外华文文学提供新的理论研究空间。

**【关键词】** 海外华文文学；跨文化；多维比较

海外华文文学和比较文学是两个不同的学科，但由于这两个学科的对象都是跨国别、地区的，都具有世界性、开放性的特点，因而有许多交叉和可以相互跨越的学术视点，如若有意识地让这两个学科相接轨，既有助于拓展比较文学的学术领域，又能在某种程度上深化和扩大海外华文文学的研究成果。

事实上，20 世纪 90 年代以来，在比较文学的高层学术研讨会上，已陆续出现了一些这两个学科交叉的学术论文。1993 年，在“中国比较文学学会第四届年会暨国际学术研讨会”上，讨论“本土文化与外来文化间的关系”问题时，不少学者认为，这个问题的核心是对待两种文化接触的态度，两种文化可以是不同国家的文化，也可以是一个国家内的主流文化与非主流文化，而对后者进行的探讨中，就涉及海外华文文学在各居住国的边缘状态，以及其是否被所在国主流文化所接受的问题。与会者还就美国华文文学处境问题展开讨论。1996 年，在“中国比较文学学会第五届年会暨国际学术研讨会”上，笔者和澳大利亚悉尼大学肖红教授等五位学者向大会提交了这个方面的论文，大会学术组还专门安排了一段时间研讨海外华人作家的写作问题。中国比较文学学会会长、北京大学乐黛云教授在大会的总结发言中特别指出：“海外华文文学是比较文学即将要去拓展的领域。”1999 年 8 月，在四川举行的“中国比较文学学会第六届年会暨国际学术研讨会”上，大会学术组把“异质文化背景下的华人文学”作为研讨会的重要命题之一，并且收到了 12 篇这方面的学术论文。由于论题新颖，讨论十分热烈，成为研讨会的一个学术热点。此外，自 1991 年以来，全国性刊物《中国比较文学》还开设了“海外华人文学研究”专栏，专门刊登和介绍这方面的研究成果。从上述这些情况看，海外华人文学（包括海外华文文学和海外华人用其他语种创作的文学作品）的研究，已被比较文学界所接受，并且把它作为一个新的正待拓展的领域在推动。

相对而言，在如何把比较文学的理论和方法引进海外华文文学研究领域方面，人们关注较少。本文提出和要讨论的问题是：把比较文学的理论和方法投射于海外华文文学这个特殊的空间，海外华文文学研究可能产生或出现哪些深化和更新。

我国学者对海外华文文学的研究，起始于 20 世纪 80 年代初，至今已有近二十年的历史。二十年来，我们经历了海外华文文学的“命名”，对海外华文文学和华人文学“空间”的界定，对海外华文文学历史状态和区域性特色的探索，海外华文文学与中华文化关系探源，海外华文文学地区史、国别史、理论批评史的撰写等，已经有了丰硕的成果。近几年，已有学者在进行海内外华文文学的整体研究，还出现了海外华文文学诗学层面的论文和著作。所有这些都充分表明，这个领域的学术研究正在不断扩展和深入。但是，在这世纪之交，我们如何加速研究的步伐，对这个非常特殊的汉语文学书写空间及它所蕴含的内在的丰富性作更深的挖掘和多样性的展示，就有一个进一步拓展视野和更新观念、方法的问题。比较文学本质上是一种跨界限的文学研究，世纪视野、开放意识、跨文化、跨国别、跨学科的研究是它的最主要的特征。海外华文文学作为一种世界性的文学现象，在未来世纪，如能借鉴比较文学的理论和方法进行研究，将会促使海外华文文学这一现象的生成和深化，得到更多方面的理论诠释。

从海外华文文学研究领域的实际出发，引进、借鉴比较文学的理论与方法之所以是可能和可行的，是因为海外华文文学作家都是在双重文化背景中写作的，他们的作品中常常有两种文化的“对话”，极需要以跨文化的眼光去对其审视和观照。海外华文作家在本土以外从事汉语写作，他们是处在居住国主流文化的“他者”，面对两种文化的接触，既有一个自身群体文化归属的问题，也希冀能建立同主流文化交流的平等对话模式，但这在现实生活中的主流与非主流文化沟通中是很难实现的。因为在权力结构中，主流文化的话语权远远超过了非主流文化的话语权。这就使处于非主流文化的“他者”要自找出路：一是保持本民族的文化传统，在边缘状态求生存；二是与主流文化认同，通过各种方式去化解、协调与主流文化的各种矛盾、冲突；三是相互兼容、互识互补，这往往是在一些文化差异不大的国家和地区才可能达到。但无论处于何种状态，都有一个不同文化相遇、碰撞、影响和融合的问题，而这些就会以各种形式反映在他们创作的文学作品中，并非是以本土的单一文化的眼光所能深刻理解的。由于海外华文作家所在国国情不同，作家个人的文化身份不同，他们的文化生存状态和对文化所采取的态度也不尽相同，因而在文学中对两种文化的隔阂、碰撞及其生存状态的感觉和表现就个个有别。为了把握这一研究领域的更具特色的问题，比较文学的多维度比较方法，应是我们进行研究极为重要的方法。

海外华文文学的根是中华文化。生活在西方的华文作家，因为原先的母体文化同所在地区、国家的客体文化相差较大，而且西方社会主流文化总是居高临下“俯视”东方，加上有种族方面的歧视，使主流文化很难同客体文化平等对话或完全认同，他们不得不承受许许多多的压力，在他们的作品里，充满“放逐”的酸涩和文化疏离的痛苦，既有个人生活的浪子悲歌式的抒写，也有对中西文化差异的思考和对文化上平等对话的追求。当然，也不排除一些主要接受西方教育的华人作家，或者是在国外出生的第二代、第三代华人，有可能完全倾向于西方的文化立场，他们对本民族文化只是作为一种纯然的个人和历史的记忆来书写。在东南亚地区，由于华人移居较早，数量多，文化交流频繁，而且有一定的社会经济基础，兼之这一地区的大多数国家过去曾存在于殖民体系的掠夺之中，不像西方世界那样有强烈的文化优越感，华文作家在这些地区生活和创作，虽不无文化疏离和阻隔，但经过不断调整，还是能走上两种文化相互兼容、互识互补的道路。这就自然形成了不同地区、国家华文文学的不同特色。

海外华文作家移居海外，原因是复杂多样的，在他们的背后，隐藏着政治、历史、种族、文化、经济之间的无数纠葛，其作品便承担着各种关系的交织。所以，在这个特殊的华文文学空间里，充满着异域感、流亡、放逐、陌生和对故土的回忆。他们在异国他乡坚持用汉语写作，实际上是一种生存意志的体现，是在异质文化环境里为消除陌生感、不安全感而努力建构自己的精神家园，是对本民族文化理想的诉求。美国著名华文作家聂华苓就曾说过：“汉语就是我的家。”瑞士华文作家赵淑侠、泰国华文作家司马攻、新加坡诗人陈松沾，都曾在他们的文章中表达对母体文化的这种深切感受。在他们的作品里，我们不断相遇那些跳荡的、寻找着的心灵，在主流与非主流之间、边缘与中心之间、现代与传统之间，心灵的呼应千姿百态，思想更是一条条方向各异的小路，伸向幽昧或明亮的地带。文学以其特有的形态，给人们留下了各种各样细微、深邃的心灵感触，使我们从中感受到文化的归属和认同对于那些生活在家园以外的人意味着什么。

为了探究海外华文文学的存在及其意义，展示其丰富多样的文化和美学价值，显现域外特性，我们可以在研究中引进比较文学多维比较的方法，既将其与中国本土文学相比较，研究其传播、影响和在各个不同国家、地区延伸、发展的状态，探索世界华文文学发展的脉络，以及与不同民族文化接触、变异和被认同的程度；也可以将中国本土以外各个国家、地区的华文文学相比较，研究不同国别、地区华文文学作品中的美学模式、风格、文学语言的衍变史，研究它们如何在特有的社会文化环境中产生这种蜕变；还可以将一个国家、地区不同时期、性别或同一个时期的不同华人作家群体进行比较，探索他们在异质文化背景下的创作状况，特别是在主流文化与非主流文化的碰撞，或同其他非主流文化的接触中，对本民族文化所采取的态度，以及所作出的文学反映与选择，寻求其异同。通过这种多维的比较，从总体上更深、更广地认识、把握这一特殊空间文学的多样性和丰富性，把这些植根于海外生活经验的文学转化为一种域外汉语诗学，进一步去促进其未来的发展。

在海外华文文学的想象空间，有许多不同文化相遇、碰撞和融合的印记，对文学想象中不同民族文化影响的研究，是海外华文文学研究领域中一个尚未“开封”而具有深远文化意义的命题。在阅读、研究海外华文文学作品的过程中，我们发现，在海外华文作家笔下，也塑造了一些所在国不同族群的人物形象，如黑人、白人，泰人、菲律宾人、马来人、印度人等，还有华族与其他族群的混血儿。从这些人物形象中，我们接触到不同文化体系的文学作品如何构造异族艺术形象的问题。分析、追寻、研究这些文学中的文化现象，从中可以看到华族文化与异族文化相遇时的各种不同状态，也有助于了解作家在两种文化接触时所采取的态度，更重要的是可以将其作为一种文化“对话”的依据，给海外华文文学提供新的理论研究空间。

研究“一国文学中所塑造或描述的‘异国’形象”[1]是法国比较文学的奠基者之一让—马丽·卡雷提出来的。他认为，对不同国家文学的关注，“要有文化中的异国层面的对话”，应重视“民族间的相互看法”、“想象间的相互诠释”。[1]卡雷的主张，推动了文学作品中异国形象的研究，把比较文学意义上的形象学从一般的“形象”研究中凸现出来，人们开始注意：文学怎样以变化多端的形式表现异国、异族，塑造不同于本民族的“他者”形象。近年，形象学在国外，特别是在欧洲大陆发展迅速，已引人瞩目。笔者正是在这一理论的引导下关注到海外华文文学中的这个命题。

海外华文作家的创作，处在自我与“他者”、本土与“异域”关系的自觉意识之中，即使这一意识有时并不那么强烈。他们所创造的艺术形象，是根据两种不同文化间的差距所作的文学想象，是一种文化现实的描述，当中凝结着作者的情感和思想。对于作家笔下的“他者”形象而言，也是一种说明符指关系的描述。这些形象虽来自异族，但他们是经过华文作家的文化眼光和文化心理选择、过滤、“内化”而成的，是作家从一定的文化立场出发，根据自己对异族文化的感受和理解，创造出来的不同于本民族的“他者”形象，已不同于现实生活中的“他”和“她”，而是他们在华族文化中的“镜像”和“折射”，是在两种文化“对话”中生成的，可视作一种文化对另一种文化的解读和诠释。所以在对这些形象进行分析时，追问的重点不在于他们是否忠实于生活中的原型，而是在于这种描述、表达显示出作家所向往的是一个怎样的虚构空间，作家怎样以文学的形式表现“他者”和“他者”文化，通过他们提出和表现了哪种社会文化、意识形态的范式，这种想象和描述在多大程度上、出于何种原因而产生了什么样的文化偏离和美学效果。

以东南亚华文文学中的一些“他者”形象为例。我们认为，他们基本上是分属于三种不同的类型：

一是按本民族的需求塑造“他者”形象，着重表现“他者”对本民族文化的认同，是一种集体化、理想化的文化诠释，其效果是强化了本民族的文化。菲律宾女作家黄梅的小说《齐人老康》，女主人公玛丽娅是菲律宾人，跟当雇员的华人老康已生活了二十几年。因为老康来菲之前在中国老家已有妻子，她虽然已是六个孩子的母亲，可一直没有名分。但她并不计较，仍不辞劳苦地操持家务，养育儿女，渡过许多难关。老康的华人亲友对她都公论：“要不是玛丽娅跟他艰苦持家，他还能有今天这样一个还算过得去的局面吗?”从作品中玛丽娅的思想和行为看，她对华人的生活习俗是很认同和融入的，是一个已经“华化”了的“他者”。作者借老康的亲友之口赞扬她，实际上是言说了“自我”，肯定了本民族的文化传统。

新加坡女作家孙爱玲在小说《绿绿杨柳风》中塑造了一个印尼人韩逸文。他是一位年轻的大学教授，虽然在西方接受高等教育，但很认同中华文化，而且深深地爱上了年轻的华人寡妇秦勤。他们的文化背景不一样，却能彼此理解并互相接受。由于他们各自有过婚姻，因而遗留下种种问题，最终未能结合。这个没有结果的异族相爱的故事，既朴实又动人，作者在描述时不带有民族偏见，表现的是一种族群的文化理想。属于这一类型的还有泰国作家红缨笔下的泰人坤专（《幸福的罪痕》）、李栩笔下的印度人印阇（《漠漠的印阇》）等。

二是质疑现实的“他者”形象，反映出现实与理想有距离，对本民族的某些保守意识和偏见有“颠覆”作用，表现出来的是文化思想的开放状态。菲律宾女作家范鸣英的《同是等待》和佩琼的《油纸伞》，女主人公分别是菲律宾人马蒂丽丝和中菲混血儿李珍妮。由于她们是老一辈华人心目中的“番仔婆”和“出世仔”①，一个是婚姻受阻，一个是不得不放弃自己之所爱。这两个作品的作者都具有文化的“自省”精神，她们在作品中通过两个母亲无理地拒绝“他者”，批判了传统文化中那种狭隘、排外的民族观念。

三是表现文化相异性的“他者”形象，用本民族的话语，对各种相异性作出自己的诠释，同时也进行“自我”的审视和反思。新加坡女作家尤今的小说《织布匠》，写的是印度姑娘茵娣娜“相亲”和结婚的故事。美丽的茵娣娜受过高等教育，已经有了相当理想的工作，但观念保守，东方古老的民族传统在她心中根深蒂固。尽管她向往自由，但是没有勇气去争取，最后任家里人摆布，嫁给一个有钱人，把忧郁变成食欲，生了五个孩子。从此，美丽、迷人的茵娣娜一去不返了。这是一个发生在现代社会的古老故事，一个由保守的民族文化酿成的当代人的悲剧。作者在作品末尾，通过“我”和茵娣娜久别之后在新德里“重逢”，创造了令人震惊、心痛的悲剧效果。这个故事表现了不同民族的文化差异，也有作者对某种保守的民族文化范式的批判。已故泰华女作家年腊梅的小说《我的上司宇文坦先生》中，主人公宇文坦是一个中缅混血儿、经济学专家，在一个跨国公司任高职，工资丰厚，公司还配给他洋房、轿车。但他笃信佛教，长期过着清教徒式的生活，处处自律。作者在作品里刻画了这样一个“他者”，既有文化反差的描述，也有两种文化之间的沟通和理解。这应是两种文化相遇时人们所追求的理想模式。马来西亚女作家李忆君的小说《风

① 中菲混血儿被称为“出世仔”。

华正茂花亭亭》，写的是北印度女子妈妮同华人周承安的爱情、婚姻悲剧。他们年轻时能冲破文化障碍，相爱结婚，但在家庭生活中，妈妮所受的西化教育和所处的高层社会背景，使她常常有意无意地“俯视”周承安，而周承安内心深处那种华族的“妇道”观念，也使他难以接受妈妮的思想行动，最后导致婚姻破裂。这个悲剧故事的酿成，不无妈妮的性格因素，但也有两种不同文化的撞击和阻隔。此外，还有新加坡华文作家姚紫笔下的荷兰人兰娜（《窝浪拉坦克》）、女作家陈华淑笔下的白人麦先生（《麦先生的爱情》）等。

以上三类只是尝试性的区分，应当指出的是，在具体的文学作品中，这三种类型并非互不相关，有时还是相互包含的。而且这种分类主要是在文化层面上展示“他者”形象的虚构意义，并未对他们作出艺术上的具体分析。如若从艺术的层面切入，这些作家笔下的“他者”形象也是个个有别的。

在中国比较文学学科发展中，形象学的研究还是一个新的领域，本文将其运用于海外华文文学研究，旨在探索新的理论思路，为这个学术领域提供一个文化与文学研究结合的新视点，从而挑战旧的理论模式。

**【参考文献】**

[1]［法］让—马丽·卡雷．《比较文学》前言［A］．陈淳，孙景尧，谢天振．比较文学［M］．北京：高等教育出版社，1997. 164 ~ 165.

（原刊于《暨南学报》2000 年第 1 期）

# 自我、他者与身份焦虑

## ——论澳大利亚新华人文学及其文化意义

钱超英

**【摘　要】**身份（认同）是海外华人文学的主要关切问题。新近兴起的澳大利亚“新华人文学”以其身份焦虑的表达，提供了观察20世纪八九十年代之交以来海外华人文化及文学变化的一个例证。这种文学反映的自我身份疑难，涉及对中国、对其他华人移民和对西方等多种不同对象的“自我—他者”建构，从而形成了新一代华人文学文化意义的复杂性。这种复杂性同时也提示了对海外华人文学的研究从整体化、同质性的理解方式向对象细分的、动态的和文化的理解方式转变的必要性。

**【关键词】**海外华人文学；新华人文学；澳大利亚；身份（认同）

## 一

对“身份”（我国文献有时译为“认同”）的关切，是海外华人文学存在的主要支柱，因而也是海外华人文学研究的中心议题。

作为一个从个体心理学引入文化研究的重要概念，“身份”的原意“就是一个个体所有的关于他这种人是其所是的意识”[1]。根据伦敦大学戈德史密斯学院的文化研究学者 Paul Giltoy 的观察，随着“身份政治”的兴起，“作为一个概念，‘身份’已被置于一系列急迫的理论论争和政治问题的核心地位”。就这个概念的含义，他论证道，身份应该被理解为一种由环境所激发的认识和被认识所促动而表达在一定环境中的互动过程。作为文化研究的一个分析工具，“身份”这个概念是“一种在我们对世界的主体性的经验与这种微妙的主体性由已构成的文化历史设定之间相互作用的理解方式”[2]。

因此，“身份”尤其便于用来考察那些在明显不同的“文化历史设定”的裂缝之间漂移运动的“主体”——移民、亚文化成员、边缘群体、在全球化中经历急剧社会转型的民族——所必然面临的生活重建经验。人们从原居国移民到另一个国家，或者从乡村迁往城市，从一种生活方式转向另一种生活方式，所面对的不仅是居住环境、工作、用品和食物的变化等实际问题，而且是关于“我是什么，而不是什么”、“我曾经是谁，现在是谁”、“我为什么如此生活”的问难。他需要有一种令其满意的、完整一致的意义解释，以便于接受和平衡转变所带来的心理风险，使自我和变化着的环境的有效联系得以重建，以免于主体存在感的失落。

本文把“身份”理解为人和他所生存的世界作为文化环境（即“文化历史设定”）之间的被意识到的联系，利用这种联系，他得以作出关于其生活意义的解释。而所谓“身份焦虑”，就是指身份的不确定性，即人和其生活的世界联系的、被意识到的障碍和有关生活意义解释的困难与危机，以及随之产生的观念、行为和心理的冲突体验。

按照安东尼·吉登斯的论述，在“晚期现代性”中，“重新发现自我”的过程充满了“风险”和“机会”，现代生活和个体决策所经历的“转换的每一个片段都倾向于变成一种认同危机（An Identity Crisis）”。这种危机常常伴随焦虑：“由于与客体世界的建构性的特征相关的自我觉知变得模糊不清，正在发展的焦虑会威胁自我认同的觉知”，而“焦虑是所有形式危险的自然相关物。其成因包括困窘的环境或其威胁，但它也有助于建立适应性的反应和新的创新精神”。[3]

全球问题的普遍化在不可阻挡地把第三世界的民族生活吸纳其中的同时，也使其直接投身海外生活的成员不可避免地面临更为直接的身份焦虑。

本文所说的“新华人文学”，是指在20世纪八九十年代之交赴澳大利亚的、为数约五万的中国大陆华人移民群体中涌现出来的文学。“新华人”（The New Chinese）是一个始见于近年英语文献的新指称，以区别于一度盛行的“中国学生”（留学生）概念。[4]这种称谓上的转变，一方面反映了他们区别于来自世界上其他国家留学生的特殊身份和跨文化历程——从留学生到国际移民的历程，另一方面也反映了他们区别于传统华人移民和当代非大陆地区（如港澳台和东南亚）的华人移民的崭新特性。

历史上华人到达澳大利亚的确切记载始于19世纪，今天这个国家已成为华人移民到南半球的最大的目的国。在该国业已累积的大约40万华语人口中，新华人并不占多数，但是由于他们集中在1989年前后一段极短的时间内大量涌入该国，给予这个总人口只有1 800万并由盎格鲁·撒克逊白人文化主导的社会以很大的震动。它的“中国学生问题”成了整个西方世界同类问题的重要组成部分，成了整个20世纪90年代社会政治和多元文化的焦点议题之一。这一“问题”，经过前后长达近十年的艰苦抗争，在20世纪结束交夕才得以解决：新华人从总体上结束了非法状态，成为澳大利亚（以及其他西方国家）多种族居民的一个群体。对澳大利亚来说，这是华人自“淘金时代”以来最大的一波移民潮。

虽然文学活动在新华人的澳大利亚经验中只是一个非常有限的领域，但是，它仍然充当了他们在这个社会存在的重要的身份标识，正如大量的投资、生意上的技能和经济领域的成功是其他背景的华人移民在西方社会存在的重要标识一样。1997年8月，悉尼大学的亚洲研究中心主任梅布尔·李（Mabel Lee）向在比利时雷登大学召开的第15届国际比较文学学会大会提交了一篇原题为《崛起的声音——澳大利亚华人文学》的论文，她注意到：和这批中国大陆人相比，香港和台湾的新来者中“并没有如此高度集中的学术性、新闻性和想象性的作者”[5]。其他统计也显示，由新华人兴办的报刊杂志上，与想象创造有关的文艺内容所占的比例，比那些针对其他华人群体的要高得多。[6]澳大利亚主流英语研究界正在积极地翻译和研究新华人的文学作品。至于我国大陆，如果从1991年上海文艺出版社出版刘观德的《我的财富在澳洲》算起，迄今已有大约20家出版社出版过他的作品的单行本或选集。

澳大利亚“新华人文学”的涌现，其实只是在同一时期出现在其他西方国家的普遍情况的一个例证而已。因此，本文对它的若干观察，有可能为认识全球范围内华人文学的新近变化及其文化意义提供某种方法上的尝试。

## 二

一些对新一代海外华人文学的较早观察，已经显示了它具有远较传统的或当代其他的华人文化更强烈的冲突不安的特质。杨炼在20世纪80年代末的海外诗歌旅程中，已经面对海外读者和听众对其作品的“惊惧”和“惶惑”：“这位中国诗人，是否天性就像一只食肉鸟，嗜好痛苦与罪恶？”[7]澳大利亚新华人文学的一位较早的评论者张威（微风）博士也遇到了同样的问题。他发现，他在悉尼收集到的小说作品除了很少篇章闪现出一些生活的“亮色”以外——

哀愁、悲伤、残酷、无望、绝望、疯狂、荒谬，几乎融汇在所有的作品之中。你说这是人们对中国留澳学生的反映也成，你说这是当今世界的缩影也成，反正这是一个问题。（世界走到末日了吗?）问题既然提出来了，就肯定会有人去解答。只是时间早晚罢了。[8]

之所以会如此，是因为新华人文学就总体而言，是新华人在一定的海外环境中面对的身份问题在“想象—表意”领域的反映。这种“想象—表意”过程始终伴随着严重的身份焦虑——即无法在一个发生着深刻变化的环境中整合关于“我（们）是谁”的各种矛盾的解释，因而无法为身份找到意义上的确切定位。关于这一点，一本出现在墨尔本、由诗人欧阳昱主编的纯文学杂志《原乡》以如下对话，显示了一种严峻的自我审视：

问：你觉得他们（来到澳大利亚的中国大陆人）还是中国人吗?

答：他们很难定性，他们既非中国人，亦非澳大利亚人，他们是一种真空人，一种夹缝人，一种哪儿都不属于，一种什么都是又什么都不是的人，一种澳中两国都可以收归国有又可以弃之如敝履的人，一种类似奸细的人，一种没有归属感、被历史挂起来的人，一种为哪方做事都有叛徒的感觉，难以忠心耿耿的人，一种骂别人是种族主义者，自己也是种族主义者的人，一种连自己同种同族的人都无法容忍的人。

问：你觉得他们还有救吗?

答：没有。他们以为钱和性是他们的救星，其实那不是的。他们以为一个强大起来的中国会是他们的救星，那也不是的。我不知道还有什么可以救他们。

问：也许文学会吧?

答：我不知道。[9]

这段对话不仅是对新华人生活中一系列重要问题的指证，如中澳关系、经济奋斗（“钱”）和欲望的解放与困扰（“性”）等，而且包含了新华人对自己生存状态的基本评价：这是一种充满了“机会主义”的色彩、想左右逢源又进退失据、没有可靠立足点和精神向导的人生——一种连自己人都“无法容忍”的人生。由于这种无从拯救的发现，人们需要以“文学”来求取未经证实的“得救”。

这部分地解释了新华人文学骤然涌现的原因：这个群体大面积的知识分子背景，除了为海外华人社区带来了比以前更为丰富活跃的“象征资源”以外，也带来了由20世纪末期的跨文化经历所孕育的、需要借助文学想象来宣泄的巨大内心压力；正是在身份出了问题的地方，身份的重建才成为如此窘迫的问题。

这样说并不意味着传统的海外华人没有身份焦虑。虽然由于其以“劳工—商贩”为主的阶层背景的限制，他们的“象征资源”不如当代新华人那么丰富。其实，当代新华人在西方社会生活中总体的边缘化处境，和传统华人移民的经验具有深刻的历史连续性。然而，新华人在当代条件下赖以调整和重建其身份的那些因素，又往往表现得更为复杂。为了说明这一点，我们必须从考察他们身份建构中自我和他者的关系入手。“每一种文化的发展和维持都要求有另一种不同的和竞争性的 alter ego（改动的自我）”[10]，这一点同样适用于华人移民作为族群在海外找寻自我和群体存在意义的策略。

然而，仅仅着眼于从中国生活到西方社会的文化适应这一维度，并不能有效地清理华人文学所象征的海外华人文学新近变化的全部文化意味。事实上，新华人文化的复杂性在于：其身份建构所需的“他者”参照绝不是单一的，而是多重的对象。这使得他们的身份探索成为多种矛盾关系堆叠之下的难以调解的困扰。

## 三

观察和分析表明，澳大利亚新华人文学的身份问题至少和三种对象的“他者化”过程有关。

第一，海外新华人多数成员的身份问题首先来源于中国社会这个参照对象。20 世纪 80 年代末、90 年代初以“留学生”名义骤然涌入澳大利亚的新华人，构成了这个西方国家自 19 世纪“淘金潮”以来最大的一波华人移民潮。一项有关其在中国的阶层和职业背景的调查表明了他们大部分属于拥有学士或以上学历的教师、研究人员和工程技术人员，即一个知识分子集团。[11]他们在中国时主要活跃于一个知识阶层尚未深度介入变动中的经济结构，且和国家主流权力架构处于某种张力关系的阶段。作为一个激变时代的文化符号传播者和理想者，他们以“走向世界”的当代先驱自许，首先就需要通过把中国作为一个“异己的”对象加以“他者化”，以标识、建构自己对一个“前现代性”社会的叛逆身份，支配 20 世纪八九十年代之交出国文化的是一种"西方主义"① 思潮。在这种思潮中，和对"西方"的魅化相对应，"中国"常常成为一个笼罩于虚无主义绝望感中的对象。然而，他们"突破中国"的努力又内在地受制于这一事实，即他们"走向世界"的精神动力，从根本上说是来自他们曾在其中扮演先锋角色的中国社会的现代转型过程。这使他们的"非中国"姿态往往隐含了"中国性"的限定。

1993 年，大批新华人艺术家策划了一场在著名的悉尼歌剧院举行的歌诗音舞晚会《中华魂》，这个以舞台形式出现的大型创作混合了弘扬文化的使命宣示、插科打诨的政治波普和流落天涯的悲戚怨诉。它在唤起一片热烈的群体感应之余，却又被新华人中部分敏感的文化批评家质疑其滥用"大陆话语"（如"民族"、"土地"、"母亲"等）的正当性：由于"艺术家找不到属于他们自己的言语、旋律、造型及美学语法，以致不得不去祖国以外的地点继续屈从这种话语的统治。……这就是当下'留学生文化'的全部弱点的根源"。最终，导致了这样的呼吁：

> 如果海外留学生不开始着手建构起自己的新话语体系，并且用这种新话语去重建民族主义的真正灵魂，那么它就永远不可能成为开辟未来的一代。[12]

在这里，对"大陆话语"的抛弃和对"真正民族主义"的"重建"要求之间存在着一种未经明示的紧张。作为"'留学生文化'全部弱点的根源"，它也是这种群体的"文化"欲去难离、如影相随的印记。这种紧

---

① 西方主义是一个 20 世纪 90 年代以来零星见于华人问题研究领域的概念。如新加坡的杨荣文在 1991 年 8 月世界华商大会上的演说提到："……目前已出现了一种（与'东方主义'）相反的过程，即'西方研究'（Occidentialism），也就是亚洲人有选择性地吸收西方的科学、艺术和思想精华。'西方研究'是'东方研究'的另一面……"——《太平洋世纪的亚洲文明——杨荣文准将谈文化和社会课题》，见［新加坡］《联合早报》1991 年 8 月 13 日第 7 版。另，澳大利亚悉尼大学亚洲研究中心萧虹（Lily Xiao Hong Lee）博士曾用这一概念评论澳大利亚新华人女小说家对"西方生活"的模式化表达——见萧虹《她们没有爱情——悉尼华人女作家小说选·序》，墨盈创作室（Moreink Studio 悉尼），1998 年，第 3 页。再，中国学者对这一概念的讨论主要见于王宁的文章，如《"东方主义"与"西方主义"：对话还是对峙?》——见《东方丛刊》（桂林），1995 年第三辑，第 128 ~ 138 页。按：本研究借用此概念是指对西方的一种认识、想象或理解方式，它在性质上和赛义德的"东方主义"具有同构性，即出于自身确认的需要而对"他者"的建构，在这种建构中，异种文化或社会被不正确地或不完整地构想出来。但"西方主义"比之"东方主义"，具有更复杂的效能，有时它是对西方的不真实的魅化及趋同的理解，有时则是用以和"东方主义"的殖民倾向对峙。

张的持续，一方面满足了新华人对其中国根源的自恋式想象，另一方面也显示了其“中国身份”难以整合一致的破碎程度。这使他们的文学再也无法回归到传统华人文学那种一往情深的怀乡主题。

第二，新华人身份建构的对象参照，同时也来自他们和其他华人移民有所区别又相互纠缠的复杂关系。“二等公民”曾经是传统华人移民对其社会处境的普遍经验方式，在20世纪后期抵达的新华人发现他们自己同样将长久身陷于这种社会的边缘结构。尽管存在着历史和现实的类似性，新华人仍然要在这种关系中顽强标识出自己的特殊色彩。作为其文字表达的最早例证，1988年围绕一组题为《留学生日记》的系列散文在悉尼爆发了一场舆论争议，清晰表露了不同背景之间的华人移民相互“他者化”的倾向。这个作品记载了“留学生”生活形态从天之骄子到社会角落谋生者的巨大转变，而对这种经验的描写始终伴随着对“华人老板”形象的对立性建构。作为完成了移民转变的先来者（传统移民或当代来自港、台、东南亚的华人），这些中餐馆和小生意的业主们，一方面为新华人提供了进入澳大利亚就业生活的“接口”，另一方面又往往成为一种压迫性的对象，他们或者是极端的盘剥者，或者对女留学生露出“色狼”的面目。此类描写迅即被华文传媒激化为“老移民”和新华人之间的言语冲突：一方发出“滚回中国去”的声讨，另一方则对“猪仔的后代”嗤之以鼻；一方把新华人的痛苦诉怨视作来自封闭的中国大陆养尊处优、“作威作福”阶层的一种娇贵呻吟，另一方则把本身的现实弱势转化为未来世界对于新一代“精英”将降大任的奋斗期许……[13]在所有这些社会话语的运作中，“他者”的形象都服从于自我“意义”方面的“权力竞争”[11]，不论它是通过沮丧、坚忍、解嘲，还是愤愤不平的情绪表达来实现。

这也就毫不奇怪，当新华人用他们作为知识者最为擅长的报刊、文学、音诗歌舞和美术等手段来表达自己在澳大利亚的存在的时候，他们对传统华人居民所习用的文化符号（如唐人街的牌坊、狮子、舞龙、功夫等华族风格的物化表达）常常表现出与其判然有别、难以认同的感受。例如，一个叫袁玮的作者，在一篇小说里通过一个中国功夫师傅被澳大利亚土著人的魔法击败的讽刺性故事，表达了对“功夫”作为一种关于“中国”的文化象征物的嘲笑（悉尼和墨尔本的唐人街至今仍有传统华人移民开办的功夫馆）。[14]而朱大可则通过他的散文诗提供了新华人如何看待唐人街风物的例证，他在唐人街“看见历史在海外飞驰的停顿”，“文明正在流露出他最为软弱的一面”，那些“由华人淘金者后裔所创造的神迹，表达了某种渴望和寻找民族伟大性的焦虑”。唐人街的建筑、饮食带着“一个漂流到南半球的少数民族的所呈现的全部外貌。文明的步履停顿在诸如龙、狮、麒麟和牌楼之类的古代标记面前，使唐人街拥有历史博物馆的全部特征”。而今天华人阖家前往唐人街“饮茶”的习俗，“无疑是一种特殊的肉身崇拜，就像传统的‘庙会’那样，它企图以安抚口腹的方式完成对个体的精神引导”。他的总体感受是：“唐人街使我产生了自卑与自豪、冲突与和解、厌恶与亲切的双重感情。”[15]这种“双重感情”，再清晰不过地表现了新华人对普遍化的“华人”身份所感到的不满。

第三，非常重要的是，他们身份建构的对象参照，更来自他们在其中形成特殊境遇的西方社会。因此，出于他们的自我认识和自我实现的需要，这个社会作为关系对象也被“他者化”了。而前述那种他们对于“其他华人”的“他者化”与此是紧密相连的，并且在本质上只是他们对西方社会本身形成的关系的一种体现——由于在该国定居已久的传统华人移民和其他背景（例如香港、台湾）的华人移民，在一般生活境况和经济活动上比新华人有更多的优越之处、更容易取得经济成功，因此，这些传统移民或当代非大陆移民和西方主流社会结构之间就似乎具有一种明显的“共谋”关系，成为新华人面对的一个合并式“他者”，用以观照新华人的自我处境与身份。这个“他者”的真正含义，其实就是一个有着更大“异己”特性的西方世界——在这个世界中，新华人感到自己是处在其社会“资源整合系统”之外的“异类”[16]。因此，新华人对西方社会制度和意识形态早已有之的某种理想化的“认同”，并不能消弭这种社会的“异己”性（肤色、体形等人种特性，只是以“身份政治学”的方式强化了这种“异己性”的外观）；进一步说，由于这种“认同”趋向经过了新华人严酷处境和痛苦经历的试练而剥落了其理想的色彩，在对这个“他者”的趋同中他们无法不带着失去“自我”的惶惑。

和“西方”的紧张关系在欧阳昱的英文长诗《最后一个中国诗人的歌》里表现得十分充分。诗中的主人公，一个“中国诗人”，从一个曾经相信“不是东风压倒西风，就是西风压倒东风”的社会出走，成为一条机会主义地游走于西方社会缝隙的“变色的龙”，这种生活对他诱以许诺，施以压力，使他异化，使他骄傲、自卑、激昂、沮丧、反叛、退守，自我庆幸又自我哀怜，回顾和展望都唯余茫茫。在历史性的迷失中，这个“中国诗人”成了一个“来自亚洲的病人”，患着永难治愈的精神痼疾，把风光秀丽之地视如生命的“荒原”，最终走向一了百了的“死亡”。在无限的心理混乱中，他喊出了一句歇斯底里的预言：

西—方—将—会—胜—出！（The West Will Win ！）

这句半像疯狂半像认真的“反诗”在肯定了西方文明霸权（三个W影射环球网络）不可抗拒的同时，又以黑色幽默的鬼脸风格传达出一种自嘲式、自虐式的悲愤抵抗。

## 四

综上所述，澳大利亚的例子显示，新华人文化及其文学表达所探索的自我身份至少涉及三种对象，即对中国、对其他华人移民、对西方社会的“他者化”运作。在第一种情况下（对中国），他们是“西方主义”的理想者和某种界限的反叛者；在第二种情况下（对其他华人移民），他们是华人移民中的现代人；在第三种情况下（对西方社会），他们又在内在的驱力下，趋向于成为某种意义上的民族主义者。

所有这些不同的身份向度，交织成了纠缠不休的身份冲突。在其中，“自我”和“他者”可以反复换位。比如，在对中国的“他者化”中，“西方性”可以当作“自我”的面具；在对西方社会的“他者化”中，“中国性”又变成了挥之不去的“自我”基元；至于和其他华人移民的身份异同，则是这种漂移无定的身份立场错杂纠缠的灰色地带：出于“现代人”的精英色彩的自我意识，其他来源的华人可以成为“他者”；出于民族主义立场，“他们”又成了“我们”的一部分，虽然是有点可疑的一部分——正如“我们”在“他们”的眼光中不乏可疑之处一样。这种反复的换位，其实也就是文化上的错位或失位（Displacement），它导致进退失据的“错置”感，并构成了身份焦虑的深刻根源。

应该指出，以上所述还仅仅是其新华人身份疑难的部分内容。虽然更全面地展示其中“自我”和“他者”的全部纠缠不是本文所能胜任的任务，但我们仍然应当对事情的复杂性有充分估计，尤其是它通过文学的想象变形加以传达的时候。“他者”从来不是单纯的敌手，也可以是欲望的符号；不论它以被理想化的还是以贬损的、焦虑的形式出现，都有助于发现自我认识的活跃性。同时，一个群体的普遍性的自我身份问题，可以因群体内部进一步分化的特殊身份问题而更形复杂。例如，有关性身份的“自我”与“他者”建构，由于和上述某一方面或几方面问题的混合，可以使新华人文学的观察者产生更多的迷乱之感。凡此种种，都构成了对华人文学传统理解的尖锐挑战。

举例来说，一个悉尼的女作家莫梦曾写过一篇题为《月黑风高的夜晚》的短篇小说，表面的主题是探讨女性的性身份问题，主要情节是：当丈夫外出不在家时，妻子一人在家，此时出现了一个入屋行劫者，并对她进行强奸。在最初的惊骇过去之后，她在被强暴的羞愧和痛苦中又渐渐地体验到"一种从未有过的充实感与温暖"，这是她从来没有在平淡的、混合着生计烦恼的家庭生活中体验过的，她"觉得自己好像从桎梏中解放出来，长期浮游者的身份突然触到了真实的土地"，竟"情不自禁"地作出热烈的回应。这样，"只是一个月黑风高的夜晚，就改变了她（他）一生的命运"[17]，并且向她展现某种朦胧的新的人生前景。悉尼大学东亚研究中心的萧虹博士评论道，这个"小电影"式的故事作为"留学生婚恋主题的狂想变奏曲"，"对男女在婚姻关系的盈亏表上，作了一笔庞大的调整"，[18]不仅男人可以享受婚外情，女性也可以在一些奇特的经验中有未尝预料的发现。

然而故事的另一种可能的解读在于其象征性的意义。它显露了新华人在一个急剧变动的环境中寻求新体验的冲动与焦虑。破屋而入的"窃贼"象征了"强行进入"到意识层面上的突破性冲动的力量之强大，同时"窃贼"是一个异族形象。值得注意的是作者非常谨慎地把他定位为一个"黑人"（他为什么不可以是一个白人？——事实上黑人在澳大利亚并不像在北美那样常见）——在推动全部事变的意义上，这个幽灵般、影子般的角色似乎成了故事的真正主角，虽然他在作品中的面目始终是模糊、朦胧的。作为略带被贬抑色彩的"无意识"的替身演员，这个"偷身"进而"偷心"的黑色窃贼带来了意外的惊恐与秘而不宣的惊喜，代表了被其"侵入"的人们对新的生活态度、新的文化身份的夹杂着渴望的恐惧，以及潜隐的犹豫、分裂与矛盾。这一点使得新华人文学中的女性主题，在其内在的文化意义上，明显不同于一般西方的女权主义表达，而有更多的新华人文学的自我认知的特质。

可以说，尽管有着种种由问题的极度扭结而带来的迷乱之感，澳大利亚新华人文学给人的最突出印象，仍然是其为自我身份的证明而进行的战斗。这种战斗的锋芒是如此锋利，以至于有时甚至要指向它在其中发育的澳大利亚社会所宣称奉行的"多元文化主义"政策承诺。这种政策表面上鼓励不同的人种守持和发展各个不同的"文化身份"，以达到"社会正义"，但在实践中却把重点放在"经济效能"上，[19]即着意于把富有的移民整合于其资源体系的核心，而缺少对移民文化真正的精神奥秘的深刻兴趣。这一点，使得新华人文学在这个社会中的"无用的"、边缘性的存在，进一步成为身份焦虑的象征。同时，它也构成了对西方社会资本效能原则的一种持久的质疑。诗人欧阳昱以如下的抗议表达了这一点：

对华人作为一种经济利益的接受，与对华人作为一种文化上不可同化的和潜在的颠覆力量的拒绝，这两者造成了一种紧张。我开始严肃地追问我作为一个中国人在一个基本上是欧洲人的社会里努力“英化”或者“澳化”究竟意味着什么。哪里是像我这样的人们的出路？是否我们的未来已被先决为一个中国人而不论我们存在于海外多长时间？我们是一个其价值仅仅体现于挣钱的能力的民族吗？[20]

这一“追问”，包含了前述新华人身份建构中三种主要的“自我—他者”关系的疑难（我们是原来意义上的中国人吗？我们是适用于普遍的经济价值尺度的华人“淘金”者吗？我们是否能够完全“英化”、“澳化”或“西化”？）。这可以看作是新华人的文学代表对于无差别的“华人”抽象概念的顽强反抗。同时，这种反抗也触及了新华人作为第三世界民族的精神代表在“全球化”背景下建构自己的身份时，必须面对的文化学和经济学意义上的双重压力与焦虑：他们在两个维度上都失去了可靠的据点——在文化的维度上，他们在中国与“西方”之间进退两难；在社会的维度上，他在思想者和经济人之间上下悬浮。

由于这种处境，这种文学就不仅可能在其具体内容上，而且也可能在其存在本身的意义上，构成第三世界背景的“精英文化”，相对于西方文化、少数群体的精神文化相对于“资本—大众”主流文化的边缘处境的写照和隐喻。而新华人文学作为西方社会内部的文化存在，在这两层意义上，即在其所反映的经验和其作为这种经验的反映两方面，都不可能摆脱身份问题。

## 五

尽管本文无法全面地陈示澳大利亚新华人文学的总体面貌，但仍希望以上零星而有限的分析显示把全球海外华人文学的新近变化作为文化研究有价值的分析案例的潜力。这种研究要求我们在海外华人文学的研究方法上作出有效的突破。例如，区别于把所有海外华人看作具有普遍同质的整体的一般化理解，应该对不同历史时期、不同来源的背景和不同的社会阶层结构的华人群体作出对象上的细致分类（进一步说，这种分类又不应该抹杀作家个体对自我身份的特殊处理和创作特色），以见出他们各自不同的身份问题和“自我—他者”的建构策略；区别于以我国大陆流行的关于文学的“行业标准”去筛选海外华人“纯文学”作品的观察方法，应该综合一切有助于呈现海外华人具体的文化生态的历史资料、社会舆论和文化艺术的表达（文学只是其中的一部分），以还原文学现象在其中发育演化的生命格局和生动背景；区别于把海外华人文学中表现的身份追求看作对某种永恒本质的回归运动的注解（如怀乡主题），应该把其身份问题看作在各种不稳定的边界之间不停变动的、策略性的想象建构过程。……如此，包括新华人文学在内的海外华人文学的研究，就有可能和当代中国以及世界人类那些最重大的关切有机地连接起来。

**【参考文献】**


[1] Peter Straffon & Nicky Hayes. *A Student's Dictionary of Psychology* [M]. London: Hodder Arnold Publishers, 1998. p. 87.

[2] Paulgilroy. *Diaspora and the Detours of Identity*, *in ldentity and Difference* [M]. Ed. Kathryn Woodward, London: Sage Publications and the Open University, 1997. p. 301.

[3] [英] 安东尼·吉登斯. 现代性与自我认同 [M]. 赵旭东，方文，王铭铭译. 北京：生活·读书·新知三联书店，1998. 174，50，13~14.

[4] Helen Pitt. *Northern Exposure*: *The New Chinese* [N]. Sydney Morning Herald, 1996.

[5] Mabel Lee. Chinese Writers in Australia [J]. *Meanjin*, 1998. Vol. 57, No. 3. p. 579.

[6] Rogelia Pe-pua & Michael Morrissey. *Content Analysis of Australian Non-English Newspapers* (*Stage* 1) [M]. Centre for Multiculture Studies, Wollongong: University of Wollongong Press, 1994. p. 45.

[7] 杨炼.《鬼话》自序：为什么一定是散文 [A]. 杨炼，友友. 人景·鬼话 [M]. 北京：中央编译出版社. 1994. 5.

[8] 张威. 欲爱凝眸：悉尼留学生小说之树的几片爱情绿叶 [N]. 东华时报，1997-11-07. 张威，阿牛. 澳洲情人——澳大利亚中国留学生情爱小说选·序 [M]. 南昌：百花洲文艺出版社，1998. 16.

[9] 谈诗对话录 [J]. 原乡，1996 (2)：171.

[10] Edward W. Said. *Afterword to the* 1995 *Printing in Orientalism* [M]. London: Penguin, 1995. p. 332, 1.

[11] Edmund S. K. Fung & Chen Jie. *Changing Perception*: *The Attitudes of the PRC Chinese Towards Australia and China*, 1989-1996 [C]. Centre for the Study of Australia-Asia Relation, Griffith University, 1996.

[12] [澳] 朱大可. 民族话语还是"毛"的话语 [N]. 华联时报，1993-04-03.

[13] 悉尼新报，1998 (2)，(3)，(4).

[14] [澳] 袁玮. 出此以外 [J]. 原乡，1996 (1).

[15] [澳] 朱大可. 雪梨的追思·我们的唐人街 [J]. 原乡，1997 (3)：99~110.

[16] [澳] 蒲潇. 自杀与大陆新移民在新时期面临的一些问题 [N]. 华联时报，1996-05-30.

［17］［澳］萧虹．她们没有爱情·序［M］．悉尼：墨盈创作室，1998. 156～165.
［18］［澳］萧虹．她们没有爱情·序［M］．悉尼：墨盈创作室，1998. 5.
［19］James Jupp. *Understanding Australian Multiculturalism*［M］. Canberra：Australian Government Publishing Service，1996. p. 9.
［20］Ouyang Yu. Lost in the Translation［J］. *ARB*（*The Australian's Review of Books*）. 1997.

（原刊于《暨南学报》2000 年第 4 期）

# 论美华英语文学* 的题材局限

李亚萍

【摘　要】美国华人作家喜好用英文写中国故事的文化现象很值得关注，他们之所以被认为善写“人类学”或“政治学”主题，与主流读者的阅读兴趣有关。为了个人和艺术的生存发展，他们在作品中不得不强调民族文化特色，以凸现与美国主流文化的差异。边缘和中心已成为同谋，多元文化的提倡实现了中心对边缘的有效驯服。

【关键词】美华英语文学；中国故事；题材局限

## 一、中国故事的流行

无论是移民去美国的华人英语作家，还是在美国出生的华裔作家，他们的作品都离不开凸现民族性特色的中国。这个现象看似很平常，因为同是中华儿女，当然对祖先故国念念不忘，然而为何用他国语言书写母国人事，且始终不愿脱离，倒是令人极为好奇的。

按赵毅衡先生的说法，美国华裔文学和华人文学各有一位祖师母，水仙花（Sui San Fa）和德龄公主（Princess Derling）。[1]前者的短篇集《春香夫人》主要描写中国血统的女子在西方的处境，强调母亲传给她的中国文化精神的重要性；而后者因其特殊的身份，写了许多在西方大受欢迎的清宫秘史。从这两个祖师母传承下来的两种文学模式也大致定型了，华裔作家喜好探讨身居两个世界之间的尴尬和困顿，他们笔下的中国充满了民间情趣、民俗遗风。黄玉雪、汤亭亭、谭恩美等人的作品便是典型例子。从这群作家的主体特征来看，他们都有文化的“依母脐带”，心中都有一个会讲故事的母亲，从那里汲取了丰富的中国营养，延续了中国的文化精

［基金项目］广东省哲学社会科学“十五”规划项目基金资助（03/04 H2 -05）。

* 美华英语文学主要指美国的华裔作家和用英文写作的华人移民作家的作品。

神。然而他们的作品似乎只是为了给美国人提供一些中国人生活习性上的特征而已，尤其是早期的作品如黄玉雪的《华女阿五》，虽然是自传，文中却运用大量篇幅介绍唐人街的生活，尤其是对中国饭菜的做法、名称以及各种配料的详细说明。在描述唐人街的各种节日如春节、中秋以及婚丧嫁娶等风俗习惯时，黄玉雪还不忘将在美华人跟中国人习俗上的某些差别进行比较。如果撇开她自身的经历，我们完全可以将之看作是20世纪40年代唐人街的旅游指南，也可以把它当作描述“二战”前后在美华人生活状况的人类学文献。同样，汤亭亭的《女勇士》中也向白人读者揭开了许多20世纪五六十年代唐人街生活的秘密，他们吃各种各样的东西，他们用假名字隐瞒真实身份，他们重男轻女，还实行包办婚姻等。出版时，这些作品的包装通常是别具中国特色的，封面上依旧画着留辫子、裹小脚的中国人，封底评语很可能是“这是一个真实的唐人街故事，引人入胜!”很多小说被贴上“传记”的标签①，因为故事的真实性和他者性（Otherness）能够迅速攫取白人读者的好奇心。和早期的黑人文学类似，美国华裔文学也没能摆脱被作为社会政治学教材的命运，被当作少数族裔研究的文献资料。也难怪雷祖威（David Wong Louie）抱怨说：“我们好像不被看成是作家，而是人类学中的什么主题。”[2]

而用英文创作的华人作家似乎也可以同样抱怨“我们好像不被看成作家，而是政治学中的什么主题”。这些作家用英文写中国故事，与华裔作家相比，他们不需要一个会讲故事的母亲作为文化遗产的传递者，中国就根深蒂固地植根在他们的体验世界里，完全不可漠视。现代中国经历了无数次战争和政权的交替，他们笔下的中国自然也避免不了政治性。德龄公主的《御香缥缈录》和《瀛台泣血记》描摹了慈禧、光绪统治时期内忧外患、时局动荡的中国。蒋希曾的《中国红》（China Red）则以其普罗文学的特征描写了20世纪二三十年代中国的革命形势。林语堂的《京华烟云》、《风声鹤唳》也都折射了现代中国历经的重大变革。其后更有黎锦扬、聂华苓、张爱玲、哈金等作家书写反映国内战争、解放后大陆各种政治运动的作品，“文革”背景的自传式作品更是在20世纪90年代的西方盛行一时②。作品要获得主流出版业和读者的接受就必须具有独特之处，

---

① 汤亭亭的《女勇士》一书出版时，被界定为自传和回忆录，获得1976年全国图书评论界非小说类最佳作品奖。《中国佬》同样也是获得1981年美国全国图书非小说类最佳作品奖。

② 郑念《上海生死劫》（*Life and Death in Shanghai*，1988）、张戎《鸿》（*The Wild Swan*，1991）、巫宁坤《一滴泪》（*A Single Tear*，1993）、闵安琪《红杜鹃》（*Red Azalea*，1994）、严君玲《落叶归根》（*Falling Leaves*，1997）等在欧美大受欢迎。

同时也受到当时的美国主流意识形态的影响：德龄公主的清宫秘史的走红与当时西方各国对光绪改革的支持态度密不可分；林语堂的抗日小说自然能够广泛引起当时已和中国结盟的美国人民的同情和关注；而 20 世纪 50 年代后受美国反共政策影响的出版业对反共题材的华人文学投以极大的兴趣，这种兴趣至今仍很浓厚。张爱玲的《秧歌》和《赤地之恋》便是在美国新闻处的赞助下完成的，这两部小说能在英美出版纯然是以其反共题材取胜的，此后她较为得意的作品《怨女》的英文版《北地胭脂》却遭到出版社的拒绝便是对此的最好反证①。於梨华曾以一个凄美的中国爱情故事《扬子江头几多愁》在美国获奖，而她用英文写的留学生系列小说却屡次遭到出版社的拒绝，最后愤然转向华文创作，她的切身体会是："出版商只对有东方异国风情的东西感兴趣，而我则想写中国移民在美国社会的痛苦挣扎和奋斗过程。"[3]言下之意自然是很清楚的。

在美国的受挫倒不是因为作家自身的素质，而是题材的选择或许要几经考虑。知名的美华英语作家如黄玉雪、汤亭亭、谭恩美、林语堂、黎锦扬、包柏漪、闵安琪、哈金、陈达等，他们或赢得主流评论的各类奖项，或作品荣登美国的畅销书榜，都可谓名利双收。将他们的成功与张爱玲等的失败相对照，我们都不禁要质疑：是否他们的成功有一定的模式可循，是不是自传（或家族史）+奋斗、政治+苦难、国粹+家丑的模式就能够获得主流读者的认同？而又是在何种程度上，美华英语作家和东方主义合谋以满足美国主流的期待视野？他们何时才能甩掉标签成为作家，而不是"华人作家"或"华裔作家"呢？这些问题的提出，并不是要否认美华英语文学业已取得的成绩和众多作家对美华文学所作的贡献，而是旨在揭示在美国大力提倡的多元文化主义的前提下，美华文学的发展并不自由。正如华裔评论家林玉玲所说的："当代美国文学的感受力是建立在盎格鲁文学共同体的凝视基础上的。作为种族能指符号来阅读的亚美文学名著首先是那些成功地赢得欧裔美国读者的作品。成功地赢得主流编辑和读者意味着一种筛选过程，它提出了少数民族文化身份的内容，而这些内容要得到大多数欧裔美国人的许可才能合法化。"[4]

大多数海外华人作家对此都深有体会。2002 年 12 月，美国加州大学伯克莱分校亚裔研究系主办了"开花结果在海外：海外华人文学国际研讨

① 在司马新的《张爱玲在美国》一书中，提到张爱玲的《怨女》一书在 20 世纪 50 年代就两次遭到退稿，直到 1967 年才在英国的一个小出版社出版，根本没有引起什么反响。《怨女》的原本《金锁记》在 20 世纪 40 年代的中国受到评论界高度的赞誉，但这本曾为张爱玲带来信心和名誉的小说，却让她尝尽了异域的炎凉。

会”，会上就有加拿大华人作家张翎和澳洲华人作家欧阳昱提出要突破中国人做“中国菜”的局限，强调跨越种族、地域的藩篱，书写普遍的人的故事。[5]其实早在十几年前，丛苏就曾经以“人的故事”为题，指出“中国意识”对海外华人作家的约束，同时也揭露了主流文化圈对族裔作家的排斥情绪，“对一些可用英文写作的人来说，如果他超越自己的 ethnic background（种族背景），不写中国人，而写 universal man（普遍的人），他是不是能被接受且有可信性?”[6]对于这种局限或约束，每一个海外华人作家都了然于心，只是他们无力挣脱，也无法摆脱作为一个“陌生人”的命运。尽管他们总在抱怨自己的作品没有被视作真正的文学艺术，他们也渴望能够挣脱束缚，谋求更大的发展，但为了生存、获得承认，他们似乎并不愿意脱离种族背景去寻找新的创作题材。亚美文学研究者张敬珏（King-Kok Cheung）不无同情地分析了这种两难境地，“美国少数族裔作家通常由其作品中的族裔题材而被界定，那些致力于其他主题创作的作家极少引起主流评论界的关注。因此，亚美作家也无心去探索新的主题”[7]。亚美作家被迫的消极姿态形成了作家与主流意识形态或读者期待之间的潜在合谋，即为迎合西方读者的东方主义心态或者美国主流意识形态对社会主义中国的压制和敌对情绪，美华英语作家不得不采取相应的策略为跻身主流而努力。

## 二、美华英语作家的选择

美国出生的华裔作家起初对自己的华人传统并不热心，许多作家都将之看作阻碍自己成为真正美国人的绊脚石，非常渴望能彻底摆脱其影响，这在汤亭亭、赵健秀、谭恩美等人的作品中都有明确的表露。他们笔下的中国往往代表了落后、陈腐、专制的过去，而西方则代表现代、先进和自由，这种想象无疑符合了近代以来西方对东方的刻板印象。《女勇士》集中批判了中国的父权文化，无名姑妈、月兰姨妈以及“我”的沉默全都是由中国的厌女文化所导致的，“女娃好比饭里蛆”、“宁养呆鹅不养女仔”等。于是“我”奋起反抗，竭力为自己争取自由，为沉默的她们平反昭雪，然而叙述者作为第一世界妇女对第三世界的描述是十分荒唐和不切实际的。无名姑妈与人通奸被人知道后，村里人居然像一群盗贼一样蒙着面闯到“我”家烧杀抢掠，汤亭亭为西方读者再现了“黄祸”威胁论，他们成批涌现，带着武器，同类相残。从母亲那里知道的中国会把女孩子卖掉，父亲会娶三个老婆，而在美国媒体报道中，共产党则会拿把斧子叫老女人去自杀，用肥皂水给人洗脑，孩子被关到没有爱的地方。中国文化固然有许多令人厌弃的方面，汤亭亭也没有放弃表现其神秘面的机会，从历史传说、儒道佛教、神仙鬼怪、气功武术、听书看戏到吃活猴脑、饮乌龟汤等，这些文化符码与西方汉学界对中国文化“异”质因素的探究是十分类似的。作者将自己听来看到的各种中国文化符码堆砌在文中，俨然像中国专家一样对读者传达神秘的中国文化。《女勇士》传递的是西方女权主义思想，而中国文化却成为这种理念得以传递的催化剂，“自传”的标签更满足了白人读者对他者世界中女性生活处境的窥探欲。

谭恩美的作品中通过母女关系来指涉东方和西方、过去和现在的对照，女儿们想摆脱母亲的话语成为美国人的渴望、急切心态和汤亭亭是一样的。黄玉雪、赵健秀、徐宗雄等也都不同程度地对中国传统文化进行过激烈批判，试图从唐人街走出去，融入美国主流社会之中。然而种族不平等的现实使他们认识到自身的特殊性，于是又不约而同地开始寻找自己作为华裔美国人的恰当位置，返回中国文化并从中获取资源。中国故事的言说为他们争取了读者，对中国故事的西式改造又令白人读者产生熟悉的“陌生化”的心理反应：他就是我想象中的他。这种混杂了中美文化的华裔美国文学的文化认同是极为明显的，它们就是以中国故事为背景的美国书。一旦华裔作者脱离这个范畴去描摹白人世界便会遭到拒绝，赵毅衡以英国华裔作家毛翔青（*Timothy Mo*）为例，该作家前几部写香港的小说很受欢迎，后试图突破民族性写欧美白人在菲律宾的各种行径，小说却无法在英国出版销售。

与华裔作家相比，华人移民作家首先必须面对语言问题。黎锦扬作为老一辈的华人英语作家，谆谆告诫青年人“要打入国际文艺主流，必须用英文写作，或将作品译成英文”[8]。为能进入西方主流文艺圈，华人作家必须经历痛苦的语言转换过程，他们往往要埋头苦练、沉寂多年后才喷薄而出，黎锦扬、闵安琪、哈金等便是如此；英文不佳者，则通过翻译将作品推向主流，严歌苓、虹影即是例子。语言练好了，题材选择自然也必须慎重，因为有了林语堂、黎锦扬等成功的先例，更有张爱玲、於梨华等人的失败为训。揣摩中美之间的关系变化，推出不同的题材卖点，从鸦片、小脚到唐人街生活直至政治内幕、人权问题等都是很适合在西方市场兜售的题材。

近年来在美国文坛盛行的“文革”小说和自传便是极好的说明，由于“六四”的影响，中美关系蒙上阴影，美国意识形态再次掀起对中国的政治批判。在这一大环境下，张戎、闵安琪、哈金等人的作品走红显然是符合美国意识形态的指向，同时这些作品中又夹杂了比华裔作家更真实的中国体验。张戎的《鸿》以其传奇性的家族历史为背景，描摹了三代中国"女勇士"，老照片和家谱的排列更增添了故事的真实可信度。而作为共产党干部之女的张戎，在文中所透露出的对西方自由、富裕世界的向往更令西方读者获得地位上的优越感。这种恭维式的叙述和对旧中国的想象既满足了西方人对东方的探异欲望，也成为当代西方尤其是英美等国对社会主义中国批判的强有力证据。更为可悲的是，在卖书宣传的活动中，张戎不得不拿出祖母的绣花鞋作为工具吸引读者①。这就是中国作家在走向世界的过程中所遭遇的文化困境，尽管他们已经掌握了英语，但是究竟是以什么来吸引他者，或许也只有属于自身的特殊文化背景的故事。闵安琪出国之初英语并不好，十年之后，她成为一个畅销书的作家。成名作《红杜鹃》（*Red Azalea*，1994）将自己在"文革"中的奇特经历展现给读者：入选为江青样板戏电影的女主角，在"文革"的人性压抑期，发展为同性恋者，"文革"结束后遭到政治上的批判。这部作品成为1995年《纽约时报》评论的畅销书。接着她又为江青作传，《毛夫人》（*Becoming Madame Mao*，2000）的出版受到了普遍的关注，也为她赢得了声誉和金钱。而新作《野生姜》（*Wild Ginger*，2002）同样以"文革"时期的上海为背景，讲述黑五类女孩Maple和混血儿野生姜、红卫兵常青之间的感情纠葛。我们无可否认"文革"对于闵安琪这一代人的影响是深远的，也自然是他们创作素材的重要来源，但是她为何走不出这个圈子，去书写更普遍的人性？

哈金的"文革"小说却能够从这些"文革"自传中脱颖而出。首先，它展示的是另一种风格，冷静的批判和黑色幽默使他的小说显得睿智充实，平实的语言、朴素的故事营造的荒诞氛围更接近西方现代派小说。应该说哈金的简练、冷静让人感到叙述的力量，他的作品也尽量淡化政治背景。但小说里最令人费解的是孔林的前妻淑玉竟然是个裹小脚的女人。根据小说里的年代推测，孔林的妻子是出生于20世纪40年代的女性，无论在多么落后的地方，这个年代还有人裹小脚简直是天方夜谭，于是这一问题不仅成为读者而且也是小说中其他人物感到好奇的问题，这个小脚女人

---

① 刘心武与张颐武在谈到殖民、后殖民和文化选择问题时，刘心武认为海外中国作家的英文创作是与国际接轨的捷径，然而在进入的同时却也存在着诸多的困境。他以张戎为例，张戎的弟弟曾撰文讲他姐姐写本书不容易，出版后由出版商带着她四处去讲演、推销，到西雅图，在演讲时很多人觉得闷，就要离开，张戎就从一个红布包里拿出一只绣花鞋，说是她外祖母穿过的，于是这些人又回来继续听她讲。（参见刘心武．张颐武对话录［M］．桂林：漓江出版社，1996.19~20.）。

的故事自然成为读者需要去探讨和追寻的。其次，哈金在描写淑玉这个人物时，也是带有模式化的。她因为是个裹小脚的女人，因而身上具备一切封建思想浓重的妇女的特点：忠于夫权，替丈夫传宗接代的观念强烈，分居了几年之后还想着替丈夫生个儿子，离婚后听说曼娜病情严重，愿意主动承担起抚养其儿子的责任。对于这样一个在农村任劳任怨、长期得不到丈夫关爱的女性，作者的笔下很少有她内心活动的描述，她似乎就只是一个活着的生命，没有思想的动物。从这一点而言，倒是继承了赛珍珠在《大地》中对王龙妻子阿兰的写法，一个典型的中国旧式妇女形象，也是西方所熟悉的中国女性形象。

## 三、中心与边缘的合谋

求生存和谋出路的两难令海外华人的写作停滞在某些特定题材上，这种情境是所有少数族裔都会面临的。他们不愿被贴上“族裔”标签，渴求被平等对待，具有讽刺意味的是，他们首先必须亮出自身的族裔特性才能引起普遍关注。美国越南裔女评论家郑敏哈（Trinh T. Minh-ha）在《女性、本土和他者》中有这样一段话很值得我们参考：“如今，我被允许开口说话了，而且我经常被鼓励着表达我的差异性，因为我的读者对这些感兴趣，否则他们会觉得被愚弄了：我们不是来听一个第三世界的成员发表对第一世界的看法，而是来听那些不同于我们的经验。”[9]这段话至少透露了这样两个信息：①少数族裔可以说话了，这是走向平等的第一步，体现了多元文化的优越性；②他们只能言说自己的族裔经验，第一世界的经验他们无权言说。多元文化主义的提倡的确为少数族裔提供了表述自我的机会，他们可以和白人一样表达自己的观点，他们确实获得了某种意义上的平等，但表演者必须将自己打扮成纯粹的东方人形象，迎合西方人心目中的刻板形象（Stereotype）以博得喝彩。发声的目的本是为了消除刻板形象，通过交流和沟通获得理解与尊重，然而为了能够被听到，他们却不得已要夸大甚至歪曲自身的族性特征，弹唱起古老的民族传说。不可否认，近二十年来美华文学的蓬勃发展和地位提升归功于多元文化论的提出，而美华作家之所以只能背负中国故事或唐人街往事进军美国文坛，以辫子小脚、重男轻女、旗袍锦绣、麻将轿子等文化符码和丑陋的政治内幕吸引西方读者，不也得归因于多元文化论的潜在指导吗？主流的允许和边缘的迎合使得这些刻板形象不断得以复制，成为美国主流文化的点缀和修饰，造成多音共生的假象，因此宣扬文化差异和融入主流之间构成了合谋，而不再是相互抵触的悖论。

对少数族裔文化差异的尊重实际上已成为一种变相的文化控制，从“大熔炉”到“火锅”式的多元文化论的美国文化定位，使得少数族裔获得了属于自己的园地，然而他们必须循规蹈矩地固守自己的地盘，因为“言说的权威”（Authenticity）不允许他们越界去讲述白人故事，前文所提及的毛翔青、於梨华便是先例。中心与边缘的壁垒依旧森严，族裔作家只能在主流允许的范围内，制造各种奇异的民族画面，只有这样才能成为多元文化的样板得到主流的认可。汤亭亭、谭恩美、闵安琪、张戎、哈金等都有被主流话语规制的迹象，他们的作品无论在包装和宣传上都被贴上东方色彩的标签。从小说的封面设计便一目了然，他们来自遥远而神秘的东方。《喜福会》的封面双龙烘托祥云，绘上中国特色的如意花瓣；《接骨师的女儿》封面中心坐着一位扎着发髻、温柔安详的中国妇女，四周布置着中国式家具，一只彩色凤凰飞翔在封面底端；《毛夫人》封面是一位倒下去的红衣美女，飘散的衣裙四周缀满了毛主席像章……对于主流媒体刻板化的分类和评价，汤亭亭早在1982年就撰文《论美国书评家的文化误读》，提出了自己强烈的抗议：“我没有想到，批评家将我和作品看作是异国情调的、神秘东方的代表，大约2/3的评论家都是如此界定的。”同时她自嘲式地谈到自己曾尽量穿着T恤和灰扑扑的夹克，以此来减少异国情调，却低估了刻板印象在美国人头脑中的顽固性，“评论家对一本（华裔）小说评价的好坏，取决于该小说描写的世界是否符合他想象中的东方”[10]。汤亭亭同时举出许多报纸和杂志诸如《纽约时报》、《波士顿环球报》、《时代周刊》等刊登的书评都是从作家或作品中显露出来的中国性谈起，甚至很多评论者就将她简单地界定为“中国女人”，对此汤亭亭提出了自己的身份界定，“我出生在加州，所以我就是美国女人，我也是华裔美国人，但我不是中国女人，我从来没有到过夏威夷之外的地方”[10]。面对美国主流的评价和规定，汤亭亭极力为自己的美国身份辩解，但她也无法磨灭自身的华裔族性，尽管她努力地向众人宣告她所写的是美国书，然而究竟有多少读者会真正认同这一点，而不将她的作品当作中国故事来读呢？因此，汤亭亭根本不用替自己的小说作任何身份上的申明，商业化决定了沉默的理由。

既然美国华裔作家都遭受如此“礼遇”，来自中国的移民作家更应理所当然地承担起中国的代表的责任，所以严君玲、张戎、闵安琪、虹影等的个人成长必然成为中国政治变迁的最佳注解。哈金的小说已经有了很大的改观，但在宣传上，主流媒体的推荐中仍然呈现出对异国情调或族群刻板形象的猎奇性。北京大学英文系的刘意青教授就曾撰文指出哈金的荣誉是通过出卖同胞获得的，也即对西方揭示中国的丑陋、愚昧和落后。她提到小脚女人的可疑性，尤其提到《芝加哥论坛报》（*Chicago Tribune*）1999年10月31日“读者指南”（Reader's Guide）栏目刊登了一篇介绍《等待》的文章，“文章的左上方画了一对穿着镶花边裤子的小脚，约占了版面的1/4，下面印了《等待》的封面，紫颜色的封皮上横着写的是红色的英文‘等待’，可是背景却是一条黑色的男人的大辫子”。由此，刘意青教授认为美国人从哈金的小说里看到的不过是中国的落后和愚昧，这条大辫子与中国20世纪60年代没有任何关系，纯粹是为了迎合西方的审美情趣。[11]刘教授的评论显然过于偏激，这也是有前提条件的，她在美国曾亲去聆听哈金的现场朗诵会，哈金蹩脚的口语和粗糙简陋的小说语言都令她感到无比失望，以至于对哈金的获奖产生怀疑甚至是激烈的抨击。她将《等待》英文版封面上一条粗大的辫子理解为象征中国落后时期的男性辫子，也是太过牵强，因为大家都容易判断那是一条女人的辫子。从刘教授所提供的信息来看，在进入国际交流频繁的20世纪末，美国主流媒体依然还要通过小脚、绣花裤等因素来营造族性特色，以达到吸引读者的目的，由此可见刻板印象的力量何其强大。或许辫子的存在也是一种隐晦的提醒，因为在美国文化中根深蒂固的对中国的刻板印象便是如此。这种“出卖”也并不能完全责怪作家，为了生存与发展，本意或许早被掩盖，也唯有妥协与让步。正如我们认为《等待》所写的是中国人的极度忍耐，而西方读者看到的却未必是这些，“我们被熟练地引进一个有柿子饼和山楂糖葫芦的世界，一个弥漫着菊香的世界。这个方式在莎士比亚的《暴风雨》中富有魅力，也在近代的浪漫故事中奏效（《日瓦戈医生》和《百年孤独》）；《等待》来自同样的简直不可料及的区域”[12]。这种异域想象的激发本是作者无意为之的，然而最终它却成为吸引读者的最佳调料。更有甚者只看到了小说里所展现出的落后和愚昧，而对人性的问题避而不谈。于是在强势话语之下，即使是优秀的作者也难免成为第三世界文化领域内的献媚者和出卖者。而作者本人的沉默不语，更显示了主流和边缘之间的合谋，因为作者需要借助主流话语使其得到认可，而主流也赞许此类模棱两可的态度。

诸多在西方边缘地带崛起的萨义德、斯皮瓦克、霍米·巴巴等第三世界知识分子无一不以这种夹缝立场获得既批判又投合的话语权，他们身处两种文化的交杂中，同时也位于边缘和中心的交界处，这一特殊的立足点使他们悠游在更宽广的世界中。他们没有身份认同的危机，一向以世界人的姿态自居，以他们纯熟而优美的英语在欧美大都会宣扬多元文化理论，却不曾考虑有一统天下之势的英语已成了毁灭其他语言自然多样性的杀手。美华作家也逐渐从早期的文化身份的焦虑状态中解脱出来，坦然而骄傲地以多元文化为旗帜在边缘大步前行。从《骨》、《唐老亚》、《喜福会》等作品中可以清晰地感觉到美华作家追寻先人足迹、谱写华人移民史的强烈愿望，带有明显的文化寻根特征。从对民族文化的拒斥到回归，这之间当然存在很多其他因素，如中国国际地位的上升、华人在西方的杰出表现等都会使海外华人产生对自身民族文化的自豪和诉求。当然，也不可排除他们与萨义德们一样并不真正关心民族文化，而是利用它们在西方世界获得某些切身利益的可能。美华作家一方面要投入民族文化的怀抱寻求安慰，另一方面却又借助统治者的语言来宣扬文化差异，这的确是后殖民时代文化杂交的一大特色，地处边缘也成为一种优势的生存形式。

自觉或不自觉地利用自身的文化特性吸引读者，这是美华作家的一大策略。也无怪乎汤亭亭、谭恩美等人获得主流文化圈的好评后，赵健秀等要出来指责她们为迎合西方口味，而不惜将自己的民族资源当作商品出卖甚至扭曲。赵健秀的指责不无合理之处，但我们仍需看到主流评论界对少数族裔文学的误读和规制，20 世纪 60 年代黑人文学通常被看作历史或社会学文献，而美华文学同样也摆脱不了此种命运。金依莲（Elaine H. Kim）在她 1982 年的亚美文学研究的奠基性著作中所指出的：“从事写作的亚裔美国人并不非得是他们的民族性或种族团体的‘典型’或‘代表’。没有谁期望约翰·斯坦贝克或赫尔曼·麦尔维尔去表现或典型化所有白种美国人，或者甚至所有德裔美国人或英裔美国人，只不过由于亚裔美国人对大多数美国读者而言形同陌路，他们的梦想与表达有时被错误地归总了。”[13]正是在这种阅读期待下，西方读者只注意到美华作家作品的族裔特征，忽略了其中丰富的文化混杂意义，这正是海外华人文学需要深层挖掘的内容。本文仅就美华英语作家对中国故事的利用动机和心态进行了分析，指出多元文化论与美华文学发展之间的互动关系，美华作家从不满边缘位置到以边缘为据点进入中心的转变。早期美华作家为获得生存与发展，被迫以中国题材吸引读者：汤亭亭在《女勇士》中表现的对中国文化既无情批判又大幅展现的矛盾心态；黄玉雪、林语堂、黎锦扬等对唐人街种族歧视现实的温和处理等。进入 20 世纪八九十年代华美作家逐渐淡化美国身份，而普遍认同“美国华裔”的身份，并化边缘为优势，从文化“夹缝人”转而成为悠游东西方的“世界人”，背依两种文化争取更宽广的话语空间。

**【参考文献】**

[1] 赵毅衡．仓颉之后［J］．今天，2000（3）：1～4.

[2] 张慧媛．新世代华裔作家大竞写［J］．世界周刊，2000. 转引自［1］.

[3] 见美国华裔文学研究者尹晓煌与於梨华的访谈，In Xiao Huangyin，*Chinese American Literature since the 1850s*［M］．Urbana and Chicago：University of Illionois Press，2000.

[4] Shirley-Geok-lin. Assaying the Gold：or Contesting the Ground of Asian American Literature［J］．*New Literary History*，1993（24）：160. 转引自王光林．翻译与华裔作家文化身份的塑造［J］．外国文学评论，2002（4）：148～156.

[5] 蒲若茜．论当前海外华人写作及其文化身份［J］．学术研究，2003（5）：111～114.

[6] 丛苏．人的故事［J］．四海，1996（4）：19～20.

[7] King-Kok Cheung. Re-viewing Asian American Literary Studies［A］．King-Kok Cheung ed. *An Interethnic Companion to Asian American Literature*［C］．Cambridge：Cambridge University Press，1997. pp. 1～36.

[8] 黎锦扬．旗袍姑娘［M］．济南：山东文艺出版社，1999.

[9] Trinh T. Minh-ha. *Woman*，*Native*，*Other*［M］．Bloomington and Indianapolis：Indiana University Press，1989.

[10] Maxine Hong Kingston. "Cultural Mis-readings by American Reviewers"［A］．Guy Amirthanayagam ed. *Asian and Western Writers in Dialogue*：*New Cultural Identities*［C］．London：Macmillan Ltd，1982. pp. 55～65.

[11] 刘意青．拿诚实作交易——哈金和他的小说《等待》［N］．中华读书报，2000－06－14.

[12] 英国《泰晤士报》文艺副刊评论，引自哈金．等待［M］．长沙：湖南文艺出版社，2002，封底评论．

[13] Elaine H. Kim. *Asian American Literature*：*An Introduction to the Writings and Their Social Context*［M］．Philadelphia，PA：Temple University Press，1982. 转引自宋伟杰. 中国·文学·美国——美国小说戏剧中的中国形象［M］．广州：花城出版社，2003.

（原刊于《暨南学报》2005 年第 1 期）

# 对新马华文文学史撰写及其文学大系编纂之研究

朱文斌

【摘　要】方修关于新马华文文学史的著述、《马华新文学大系》的导言以及新社编选的《新马华文文学大系》的导论等都是以现实主义文学史观观照新马华文文学的发展，偏颇之处在所难免，因而有必要对20世纪80年代之前的新马华文文学研究作一回顾与反思。

【关键词】新马华文文学史；现实主义文学史观；回顾；反思

对新马华文文学（新加坡与马来西亚华文文学合称）的研究起源于何时，目前还没有明确的记载，但从文学发生学看，一般有了创作就会有研究，二者几乎是同步进行的。所以，新马华文文学自从1919年诞生起，研究活动就如影随形。虽然我们至今无法确定研究的源头，但有一点非常肯定：那就是在1957年——方修对新马华文文学研究活动开始之前，对新马华文文学的研究都是零星的、感性的甚至随意的。因而，毫不夸张地说，是方修使新马华文文学的研究成为了可能。他第一个全面地、系统地收集整理了自1919年以来七十多年的新马华文文学史料，第一个向全世界提供了一部完整的新马华文文学史，因此，他被海内外众多论者誉为“研究新马华文文学的第一人”。

方修从20世纪50年代中期开始努力搜集新马华文文学史料，到1979年为止，在占有丰富资料的基础上，编写出版了共10部马华文学史专著。[①] 这些专著基本上都涉及新马华文文学发展史的撰写问题。其中，除了1974年的《马华文学简史》是比较完整的简单勾勒外，20世纪60年代

---

① 具体书目如下：1958年《马华文坛往事》、1962年《马华新文学史稿》（上卷）、1962年《马华文艺史料》、1963年《马华新文学史稿》（中卷）、1964年《文艺杂论》、1965年《马华新文学史稿》（下卷）、1970年《马华文艺思潮的演变》、1974年《马华新文学及其历史轮廓》、1974年《马华文学简史》、1978年《战后马华文学史初稿》。

的《马华新文学史稿》（上、中、下卷）和20世纪70年代末的《战后马华文学史初稿》合在一起则更加完整地呈现了1919年至新马独立前后的文学发展概貌。方修以一人之力，皓首穷经，对新马华文文学史进行了系统性、完整性和理论性的整理。他“对新马华文文学史料的发掘、整理，不仅为新马华文文学提供了一份庄重而清晰的历史记录，使新马华文文学史杂乱无章的面目焕然一新，更重要的是他以新马华族的民族自觉和历史主动性，科学地、理性地解释了新马华文文学的历史，把新马华文文学从历史的童年和重负中解放了出来，修正了人们对新马华文文学的片面认识，这是方修对新马华文文学第一位的贡献”[1]。

方修对文学史的撰写是有体例可寻的。首先表现在文学史的分期上。他在三卷本的《马华新文学史稿》中将四十年来的新马华文文学分成三个大的阶段，即战前、沦陷期和战后。接着，又将战前分为四个时期：①1920年至1925年——马华新文学的萌芽期；②1926年至1931年——马华新文学的扩展期；③1932年至1936年——马华新文学的低潮期；④1937年至1942年——马华新文学的繁盛期。而在《战后马华文学史初稿》中则把战后至马来亚独立前1956年大约二十年的新马华文文学发展分成战后初期、“马华文艺独特性”与“侨民文艺”论争期、紧急状态初期以及反黄运动时期四个时期。这种划分体现了方修对新马华文文学的性质和特点的界定以及对一些历史事件的评判和把握有他自己的标准——现实主义文学史观。虽然现在看来这种划分过于琐屑并招致许多人诟病，但这是方修基于史实把握的结果，表现了他对史实的足够尊重。其次表现在文学史的构架上。方修对文学史的编著，在结构上有自己的构想，即每个时期基本上都由“文艺报刊”、“作者与作品”、“理论建设（或批评工作）”三个部分组成。这三个部分组合在一起，能够比较全面地呈现一个时期的文学风貌，主要优点在于既有时代背景的观照，又有作者思想、作品风格的分析；既有宏观的鸟瞰，又有微观的近察，同时又突出了重点。《马华新文学史稿》比较好地体现了方修的这一构想，而《战后马华文学史初稿》则显得“乖离初愿”了。例如，“战后初期”只写了作者作品和理论建设部分，缺少文艺报刊部分；“紧急状态初期”和“反黄运动时期”更加不完整，只写了作者作品部分。虽然20世纪90年代后，方修出版了《马华文学史补》对这些缺漏进行弥补，但还是缺少了“反黄运动时期”的文艺报刊和理论建设两个部分。方修以此为憾事，实际上大可不必如此。因为如果文学史的撰写一味追求自己设想的构架完整，很可能会导致“泥沙俱下”、“鱼龙混杂”，将许多原来没有资格也没有必要写进文学史的东西掺和进来，反而使文学史面目模糊。这一点，方修后来也逐渐认识到了，他说："当然，我所谓的'缺漏'、'悬缺'云云，那是对应着我自定的体例而言，也等于我自己找的麻烦，实际上其他地方的文学史，不管现代或当代的，大都很少论述报章杂志以及不大重要的理论批评事件，就这一方面来看，目前的《初稿》，也可以说是相对完整的。"[2]

方修对新马华文文学史的著述是筚路蓝缕之作，其贡献并不仅仅局限于第一个梳理、勾勒出新马华文文学的发展史，还表现在以下三个方面：①比较早地确立了新马华文文学的独立自主的地位。在方修看来，新马华文文学虽然受中国"五四"文学运动影响而诞生，但由于社会背景、政治制度、文化风俗、民族生活以及地理环境等方面与中国迥然有别，这就决定了新马华文文学不可能是中国文学的翻版，较早地纠正了人们认为新马华文文学是侨民文学的论点。他对20世纪20年代张金燕、陈炼青提倡的"南洋色彩"、"南洋文艺"，20世纪30年代丘士珍提倡的"地方作家"、"马来亚文艺"都非常赞同；尤其对1947年至1948年发生的那场关于"马华文艺独特性"与"侨民文艺"的大论争予以特别关注，认为这是新马华文文学自主意识成熟的关键。②辩证地梳理了新马华文文学与中国新文学的血缘关系。方修虽然强调"马华文艺独特性"，但并没有漠视新马华文文学脱胎于中国新文学这一事实。并且，他看到了战前大批南来作家对新马文坛所作出的巨大贡献。他在《马华文学简史》中说："马华新文学的产生，有两个原因。一个是内在的，即当地华人的迫切要求。另一个是外在的，就是中国'五四'文学革命的影响刺激。""马华新文学在发展的过程中，始终受到中国新文学的深刻影响。不但马华新文学的诞生，是渊源于中国'五四'新文学运动，其后的发皇滋长，也与中国新文学的发展有着不可分割的关系。"新马华文文学与中国新文学的辩证发展关系贯穿于方修的整个文学史研究过程中，这种文学史观立足于史实，显得客观公正，与那些割裂历史承继关系，无视传统的历史认识观念显然不可同日而语。③以现实主义精神奠定了新马华文文学发展的基调。方修发掘、整理新马华文文学史料和撰写文学史时都是以现实主义精神作为标尺，衡量、取舍材料的。这是因为现实主义直面社会人生、反映现实本质的特性非常吻合新马华文文学发展的史实。所以，在他笔下，新马华文文学史实际上就是一部现实主义文学和思潮的发展史。现实主义作为一条主线贯串于整个新马华文文学创作，在方修看来，这并不是一成不变的，它呈现出从最低级形态向最高级形态发展，从旧的现实主义向新的现实主义方向迈进的趋势。他将这一趋势概括为"客观现实主义——批判现实主义——彻底的批判现实主义——新旧现实主义过渡期——新现实主义”五个连贯的过程。[3]这表明方修具有开放的艺术视野，对现实主义不断吸收其他艺术表现手法而丰富自身的表现手段的做法比较欣赏。

方修著述新马华文文学史的同时，还模仿中国20世纪30年代赵家璧主编《中国新文学大系》的做法，于20世纪70年代初编纂出版了《马华新文学大系》（10卷），收集了战前时期（1919—1942）的作品；于20世纪70年代末80年代初编纂出版了《马华新文学大系（战后）》（6册），收集了战后时期（1945—1957）的作品。赵家璧主编的《中国新文学大系》分别收集了新文学第一个十年里有代表性的理论、小说、诗歌、戏剧、散文作品，延请蔡元培撰写总序，请胡适、郑振铎、茅盾、鲁迅、郑伯奇、朱自清、周作人、郁达夫、洪深等编选各种体裁的选集并撰写各集导言。由于参加编选者都是新文学史上最重要的几位作家，非常熟悉近十年的文学发展，因此，各集导言便成了很好的历史总结，对于新文学史的研究有着特殊的价值。[4]方修的《马华新文学大系》虽然在体例编排上与《中国新文学大系》基本相同，也是分体裁选集，但由于选集工作是方修以一人之力完成，所以各集导言都是由方修自己撰写的。方修一直以来从事发掘、整理新马华文文学史料的工作，对新马华文文学的发展十分熟稔，所以，他撰写的选集导言合在一起，也成了很好的历史总结。这些导言和他的文学史书写互相印证，对于新马华文文学的研究也有着十分重要的价值。

《马华新文学大系》的选集导言虽不及《中国新文学大系》各集导言丰富多彩，但也自成特色。方修所撰写的导言常常简洁明了，钩玄提要，概述、勾勒出某种体裁作品发展的大致轮廓，然后逐个介绍其主要作家的成就，一般在给予总体评价的基础上，再举一二代表作品，以少见多，彰显其神态风韵，把他们一一引荐给读者。在行文上基本能做到褒贬适度，常有精辟之见，有许多作家经过他的发掘和评介，现已成为新马华文文学史上不可或缺的人物。比如在《马华新文学大系（战后2）·小说一集》的导言中，方修总括了战后马华文学的任务仍然是反侵略反封建的继续，但具体表现在各个时期还是略有不同。接着逐一叙述各个时期的状况。他首先对战后初期（1945—1948）进行归纳，认为这个时期的基本主题乃是反对恢复殖民统治，争取民族独立自主；这个主题具体表现在小说作品中则是：“反对星马分裂，要求独立或自治，支持亚洲各地区的民族民主运动，反映星马人民对于摆脱殖民统治的愿望和行动，刻画在反殖斗争中出现的新型的人物形象，或者描写沦陷时期人民的抗日卫马的英勇事迹，以及和平后因胜利果实被掠夺而恢复了的被压迫、被剥削的苦难生活……”对战后初期的小说状况进行总结后，他分别以三个老写作人林参天的《余哀》、丘天的《复仇》、殷枝阳的《牺牲者的治疗》和两个新写作人刘冷的《贼》、夏霖的《冲》与《急潮》为例，分析他们的成就，使读者对这个时期的小说发展有了一个大致印象。而且，方修对战后初期发生的“马华文艺独特性”与“侨民文艺”的论争提出自己独特而不失公正的看法：他认为“侨民文艺”事实上还是存在的，只是判别某些作品是否为“侨民文艺”不能以作家是否属于侨民身份来辨别，也不能以是否描写本地事物来辨别，而应该以作品的主题思想来判断。虽为一家之言，但影响深远，多被后来者引用。接下去，他对紧急状态初期、反黄运动时期以同样的方式进行了扫描勾勒，向读者推荐了一大批写作人，如韩萌、萧村、苗秀、于沫我、丘絮絮、谢克、方北方、韦晕等，其中苗秀、方北方、韦晕现已成为马华文坛著名作家。不过，其中对姚紫（黄槐）的评价在今天看来却有失公允。他认为姚紫的作品《马场女神》、《咖啡的诱惑》、《拉里窝浪》等是“偏向色情生活方面找题材”，“迎合某些读者的胃口”，成为一时的畅销书，有媚俗之嫌。

方修在撰写选集导言的时候，自觉或不自觉地融入了自己的现实主义文学史观。这不但表现在他遴选作家作品的时候以现实主义精神为标尺，还表现在他叙述的时候无时无刻不以现实主义的三大原则（典型性、客观性、历史性）来组织材料，勾画出新马华文文学各种体裁在不同时期都以现实主义思潮为主的洋洋大观。如在《马华新文学大系（战后6）·诗集》的导言中，方修对于许多现实主义诗人如刘思、铁戈、杜红、原甸等都给予了很高的评价。他认为杜红的《五月》“相当广泛地反映了当时当地人民的生活”，“许多诗篇的字里行间跃动着一个积极的知识青年的鲜明形象”，使之成了“五十年代中期大批青年知识分子追求进步，追求真理的缩图”；他赞扬原甸的诗歌“沾浸着对生活的苦难”的关注，洋溢着强烈的爱国主义激情。然而，对于“现代诗派”他却给予了严厉的批评，称之为“世纪末的文艺形式主义”。方修反对“现代诗派”，只是反对它们过于注重形式技巧和晦涩难懂等方面，对“现代诗派”中“关心世道人生之作”还是给予了相对中肯的分析，如对谢清的《祭》、林也的《焚》、贺兰宁的《记金路德》、文恺的《黑人孩子的歌》、流川的《霸王车》、林方的《拾球者》等都表示了肯定，尤其对一些“现代诗派”的诗人如英培安开始转向现实主义创作更是大加赞赏。这篇导言似乎可以成为战后马华现实主义诗潮简史。这是现实主义文学史观观照下的必然结果，与他的新马华文文学史一脉相承。

无独有偶，20 世纪 70 年代初，新加坡教育出版社组织了以李廷辉为主席的新马华文文学大系编辑委员会，也编纂出版了《新马华文文学大系》（8 卷），收集了战后时期（1945—1965）的作品。这套《新马华文文学大系》在当时刚好和方修的《马华新文学大系》（1919—1942）构成互补，因为方修的《马华新文学大系（战后）》直到 20 世纪 70 年代末才开始出版，并且收集的作品到 1957 年为止。新社编纂的《新马华文文学大系》依然以赵家璧主编的《中国新文学大系》为蓝本，遵循它的体例编排结构。《新马华文文学大系》请李廷辉作总序，请孟毅、周粲、苗秀、赵戎、钟祺等分别编选各种体裁的选集并撰写各集导论。与《中国新文学大系》稍有不同的是，《新马华文文学大系》多了一集“史料”卷，请赵戎编选并作了序列，没有作导论。新社编选的大系导论共 7 篇，由于撰写者也是当时新马文坛非常重要的作家、诗人，自身就是创作者，自然也很熟悉战后新马文坛的历史，所以他们撰写的各集导论便也成了很好的历史总结，对新马华文文学史的研究有着十分重要的价值。如果说当时方修的文学史书写和文学大系编纂在战前时期成就巨大的话，那么，新社编选的文学大系无疑抢占了战后时期的先机，比方修更早地对战后新马华文文学的发展作了一个很好的总结。

苗秀的理论集导论对新马华文文学的发展基本上作了一个宏观的扫描。首先他确定了战前的马华文学与战后的马华文学有着本质的不同。“战前的那一个阶段的马华文学，充溢着侨民的意识，就其基本精神来说，是一种侨民文学或移民文学，情形跟美国开国初期的文学一样。战后这一阶段的马华文学，成功地抛弃了向来的侨民意识，和摆脱了马华文学一路来作为中国‘五四’新文学运动的一个支流而实践着的那种附庸地位，迈上了独立自主的发展途径。”然后，重点叙述战后文艺思潮的变迁：首先有新民主主义的思想，其次有“侨民文艺”与“马华文艺独特性”之争，再次是反黄运动风潮，最后则是爱国主义思想的提倡。其中，他对“侨民文艺”与“马华文艺独特性”之争倾注的笔力最多。这场声势浩大的论争是新马华文文学独特性与主体性确立的关键，但由于论战双方展开观点的时候并不是在同一层面上就事论事，而是将本属于文艺领域的问题与华人政治上的认同感纠缠起来，沉浸于究竟华人应该效忠中国还是效忠马来西亚，应该关心中国的政治斗争还是关心马来西亚的政治斗争的情绪里，当然就会夹杂不清。可惜苗秀也没有看清局势，在叙述这场论争的时候由于自己倾向于“马华文艺独特性”这边，坚持马华文艺应该多描写“此时此地”的题材，就对主张“马华文艺独特性”口号下应负起“对中国以及马来西亚的双重任务”进行批判，特别是以猜测的口吻对郭沫若、夏衍以及《关于“马华文艺独特性”的一个报告》的整理者秋枫进行人身攻击，有点偏激过火。事实上，苗秀也非常明白，“马华文艺独特性”的论争表达了新马华文文学想摆脱作为中国新文学运动的附庸而希望获得独立发展的良好愿望，这是新马华文文学必然的走向，但新马华文文学独特性与主体性的确立显然不是靠一两次的论争就能成功的，它最终的形成是要靠社会、政治、经济、教育、文化等方面的合力。所以，他在“爱国主义文学”提倡时期这样总结：文艺界提出“爱国主义文学”和“爱国主义的大众文学”的口号，使华人在意识观念方面纠缠不清的“双重效忠”变得单纯清晰起来，“侨民意识”自动让位于“本土意识”，新马华文文学摆脱了中国文学的支流地位，走上独立发展之路，成为具有自律性的“文学场”就是必然的结果。应该说，苗秀这篇导论的脉络是非常清晰的，基本上抓住了战后新马华文文学的思潮主线，如果少一些意气之论，将是一篇符合历史实际的总结。

周粲在诗集导论中坦白地承认他完全受朱自清编选《中国新文学大系·诗集》卷的启发来着手编选工作的。在收集材料的时候，与朱自清一样，他以收集个人单行本为主，适当参考一些旧杂志与旧报刊，涉及面比较广，能够将诗坛较重要的诗人一网打尽。具体评述这些诗歌成就的时候，周粲认为像钟祺在《战后马华诗歌发展一瞥》那样对短短二十年时间的诗歌发展分期论述是不明智的做法，因为分期导致了许多诗作处于暧昧尴尬的地位。因而，他采用了选取几本重要的诗集进行评述，以总结诗人的风格、成就为主的方法。比如评述诗人杜红，他分析杜红的三本诗集《五月》、《树胶花开》、《抒情诗集》，注重对比参照，总结出杜红越来越讲究写诗技巧和锤炼语言，风格从初期的激情澎湃变为稳重和机智。可贵的是，周粲在评述“现代派”诗人的时候，采取的不是排斥而是赞赏的态度，他把沧蒂的诗集《火的得意》里的诗评为“现代而知所节制的诗”，对沧蒂的过早夭折表示了惋惜之情。受朱自清的影响，周粲在新马诗坛也寻觅到小诗的踪迹。他认为小诗写得好的在新加坡有黄应良，在马来西亚有何乃键。在这篇导论中，周粲对比较重要的诗人诗作的总结是相当到位的，但作为对一个时期诗歌发展的宏观观察，没有发现或寻求诗歌内部的思潮涌动，不能给诗歌预示未来的发展之途，即未能像朱自清那样将一个时期的诗歌发展上升到理论高度，是一种非学理性的做法，有一定的欠缺。

小说一集的导论是由孟毅撰写的，小说二集的导论则是由苗秀所作。这两篇导论都是对同时期小说发展的概述，但由于选择的作家不同，所以对比来看，差异除了表现在所评述的作家作品不同之外，还表现在两人评判时侧重点的不一样上。孟毅采取的是，先从战后作家的意识转变、作品所体现的本地“独特性”和作品所涉及的题材方面着手归纳战后新马华文文艺的特色，然后以此为基础逐一评介韦晕、苗秀、赵戎、絮絮、洛萍、谢克、于沫我、淡如、韦西等作家的生平与作品。而苗秀则将战后二十年的小说分期论述，对不同时期的代表作家能够反映“此时此地”生活的作品逐一评述，比较注意“侨民意识”和“本土意识”在这些作家身上的变化。并且，他认为现实主义才是现代马华小说的主流，对现代派小说则斥之为“形式既不美，内容复空洞”。这一看法和方修的观点不谋而合。

此外，赵戎所作的散文一集、散文二集和戏剧集的三篇导论对散文、戏剧的梳理可谓精当，较好地把握了这两种体裁的发展脉络，尤其注重对重要作家作品的评述和总结。如他认为苗秀的散文“有一种沉实的稳健的作用，很少用感叹的辞藻，与他的小说作风有点不同”。韦晕的散文“就像他的小说那样优美动人”，能“化腐朽为神奇”。而对战后二十年来剧作家的创作的评价则是：“在他们的剧本里，人物心理与性格的刻画上，有些地方可能很模糊；人物对话的措辞上，许会不够简洁，但在主题与内容上，一般来说是正确而且广泛的。”今天看来，这些评述深刻而富有启发性。

这套大系编选时基本上遵循的也是现实主义文学史观，这从它所选的作家作品中很容易看出。虽然李廷辉在《总序》中制定选集的基本原则时强调“凡是达到相当艺术水平的作品，必须辑录”、“不讲究思想派别”，但实际上李廷辉对“唯美主义”、“现代派”也颇有微词，他说：“现代派的作品对于作者个人以外的社会，就完全置之不顾，而只拿个人方面的资料来作为写作的题材。”应该说，苗秀、赵戎和孟毅都是现实主义艺术原则的忠实服膺者，他们的创作是典型的现实主义创作，反映到编纂文学大系上，自然以现实主义精神为取舍作品的标尺。与他们稍有不同的是周粲，方修曾在《战后马华文学史初稿》中将他归进“唯美主义”诗人行列，可见他的创作基本上采取的是现代派的技法，这就难怪他在诗集导论中对现代派诗人大加赞赏了。然而，即使这样，周粲在编选的时候也还是以介绍现实主义诗人为主。所以，各集导论合在一起，不妨说是战后新马华文文学的现实主义思潮简史。

编纂文学大系和撰写文学史，实际上都面临着一个选择和经典化的问

位置。因为北美新华文文学的产生，是在全球化时代的文化场域中，由处于前工业社会的中国公民大规模地进入后工业社会的北美的结果，是中西两种异质文化碰撞、交流、融汇的产物。这种因流徙与融合而显现出的发展流程，不仅生动地展现出新移民文化迁徙和精神流散的曲折历程，而且也大体吻合了中国大陆改革开放后的现代化进程和文化发展的轨迹，从而使北美新华文文学在诸多意义上成为二十余年来中国迈向世界的一种形象折射，由此在宏阔的世界视域中成为中国阶段性历史的鲜明影像。这种民族印记和历史意蕴的注入，既使美华文学中意象群落的创造具有了某种内在的必然性，又使其意义构成接纳了丰富而深厚的文化内涵。第二，美华文学的意象建构具有中国本土文学不可替代的世界性因素。如上所述，美华文学中的意象设定是在异质文化的碰撞、交流过程中完成的，他种文化作为外来影响与本土文化的积淀以及作家主体的内在表达需要相契合，从而形成既与世界文化现象相联系，又与自身文化环境相关联的文学意象。“这些意象不是对西方文学的简单借鉴和模仿，而是以民族自身的血肉经验加入世界格局下的文学诉求，以此形成丰富而多元的世界性文学对话的结果。”[2]因此，像“远行”、“背影”、“冰河”、“彼岸”、“美国”、“唐人街”等意象不是国内其他种类的文学创作可以创设或挪用的，而基本上是北美新华文文学的“专利”。这种不存在普适性的意象选择为美华文学带来了特定的诗学内涵和文化意义。第三，北美新华文文学的意象营造不仅种类繁多、自然贴切，而且大都相互关联、自成体系并互动演进，从而清晰地呈现出文化意义和精神意蕴的互文性、递进性和系统性。

因此，北美新华文文学的意象就是一种具有特定含义的、富有文学性的文化意象。诗学意旨和文化内涵的同时存在，无疑使对这种意象的分析，成为文化诗学研究的题中之意。正如一位论者所言：“意象分析实际上和文化是有联系的，意象分析也就是一种精神关注点及其凝聚耗散过程的文化分析。因此，我们的文化诗学必须从文化变迁史的角度才能看透中国诗学的奥妙。……文化是诗学的血液，是诗学的肌理；诗学是文化的神采，是文化的风韵。”[3]意象分析与文化诗学的这种联姻，为我们观照北美新华文文学提供了新的恰当的视角。这一视角让我们在聚焦诗意盎然的意象的时候，不仅能发现民族与国家在特定时代的文化变迁和精神聚散的轨迹，还能从中窥视新华人们走出家园、移徙异乡的心路历程。正是基于这种理解，本文拟从意象分析着手，对北美新华文文学代表性文本中隐含的文化密码进行初步解读，从而揭示出这一文学整体的文化意义。

就笔者目前在研究过程中发现和收集的该区域文学的文本（计有长篇

小说130余部，中短篇小说1 000余篇）来看，蕴藏其中的意象非常丰富。可以说，在二十余年中，许多不同时段、不同身份的美华作家，在创作中都不约而同地重视对意象的精心营造和着意表现。以下论述即以此为基础，主要依据小说题目（因为标题往往是小说主旨和内涵的凝聚）所显示的意象进行归类，然后选择出现频率较高且意义关联、内涵深厚的意象作简要分析。

## 一、远行与飞翔——“行走”与“飞鸟”意象分析

相关作品：苏炜《远行人》、叶凯蒂《蓝土地，远行者》、笑言《没有影子的行走》、陈霆《漂流北美》、洪天国《北美漂流》、易丹《天路历程》、阎真《曾在天涯》、杨明《天涯不归路》、郁秀《太阳鸟》、邵薇《文化鸟》、晓阳《洛杉矶的蜂鸟》、邝蓝岚《候鸟》、曹桂林《纽约上空的中国夜莺》、加拿大新华人文集《多嘴鸟》

北美新华文文学的创作者无疑是一群远行者、漂流者和飞翔者。二十余年来，一批又一批大陆中国人流徙北美，成为20世纪末一种奇特的世界景观。作为主要表现这一景观的北美新华文文学，“远行”与“飞翔”的生命体验通过“行走”、“飞鸟”、“漂流”、“天涯”等一系列相关意象得到了集中而深刻的显示。“行走”是离开家乡走向异邦，“飞鸟”是摆脱土地飞向天空，“漂流”是跨越江河驶向异域，“天涯”是离开故土浪迹远方。它们共同的特点是展示人类生存的流徙性状态。这种生存动态，在该区域文学最早的一部作品集——苏炜的《远行人》[4]中就有了深度揭示。这部创作于1980年代初期的作品能够成为北美新华文文学的发轫之作，在很大程度上是历史的必然选择。因为在国门乍开的时候，禁锢已久的国民对自由和行走的渴望极其强烈，记录这种整体的民族心态便成为这部作品的主要价值。在这部作品中，作者描写了众多人物（既有老教授也有“老三届”的知识青年，既有高干子弟也有“文革”受害者）从相对动荡、封闭、落后的中国大陆走出，来到心目中安定、自由、富裕的北美大地，并在这块土地上挣扎、生存和发展的经历。这种经历既充满着物质梦境的追求，又肩负着精神理想的探索，还承载着文化身份的寻找和重塑。因此，这种从中国远行北美的过程，既是肉身的行走，也是心灵的旅行。这种描写，可以说，在上述诸种文本尤其是早期的北美新华文文学创作中均有不同程度的体现。尽管苏炜表现的是负荷着“中国背景”的远行，叶凯蒂展

现的是远行者不知目的地何在的迷惘，阎真叙述的是远走天涯的哲理审思，郁秀流露的是成为一只候鸟在世界飞来飞去的憧憬，陈霆倾诉的是作为世界公民自由漂流的喜悦，还有其他种种，但“行走”与“飞翔”是他们相似的精神渴望，也是他们着力表现的共同主题。这种“行走”对远行者而言，既是现实命运的选择，又是生命本质的揭示。因为中国人本来是安土重迁的，但故土在传统因袭下曾经形成的封闭和停滞又迫使千万人无奈地离开文化母体、远走他乡异域，去自由和发达的“新大陆”寻找更适合于自己生存的居住地。这种变迁当然不仅仅是个体中国人的命运，自然也是当代中国走向现代化的自觉选择，因为中国要实现自身的复兴，同样需要向世界敞开、向前方行走。另一方面，生命的本质是流动的，生命的激情和欲望不应也不能受到空间的限制，因而人又不断地产生着对行走的向往。于是，两种因素的结合，使“行走”或者“飞翔”不仅仅成为文化意象，而且也成为一种生命意象。作为生命意象，“行走”喻示了生命的一种意义：如果安居是土，那么行走就是水，水的流动与土的稳定之间构成了一种张力，虽然水的流动有高低夷险，却使生命的实现方式有了更多的选择，从而使生命的内涵得到丰富和完满。作为文化意象，“行走”不仅喻示着作为文化个体的人向他种文化不断流散的现代趋势，同时也喻示出古老中国的现实命运：中国再也不能在传统的重压下自我封闭、徘徊不前，而是要突破各种桎梏，迈开大步，走向世界舞台，融进全球化和现代化的浪潮之中。上述种种意义的宣示，使“行走”和“飞鸟”等意象的构建，由个体命运的揭示演变为对家国命运的思考，意象的价值在文化诗学和生命诗学的映照中获得了深度体现。

如前所述，当国门刚刚打开的时候，当封闭已久的心灵突然敞亮的时候，行走与飞翔的愿望最为迫切。因此，“行走”和“飞鸟”等意象的营造以及由此所展现出的对于流散的强烈渴望，在北美新华文文学的初始阶段（即1980年代初期）表现得最为明显。国人和国家一起出发了，但上路之后，会是怎样一番情景？

## 二、背负与阻隔——“背影”与“冰河”意象分析

相关作品：苏炜《背影》、笑言《没有影子的行走》、查建英《丛林下的冰河》、孙颙《此岸，彼岸》、张广群《彼岸》、树明《寂寞彼岸》、沈文《彼岸的七色世界》、张翎《交错的彼岸》、严歌苓《在海那边》、叶凯蒂《蓝土地，远行者》

苏炜作为北美新华文文学最早的创作者，特别看重其《远行人》系列小说中的一篇：《背影》，因为作品形象地揭示了他那代远行人一种典型的行走姿态，即背负着沉重的“中国”包袱痿然前行。这种包袱，在《背影》中表现为挥之不去的“中国背景”。正是这种无法摆脱的“中国背景”使远行人在上路之后行走艰难，即使进入异乡也因负荷深重而茫然无措，以致陷入精神困境。“我的小说里面有一种‘情结’，我称之为‘过去情结’。……实际上是一种中国情结，是一种群体的重负，非常大的一个重负。”[5]事实上，哪一个远游者能两手空空而行走千里万里？每一个远行人都会背负行囊踏上征程，背上的负担是远行者不可避免的宿命！这种“负担”其实就是塑造着每一个个体的母体文化！而文化是融入血液、化成生命基因的东西，是一个人无法从生命中抽离的特质（这一点在美华作家严力的小说《血液的行为》中有过生动的揭示）。笑言在其长篇小说《没有影子的行走》中就塑造了几个企图摆脱传统文化的影子而力图融入异邦文化却最终陷入苦闷和彷徨的远行者形象。对此，作者曾这样慨叹：“传统文化是游子永远的影子！试图摆脱影子行走，何其艰难而怪异！”[6]这种文化困境在叶凯蒂的作品中也得到了重演。在《蓝土地，远行者》中，主人公甚至这样痛切地叩问：“在人们的记忆里，难道留下的只是我们作为外国人，没有身份、没有权利的人的失败？只是一个必须把自己隐藏得那么深、那么久、最后连影子也找不到的人的历史？”实际上，远行人的困境还不止于此，因为除了背后“影子”的苦苦纠缠，前面还横亘着重重阻隔。这种“阻隔”，在相应文本中表现为难以跨越的“冰河”和隔着大洋的遥远“彼岸”，它们共同喻示着走入异质文化的远行者所遭遇的文化障碍、文化阻隔和文化震撼。对此，查建英的小说《丛林下的冰河》表现得最为突出。小说的主人公在美国力图摆脱中国人的圈子，努力融进美国人的生活，但最终依然感到在中美两种文化之间横亘着难以逾越的“冰河”。因为远行者大都是被母体文化塑造定型的人，若再遭遇另一种文化，其陌生和隔膜便处处存在。就像一棵参天大树，再要移栽到另一片土地，成长何其艰难！在某种意义上，远行者在异质文化间的移徙，是一种需要历经浴火的重生。“真正的人生又一次坐落在她站着的对岸，美丽的风景似乎离她那么近又那么远。她非得先淹死不可，才能到达那一边？”[7]是的，此岸和彼岸之间的大洋形成一种漫漫阻隔，不经过心灵的炼狱、灵魂的洗礼，精神的海洋便无法跨越，而理想的彼岸也就难以到达。这一切，不仅仅是向异质文化流散的移民个体必然遭遇的痛苦经历，其实也是当代中国在向世界敞开时必须走过的曲折历程。因为中国的现代化进程也是一个背负着传统艰难前行的过程，中国的现代化前路同样是一条充满着千难万险、需要跨越重重关隘的道路。传统的坛坛罐罐需要清理但无法也不能全部丢弃，远游的行装只能精简却不能没有；而另一方面，前行又是必然的选择，纵然关山万重，中国的脚步却不能停止。

这一蕴含着矛盾冲突的现实认知，成为北美新华文文学给我们民族的另一层深刻的启示。是的，尽管传统文化的牵绊与异质文化的阻隔，使远行者不可避免地陷入困境，但是，这是行走在路上的人必然要面对的风景，也是远行者生命厚度和文化深度的体现。没有这一阶段或过程的历练，彼岸的辉煌何能展现！

## 三、归化与持守——“美国”与“唐人街”意象分析

相关作品：查建英《到美国去！到美国去!》、张慈《浪迹美国》、雷辛《美国梦里》、程宝林《美国戏台》、石小克《美国公民》、郁秀《美国旅馆》、叶舟《美国爱情》、张韧《逃离美国》、张士敏《黄昏美国梦》、薛海翔《早安，美利坚》（此类以“美国”及北美代表性地名为篇名的作品还有70余部，限于篇幅不一一列举）、伍巧莹《唐人街，唐人街》、华胄《唐人街黑色风云录》、冯湘湘《唐人街皇后》、志远《唐人街上的中国女人》、姚船《唐人街屋檐下》、黄运基《唐人街》

谢舒是北美新华人作家中一位文笔优美、情感细腻的作者。她在长篇小说《华尔街石漂》中一开头就写道：“到美国不需要理由，美国本身就是理由。”[8]这一说法也许可以成为行走北美的新华人们的共同心声。北美，尤其是美国，作为西方的典型代表，在第三世界许多公民的眼中就是自由、民主、富强的象征，是他们梦寐以求的理想国。查建英的中篇小说《到美国去！到美国去!》中的主人公伍珍，在国内历尽劫难，去美国便成为她后半生的唯一梦想。终于，除了生命之外，她付出了所有代价得以在美国居留下来，感到了真正的幸福。雷辛的《美国梦里》则塑造了为实现美国梦而受尽磨难的中国留学生群像，程宝林的《美国戏台》则描写移民们将美国当成人生的大舞台而上演无尽的悲欢离合……可以说，在目前收集的130余部北美新华人创作的长篇小说中，有超过半数的篇名包含有“美国”以及“纽约”、“曼哈顿”、“华尔街”、“洛杉矶”、“旧金山”、“多伦多”等地名。如此众多的地域标示，使人们不能不想到，对于迁徙者而言，“美国”既是地理意义上的目标，也是文化意义上的归宿。“美

国”已成为一种成功的标志、一种心理的慰藉、一种情感的炫耀；甚至，“美国”也是一种精神、一种气度、一种依托。在上述种种对于“美国”的凸显中，一种到达目的地后的轻松与愉快、一种精神的归化和心灵的依恋明显地洋溢其中。是的，对于更好生活的选择是个体生存的神圣权利，也应是一个国家、一个民族不断进步的强大动力。既然个体生命能够跨越国界实现自己的生命追求，一个国家同样也应超越意识形态的藩篱去实现民族的强盛和人民的富裕。也就是说，尽管当前的全球化、现代化是在西方的主导下展开的，但现代化既然是民族复兴的必然选择，中国就应有勇气加入这一进程。这或许就是“美国”意象给我们的主要启示。但“加入”不是埋没和消弭自身，而是借助全球化潮流的整体力量更快地行进；“加入”应该是在保持自我独立性和主体性的基础上的联系和融合，是一种为我所用的借力和创造。这种理解，从北美新华文文学中的“唐人街”意象里可以找到依据。许多研究者认为，在1980年代以前，唐人街在海外华人的笔下主要是中华文化在异域被执意固守的象征，“是最坚定地对世界进程说‘不’的地点，它既拒斥西方，也拒斥了东方的进化”[9]。然而，唐人街终究是处在异国文化，尤其是异域强势文化的四面包围之中，因此，它一面固守，一面也会裂变。20世纪80年代以来，中国大陆新移民的大量涌入更加速了这一裂变过程。他们大多数也生存在唐人街或与唐人街密切相关的华人圈子里，但他们新的背景和新的追求逐渐改变了传统的唐人街形象。伍巧莹的中篇小说《唐人街，唐人街》[10]就塑造了一个既生活在唐人街又走出唐人街的女记者形象。小说通过采访一个案子的过程展示了“铁肩担道义”的中华美德，但又对唐人街里中国人身上的传统劣根性展开了批判，表达了对西方文化某些内涵的肯定与向往。这种突破唐人街的局限性又坚守唐人街的中华性的趋势，使唐人街逐渐成为中西文化互相浸润的特殊场所，成为异质文化碰撞、交流、融汇的典型区域。正如北美新华文诗人刘荒田在其诗歌《唐人街，唐人街》中所说：“唐人街/是一部厚重的/汉英字典。”另一新移民诗人王性初也称其为“异邦土地上的一条东方龙”。由此可见，“美国”里的“唐人街”已经成为一个丰富的文化意象，它喻示着远行的中国人身处异邦的一种文化立场，即，在到达他乡之后，仍会顽强地保存和积蓄本民族的文化资源，并以此为立足点再向西方敞开。这种既学习西方又立足自我的文化姿态，难道不也是当代中国的文化身影？

通过以上分析我们可以看出，北美新华文文学所建构的一系列意象，不仅揭示了全球化时代个体迁徙者的文化命运，而且也蕴含着中国现代化进程中的许多文化特质。同时，上述一系列意象的组合，还清晰地显示出新移民们流散的心灵轨迹，即“向着远方行走与飞翔——远行中遭遇困惑与障碍——困境中奋起与融合”这样一种逐层递进、曲折向上的心路历程。这一历程既是迁徙者们大体经历的三个阶段，其实也是北美新华文文学二十余年来的发展所经历的三个阶段。因此，这一历程作为新移民们生命体验和文化变迁的生动显露，构成了北美新华人们的精神现象史和文化变迁史；另一方面，这一相互关联、互动演进的象征世界又通过个体的文化命运的揭示隐喻着中国文化现代化的历史进程，折射出北美新华文文学的发展脉络，从而以想象的方式又构建了当代中国的文化发展史和文学流变史。因此，北美新华文文学中的意象，就不仅仅是作为一种文学内容，而且也会成为一种民族记忆，而沉积在当代中国的历史深处。这类富于生命性和历史性的意象运用，既大大增加了这一区域文学的文化浓度，又大大强化了这一区域文学的诗化程度，从而为北美新华文文学在诗学上的提升提供了丰富的可能性。

**【参考文献】**


[1] 吴炫．非文学性的文化研究［DB/OL］．北大中文论坛网，http：//www. pkucn. com/2002－06－07.

[2] 陈思和．当代中国文学史［M］．上海：复旦大学出版社，1999. 248.

[3] 杨义．中国诗学的文化特质和基本形态［N］．中华读书报，2002－08－21.

[4] 苏炜．远行人［M］．北京：十月文艺出版社，1988.（该书收录《远行人》系列8篇小说，主要创作于1983—1984年。）

[5] 查建英．留学生文学专题座谈会纪要［J］．小说界，1989（1）.

[6] 笑言．没有影子的行走·自序［M］．长春：时代文艺出版社，2002.

[7] 叶凯蒂．蓝土地，远行者［J］．小说界，1996（1）.

[8] 谢舒．华尔街石漂［M］．郑州：河南人民出版社，1998.

[9]［澳］朱大可．我们的唐人街［J］．城市化：建设管理专刊，2003（23）.

[10] 伍巧莹．唐人街！唐人街！［J］．特区文学，1990（1）.


（原刊于《暨南学报》2006年第1期）

# 南洋本土的汉语书写：东南亚华文文学的族性言说

莫海斌

【摘　要】东南亚华文文学具有显著的民族寓言的性质。在将近一个世纪的变迁当中，作为华族历史想象和族性言说方式的文学写作，始终是东南亚华文文学的主要历史变量，也是贯穿近半个世纪以来东南亚华文文学当代转型的基本线索。它是在三种强势话语（东南亚民族政治话语、西方话语和中国话语）于东南亚本土交错搭建而出的网络化语境中进行的，是试图通过主要他者形象的想象、华族与他者关系的建构，从本土化和差异性的两面来达成新的有关族性的当代言说。

【关键词】东南亚华文文学；族性；他者；本土；差异

## 一、理论前提与历史描述

在弗雷德里克·詹姆逊的著名论断里，处于资本全球扩张时代的第三世界文学凭借其本土性的文化对抗而成就了“民族寓言”的内在品性，即使是纯然个人化的写作方式，也会在以个体经验为对象的隐秘书写中蕴含有集体叙事的苦涩内核。艾贾兹·穆罕默德进而将这种寓言元素扩展为少数族裔文学、女权写作等边缘群体文学的普遍属性，虽然他对詹姆逊理论中的西方中心意识表示了相当的不满。[①]以此来观照东南亚华文文学，则可以说寓言化既是它的一种基本属性，也是它自我想象和研究者借以展开讨论的一个主要的乃至于习焉不察的理论模式。当新加坡学者兼诗人王润华从后殖民的角度强调当代马来西亚华文文学“特别关心与呈现位置与移植（Place and Displace）”、而“关心寻找自我与未知的明确身份……寻找自我

［基金项目］暨南大学校级项目“文化转型中的印尼华文文学”。

①　［印度］艾贾兹·阿赫默德．詹姆逊的他性修辞与“民族寓言”［A］．朱立元．二十世纪西方美学经典文本（第四卷）［M］．上海：复旦大学出版社，2000．320～342.

的本土形成为当代小说的一大主题”[1]，他事实上是从一个层面把当代东南亚华文文学定位在族性想象和生产之方式的位置上。当然，这一族性的文学生产是要在本土场域之中、在文学书写的本土认同前提之下进行的，就像斯图亚特·霍尔所说的，移民社群的本土在场是“混合、同化和汇合的协商之地”，是族裔散居的开始，也是多样性、混杂性和差异的开始。①

20世纪20年代到第二次世界大战结束后的一段时间，是东南亚华文文学作为中国新文学海外支流存在的“华侨文学”时期。之后，在相继独立的东南亚各民族国家内部，华文文学陆续开始了由被动到主动地融入所在国国家文学的历史过程，并逐渐形成了自己新的形态和特性。考察这一目前仍在延展的历史过程，不难发现它显著的民族寓言性质及其各种外化表现。其中需要单独拈出进行描述、论述的，是作为华族历史想象和族性言说方式的文学写作，它是东南亚华文文学发生与变化的主要历史变量，也是本文讨论东南亚华文文学近半个世纪以来的当代转型的基本线索。

20世纪初，马来亚地区的华族共同体已经基本形成。② 在此基础上，马华新文学诞生不久即出现了自觉的本土化的理论诉求。从20世纪20年代末对于“南洋色彩”的提倡，一直到1947年“马华文艺独特性”和1956年提出的“爱国主义的大众文学”口号，马华文学持续存在着本土化的努力。这种情况在东南亚其他地区也有发生。③ 本土化的文学要求，开始自觉到东南亚华人是有别于大陆古国的独特生存。只不过，在这一时期占有主流地位的现代中国民族主义意识形态的作用下，华文文学实质上共享着中国新文学的民族形象，本土化的理论要求主要指向以东南亚风物民俗为内容的地方认同，在文学实践上，却是王润华所说的“从最早到战前……本土意识的文学种子一直在压抑下成长”[1]。

战争结束，变化开始。尤其是在20世纪60年代前后，政治语境的巨变，从两个方面深刻作用于当代东南亚华文文学。一方面，放弃华侨身份、入籍东南亚，政治认同的变更带来文学心态的波动：华侨文学的东南亚地方认同被新的指向独立民族国家的东南亚国家认同取代，在此基础上，原有的文学本土化的要求得到进一步发展，华文文学开始加快脱离中

---

① 参见［英］斯图亚特·霍尔．文化身份与族裔散居［A］．罗钢，刘象愚．文化研究读本［M］．北京：中国社会科学出版社，2000. 213.

② 参见何启拔．马来亚华族的形成问题初探．收入梁初鸿，郑民．华侨华人史研究集（第二辑）［M］．北京：海洋出版社，1989. 以及林远辉，张应龙．新加坡、马来西亚华侨史［M］．广州：广东教育出版社，1991. 357.

③ 例如1933年缅华作家强调的“此时此地的文艺”的文艺运动，以及20世纪40年代中期到50年代中期泰华文学中围绕当地化问题爆发的“写什么”的长期讨论。

国新文学、形成本土文学传统、融入所在国国家文学的进程。而在另一方面，政治身份的变动并没有带来文化身份的顺利置换，而是造成严重的身份失落、认同焦虑。尤其是在转变的初、中期，作家们更侧重于体验和言说华人身份转换过程中所遭遇的现实与文化困境。① 总体而言，转型之初的当代东南亚华文文学，在存留、呈现华人社会现实与文化心理的艰辛、酸楚的同时，也出现了挣脱痛苦的迷雾、力求身份整合的自发努力，从而为下一时段的变化提供内在的连续性。

变化仍在继续。20世纪末，中国学者敏锐地意识到需要纠正一种“错觉”，即“具体到海外华文文学，便浮现出一张张思乡的脸庞”[2]。也就是说，在认同心理二三十年的变迁中，“海外华文文学整体与中国文学的关系，以及其中的‘中国意识’，都会被有意无意地修正、改造”[2]。例如，菲律宾资深华文作家蔡沧江的感受是，当代写作正发生着“相当巨大”的变化，中华文化“这种母体文化已在转变中成为海外华文文学的一种创作手段而已”[3]；马来西亚的林建国则把这种新构建的关系概括为：华文文学“必须先存在于中国文字之中”，而这种“中国”文字的写作又可以产生“‘非中国’的意识形态”[4]。类似于此的有关移植和溯源、集体记忆与个体现实、语言、想象以及意识形态等的表述，还有王润华的双重传统理论：“中国文学传统给我们提供一个文学的根源。而我们的土地、人们、习惯、文化以及特殊生活经验自然地形成了目前我们拥有的本土的文学传统。”[1]简单地说，人们更倾向于将当代东南亚华文文学描述为“华文”或者“现代汉语”的南洋书写，这说明它正从严重的认同焦虑中走出来，自觉地从事于新的族性和形象的自觉生产。下面的论述将说明，这种自觉的、新的生产，是在三种强势话语（东南亚民族政治话语、西方话语和中国话语）于东南亚本土交错搭建而出的网络化语境中进行的，是试图通过主要他者形象的想象、华族与他者关系的建构，从本土化和差异性的两面来达成新的族性言说。

## 二、族性言说的网络化语境和他者想象

东南亚地区的殖民历史和华人的南洋迁徙，是西方话语和中国话语在华文文学中居有强势地位的历史依据。不过，在新加坡以外的东南亚各民

① 例如菲华作家云鹤把华人比喻为无根无土的《野生植物》；林泉的《玉彬北桥》象征性地揭示了华人“不知该向南或向北走”的迷惘处境。“向北”是大陆古国，“向南”是完全归属于菲律宾——“而无言的道路/像一段不知所趋的命运……”

族国家内部，原住民政府的民族政治话语同样不可小觑。例如方昂的《给——》：“说我们是中国人，我们不是/说我们是支那人，我们不愿/说我们是马来西亚人，谁说我们是/说我们是华人，哪一国的国民/我们拥有最沧桑的过去/与最荒凉的未来。”在中国话语和西方话语之外，从“谁说我们是”的诘问里，不难发现东南亚民族政治话语的黑影。

方昂的小诗也说明三种强势话语一起编织出华文文学族性言说的网络化语境，它们通常从不同向度同时作用于华文文学的写作，并且通过同一个影响客体达成彼此间的联系。这并不意味着取消华文写作的主体地位，相反，在本土立场或者本土认同的支撑下，华文书写构成整个网络的纠结点，从而综合、转换、尝试和引申出良性的发展可能。这不是一个愉悦、流畅的过程，而是混乱、迷失中的艰难寻找、转化、整合与创造。对此，不妨通过有关当代华文文学他者想象的讨论来予以说明。

和华侨文学时期以中国为指向的东南亚地方想象、风物呈现不同，当代东南亚华文文学大都致力于建构健康、和谐的东南亚国家形象，或者是在日常生活、社会人事层面叠加有关东南亚国家和中华文化的双重认同。① 有关这一点，居住在台湾的马华学者、作家陈大为的考察颇能说明问题：“展读当代泰华文学，势必听到无所不在的湄南水声，让人误以为满纸的汉语，都是鱼……湄南河几乎等于是泰国所有的文学土壤，它是一个最大的文学图腾。这种普遍存在于泰华文学论述中的国家意识，奠基在由新诗、小说、散文和杂文共同经营的‘湄南图像’上面。”[5] 只不过，在东南亚国家意识的汉语书写内部，也存在相当严重的政治隐忧和华族身份认同的焦虑。② 就前者而言，有关国家形象的良性想象，往往需要诠释为华族对于现实生存的美好祈愿和积极努力；就后者而言，华文文学既要积极融合于东南亚，强调国家属性之“同”，又要维系族群的文化传统，彰显族际的文化差异。例如，在马华文学对于“本土文学传统”的提倡和阐释

---

① 例如菲律宾吴天霁《家在千岛上》形容的，习惯于“用最亲密的母语/讲盘古开天/讲后羿射日”的华人其实很明了深化“只在梦里/与我们相依”，清晨“我们看到的/仍是一片大海/漂浮的岛屿/我们想到的/仍是曝渔网/修补舟楫”。又，小四的《菲律宾才是我的乡愁》，乡愁物化为诸多生活细节：马尼拉“海湾大道中间那刚种下的一棵小树苗”、“有生意没生意总要来店门前聊一会儿”的当地马车夫、家中天真烂漫的小儿女，“甚至家门前那条又破又烂人人诅咒的街道”。

② 例如华文文学作品里对于民族政治话语酿成的人间惨祸、种族血泪的直写，以及试图诉诸爱和交流来驱逐阴影的不懈努力。2003 年，印度尼西亚华文作家协会主办的“第二届金鹰杯华文微型小说创作比赛”的 62 篇入选作品中，表现华印友好、排华余波的有 14 篇，以原住民生活为题材的有 5 篇，占了将近三分之一的比例，由此可以看出华文作家们的取向。

里，就不难看到既要与异族相沟通又忧虑于族群同化的紧张心态。① 在这一点上，当代东南亚华文文学与东南亚民族政治话语的关系，就和如何对待中国话语交织在一起。

就中国形象而言，华侨文学时期“家”、“国”一体，文化意义和政治意义兼具的“祖国”，如今被视为一个特殊的他者。在有关祖籍国的想象中，既有对于文化根性之纯粹性的强调，承受着“别让下一代作了失根的兰花，更不能让自己做了夹缝中的罪人”[6]的心理重荷，也有南洋本土现场的坚守，要求背离主流的中国话语而“回到一个纯粹的、‘本质上边缘’的创作主体”，“完成在心中密谋多年的南洋……那个属于我的，最后的南洋”。[7]其实，在当代东南亚华文文学里，文化传承本身就展开为此时此地的诠释、变化。强调回归边缘而构建华族自己的南洋“谱系”，又何尝不是文化同一性另一形式的当代延伸？套用斯图亚特·霍尔的话就是，在与中国话语的关系中，当代东南亚华文文学存在两个同时作用的变量：“一个是相似性和连续性的变量，另一个是差异和断裂的变量……一个给我们指出过去的根基和连续，另一个提醒我们，我们所共有的恰恰是严重断裂的经验……因此，差异在连续中、并伴随着连续持续存在”[8]。

原本无可偏废的两个变量在实际操作中却会有所侧重。随着时间推移，当代东南亚华文文学研究与创作似乎更倾向于本土境遇中的差异和断裂。朱崇科和王润华的研究都将中华文化、文学视为华文文学的借鉴资源，指出它进入华文文学的范围之后“本身也附加了相应的限囿、烙印以及营建了重读的或扩或缩（也是筛选）的空间”[9]；或者需要经过一系列调整和修改，拆除其原有的规范性质和所承载的中国经验。只有这样，“从中国移植过来的中文和文本……才能表达和承载新马殖民地新的生活经验和思想感情……这边缘性产生的文本，终于把本土性的新加坡华文文学传统建构起来”[1]。只不过，王润华的后殖民眼光使他更接近于黄锦树等马华新生代作家。在他们看来，华文文学应该在东南亚的历史和现实里寻找和建设自己的文化属性，中国性的渲染，反而会在中心/边缘的架构中取消本土的意义，将复杂多样的东南亚经验简化为单一的文化失根之痛。② 拆除二元架构、拒绝充当中心凝视下的舞者，无疑有其必要，但也要充分考量这种主张背后的意识形态冲突、文学权力之争以及地缘政治等动力性因素。至少，可以在文学文化层面上将整体性的中国话语分解为古典传统和现代形态两个组成，以避免针对中国现代民族想象和新文学传统

---

① 参见黄万华．新马百年华文小说史［M］．济南：山东文艺出版社，1999.

② 参见黄锦树．马华文学与中国性［M］．台北：台北元尊文化企业股份有限公司，1998.

而起的解构锋芒“殃及池鱼”。这样，就能够看到所谓差异和断裂同时也是中华文化同一性在东南亚的丰富和发展（反之亦然），相对于中国新文学和东南亚其他族群，它都是具有亲缘性的独特存在。

再来看华文文学的西方形象。在历史的层面上，当代东南亚华文文学倾向于把曾经的殖民苦难和华人的斗争反抗叙述为族群与国家共有的历史，从而在东南亚民族国家的指向上，实现历史苦难的积极转化，论证出华族本土生存的历史合法性。但也存在另一种情形。例如马华小说家李永平的“英属婆罗洲世界”，在土著的苦难以及华人与土著的隔阂、冲突背后隐藏的，是华人狭隘的种族优越意识和殖民者强化族际矛盾以分而治之的一贯政策。对此历史情境的钩沉与理性反观，为当代华族化解种族恩怨、反思华族传统的阴暗意识提供了新的契机。

西方形象的历史构建，从反面促成了华文文学与东南亚现代民族国家宏大叙事的汇流；它的现实存在，又在西化和现代化的不同侧面上，寄托着华文文学对于华族文化、国家前途的忧虑和希冀。例如，在张辉、黄孟文关于教育题材的小说里，西方话语在新加坡的文化殖民造成华族文化传统没落的现实恶果，而谢裕民的《遗嘱》却从现代化的角度入手，对华人狭隘的地域、籍贯观念提出质疑，强调文化的故步自封只会使华族社会四分五裂，文化传统趋于枯竭，这其实是另一种的传统失落。

## 三、本土与差异

处身于三重强势话语搭建出的复杂语境，当代东南亚华文文学的族性生产应如何进行？王润华曾借用霍米·巴巴“殖民杂种”（Colonial Hybrid）的概念阐释东南亚华文文学的多元、杂糅性质，“但又特别强调各族文化不能融为一体……多元种族、语言、文化的国家意识不能造成种族语言与文化根源的消失”，所以，华文写作“一方面抗拒西方，但也吸收其优良文化科技；另一方面固然拥抱多元文化、多元种族社会，但也植根于自己深厚的种族的历史文化根源”。[①] 在此主体性的前提下，东南亚华文文学的族性言说展示为本土性与差异性的两面。

当代东南亚华文文学的本土性建构有现实的本土化与历史的本土化两条途径。就现实的本土化而言，印尼华文作家协会主席袁霓曾明确表示“印华作协其中一个宗旨是，印华文学是印尼多元民族文学的一个组成部

---

① 参见王润华．华文后殖民文学——中国、东南亚的个案研究［M］．上海：学林出版社，2001．78，125，128．

分，应该‘植根印尼，面向世界’”[10]；泰华文学的领军人物之一司马攻也认为“泰华文学要冲出湄南河，走向世界……必须在泰华的土地上壮大，自强不息”。① 对此，王润华的概括是“全球性的视野，本土性的运动”[1]。和上述理论倡导相配合，华文文学开始走出华人社会圈子，更广泛地取材于国家、社会生活的各个方面。在新加坡，近二三十年来的一个重大变化是“作家大大拓展作品的视野，华文作者把非华族或其他语言群众的生活都写进作品中。只要翻开年轻一代的作者所写的作品，属于现代新加坡人的群体生活便相当完整全面地被反映出来”[11]。此外，促进华文文学与当地语文文学的互译、交流，也是现实本土化的重要手段之一。②

在历史的本土化上，华文文学普遍强调华人在东南亚内部的生存繁衍，无论是老一辈的正史叙事，还是新生代的野史想象，都是东南亚本土上的历史重塑。老一代作家方北方的“马来亚三部曲”和郑良树的一系列作品，叙述的是华人南洋移民、拓殖的历史，更是华族在东南亚落地生根，与新生民族国家共荣辱、同沉浮的宏伟史诗。和这种正史意味的写作相比，马华新生代虽然是以个体的边缘姿态去钩沉一段为宏大历史所遗忘或者遮蔽了的民间野史，但在强调华人历史的南洋属性这一点上，却又有过之而无不及。对他们来说，历史是祖辈在南洋本土上展开的历史，也是一段鲜活丰富的记忆在中心/边缘的二元架构中被整编、简化乃至取消的历史。因此，华文文学的族性想象被限定为东南亚内部的建构，本土化、边缘化、去中国化和个体写作成为他们惯用的策略。

关于差异性，印尼华人日常用语的研究表明，20 世纪下半叶以来，印尼华人在实践上大都不再单纯认同中华文化、原住民文化或西方文化，而是在三种文化的消长中，一方面不断地“当地化”、“土生化”、“印尼化”，另一方面也在建构着“中华文化、原住民文化与西方文化‘三合一’”的“印尼华人文化”，逐渐形成并日益强化具有“比起印尼原住民像中国人，比起中国人却更像印尼人”这一“部族性征”的语言文化机

---

① 司马攻．冲出湄南河［A］．转引自陈大为．当代泰华文学的湄南图像［J］．世界华文文学论坛，2002. 2.

② 在这一方面，通晓双语的作家，如新加坡的陈妙华、印度尼西亚的陈东龙等人做了大量工作。2000 年，推出华文作家和土生华人、土著作家合作的印尼文诗选《睫毛撑开的世界》（1999）之后，印尼华文作家协会和印尼文学社又共同编选双语诗选《印度尼西亚的轰鸣》。其中，松华的《我们是一家人》记述了印华双语诗歌朗诵会的盛况：“琅琅书声/最终凝结为一句——‘我们是一家人’/‘KITA ADALAH SATU——INDONESIA’。”

言［J］. 印华文友，2000，6（7）.

［11］庄钟庆等. 东南亚华文文学与中国现代文学［C］. 厦门：厦门大学出版社，1991.

［12］［印度尼西亚］迪亚·哈达宁. 永恒的［A］. 印度尼西亚的轰鸣［M］. 雅加达：印尼文学社，印华作家协会，2000.

（原刊于《暨南学报》2006 年第 4 期）

# 东南亚华人文学的“望”“乡”之路

王列耀

【摘　要】在东南亚华人文学当中，作家出于对自身华人血统或传统的认同，在创作上都把“中国”作为了“乡”的想象，以此表达他们对自身身份和未来身份的探望与期望。但同时由于土生华人、华侨、华人与华裔的身份差异，他们笔下对“乡”的想象亦因此呈现出各自的特点。

【关键词】东南亚华人文学；“望”；“乡”

## 一、有关的基本词语和主要概念

目前，学术界不仅对华侨文学、华人文学等概念有诸多的说法，而且，对华侨、华人、华裔等基本词语，也有诸多的用法与阐释。故而，在论题展开之前，有必要先对本文将要涉及的基本词语和主要概念作一些清理和界定。

### （一）本文所谓的“东南亚土生华人”、“华侨”、“华人”、“华裔”

对东南亚土生华人、华侨、华人、华裔这几个基本词语的理解，至为重要。因为对这一组基本词语的理解，既决定着我们对创作主体的认定和认识，也决定着我们对东南亚华侨文学、华人文学等概念的认识和认定。

东南亚土生华人，是指20世纪中期以前已经在东南亚生活与繁衍了数代，在某种程度上已经同化于当地社会的早期土生华人。他们有着较为明显的特征：既有来自父系的华人血统，也有来自母系的当地居民血统；既从出生于中国的父亲那里继承了中国的风俗习惯，也从当地母亲那里承受了当地的文化与习俗；拥有倔强、勤劳和聪明的性格，并且崇尚教育和忠诚；与中国的联系不多，已融汇于当地社会之中；社会地位处在统治者和原住民之间。

东南亚华侨，是指侨居在东南亚而仍然保持中国国籍的中国公民：

“包括四个要素：①中华民族成分的要素。即具有广义的中华民族血统及其民族共同特征的人（民族成分）。②侨居海外的要素。主要是以经济、谋生为目的的海外侨民。③中国国籍继续保持的要素。这是法的概念，是区别于外籍华人或外籍华族的根本依据。④具有中华意识的要素。整体而言，华侨是一个有强烈中华民族意识的移民群体。就个体而论，应该是具有“华侨意识的人才能称为华侨”[1]。

实际上，这四个要素也是东南亚华侨的主要特性。尤其是其中侨居国外而保持着中国国籍、保持着强烈的中华民族意识这两个特性，使他们在相当长的历史时期中，与其他具有中华民族血统的群体保持着较大的差异。

东南亚华人，有着广义与狭义之分，有着指涉整体与部分的差别。

从广义上看，东南亚华人是泛指在东南亚历史与现实中，“具有广义的中华民族成分的人”。这里，所谓的“中华民族成分”，起码是包括了血统因素、文化与民族认同等含义。简单地说，就是不论是完全、部分或者少部分“具有中国血统”、认同中华文化、认同自己华人身份的人，我们都将其称为华人。如曹云华指出：“怎么样来辨别一个人是否是华人呢?根据目前东南亚华人的具体情况，单纯从外表上、血统上、语言上或宗教信仰等方面都难以确认，唯一简单可行的办法，就是根据这个人的民族心理，即他本人的民族认同，他认为自己是华人，那么，他就是华人。作为东南亚的华人，这个提法包含了三层意思，首先，从国籍和政治认同的角度看，他是东南亚人，如泰国人、马来西亚人、新加坡人等等；其次，从民族认同的角度看，他是华族移民的后裔，或者具有华人血统；再次，是从文化认同的角度看，他在文化方面仍然保留了华人的许多特色。”[2]所以，广义的“东南亚华人”，是一个整体性的概念，既包括“东南亚华侨”和狭义的“东南亚华人”；也包括在狭义的“东南亚华人”概念尚未出现之前，与“东南亚华侨”概念相对应的“东南亚土生华人”——居留在荷、英等殖民政权管制下的东南亚、与中国已经基本上失去联系，但在某种程度上“具有中华民族成分”的人。

从狭义上看，东南亚华人是特指20世纪中期以后，出现在东南亚新兴国家的具有中国血统的所在国国民；即“具有中国血统的外国国民”——“取得了外国籍而丧失了中国籍的具有中华民族成分的人”；“华人这个新概念，是用来形容第二次世界大战以后，东南亚新兴国家的华裔公民”；“在过去几百年中，这些华裔大多数是侨居者，但是在20世纪下半叶，这些侨居华人变成当地公民的过程，却是一种新颖的，也是重要的历史现象”。[1]所以，狭义的“东南亚华人”，是广义的“东南亚华人”中的一部分；他们都是由东南亚华侨演变而来。狭义的“东南亚华人”的概念，是与“东南亚华侨”等概念相平行的属于第二层次的概念。

东南亚华裔，是指在居住国出生，并且拥有居住国国籍的华人。由于他们都是华人移民的后代，在居住国土生土长，因而往往是华人中“当地化程度更深者”[1]。

### （二）本文所谓的“东南亚华人文学”

本文“东南亚华人文学”的概念，也有广义与狭义以及指涉整体与部分之分。

广义的或者说是指涉整体的东南亚华人文学，是指在东南亚历史与现实中，“具有广义的中华民族成分的人”——不论是完全、部分或者少部分“具有中国血统”、认同中华文化、认同自己华人身份的人的文学创作。所以，既包括“东南亚华侨文学”、狭义的“东南亚华人文学”和“东南亚华裔文学”，也包括由“东南亚华人”用汉语之外的语言——本地语言、殖民语言等进行的创作，如“东南亚土生华人文学”等。也就是说，广义的东南亚华人文学，强调创作主体是否为广义的“东南亚华人”。只要是广义的东南亚华人的创作，不论是用中文，还是“用‘外语’发出的声音”，都应该归为东南亚华人文学。

东南亚与北美的华人写作，有着明显的地域性差异。东南亚华人写作的一个重要特点是，在“20 世纪 50 年代以前，这个地区的华人作品有三类：最早是那些用本地语言写的作品比如越南语、泰语和马来语（或者称‘中式马来语’，以区别后来成为官方语言的马来西亚语和印度尼西亚语）”；“第二类是用殖民语言创作的作品，特别是菲律宾群岛上的西班牙语和英语作品，和英属马来亚（英属海峡殖民地和马来国家）中的英语作品。但他们没有作为华人写作而得到发展”；“由于缺乏读者，它们没有发展起来”；“第三类作品的后面有很长而且很有戏剧性的故事。这些中文作品是随着 19 世纪末中文报纸的到来而出现的”。所以，汉语之外的华人写作，可能时间不长、流传不广；但是，在整个东南亚华人文学中有着明显的特点与意义。

采用广义的“东南亚华人文学”的概念，就是试图能够对东南亚华人文学特殊的历史性、多样性、复杂性，进行一种较为深入的理解和叙事。

狭义的或者说是指涉部分的“东南亚华人文学”，生成于 20 世纪 50 至 70 年代前后。这是因为出于种种考虑，越来越多的东南亚华侨，加入了所在国的国籍，成为了东南亚华人。东南亚国家的华侨社会，也开始转型为华人社会。随着华人作家国别身份的转换，东南亚华人文学已经分属于所在国文学，而不再是中国文学在海外的支流。

在这个意义上，狭义的东南亚华人文学，是东南亚华文文学在发展途中因创作主体身份变化，出现的一次较具规模的转型。但是，由于作家身份意识在转换中的复杂、模糊、矛盾——国籍属于东南亚，精神属于“文化中国”；又使得本次转型在整个东南亚华人文学发展中，具有过渡性——是创作主体对身份意识的思考由被动逐步转向主动，由个体性思考逐步转向整体性思考的调整与过渡。

采用狭义的“东南亚华人文学”的概念，就是试图能够对这种持续了将近半个世纪的转型与过渡的多样性、复杂性，进行一种较为深入的理解和叙事。

## 二、东南亚华人文学的隔海之“望”

东南亚国家为数众多，华人文学也各有千秋。本文仅选择与中国隔海遥遥相望的菲律宾、马来西亚、新加坡、印度尼西亚的华人文学为例——探讨何为他们所“望”，尤其是何为他们所“望”之“乡”。

作为东南亚华人，不论是土生华人、华侨、华人、华裔，最重要的一个共同特点，就是他们对自己具有的华人血统与华人传统的认同。正是在这个共同的“具有”基础之上的“认同”，使得东南亚华人，尽管生活在不同的时空，却拥有了一个共同的想象：对自己血统与传统的发源地——隔着南中国海的中国，作为“乡”的想象。而且，这种想象有如大江东去，坚韧不拔；又如天马行空，时有意外，时有创造。日本学者荒井茂夫认为：东南亚“华文文学史上的波折主要是由对中国的向心力和离心力所造成的”[3]。应该说，东南亚华人文学或者华文文学史上的许多“波折”，确实与东南亚华人想象中国的姿态有关；同时，也有许多“波折”，甚至重大“波折”，与东南亚华人本身想象中国的姿态，甚至是否想象中国，关系并不太大。但是，荒井茂夫也算是从一个“第三者”的角度，提醒我们，在他们看来，东南亚华人文学把中国作为“乡”来想象的坚韧性与严重性。

东南亚华人的“望乡”之“望”，归根结底又是他们对自身现在的身份和未来的身份的探望与期望，或者说，是对他们与身份有关的心灵状态的一种探望。正像王庚武所说：“对于以海外华人身份写作的人来说，每一个自我的内部都存在与地方社区、环境以及对中国的想象（包括对中国的文化、历史和文学传统的有意识借用）有关的不同层次。存在着一种与入籍国家的过去以及传统中国的过去保持连续性的更深的意识，这种意识有助于形成每个作家为自己选择的身份认同。”[4]所以，东南亚的华人写作中的“望乡”之“望”，既具有客观性，更具有想象性：在可以客观之时就客观，在需要想象时就想象；甚至，在需要“原创”之时，就“原创”。有理由这样说：东南亚华人写作，之所以在东南亚华人社会产生力量与影响，并且获得生命力，不在于它的炒作与被炒作，不在于它的研究与被研究，更不在于它的商业价值，而主要就在于它持之以恒地具有“望乡”的冲动——在于它这种既立足于现实又瞩目于未来，既具有客观又具有“原创”意味的“望乡”之动能与动向。

## 三、东南亚华人文学的所“望”之“乡”

作为东南亚华人，不论是土生华人、华侨、华人还是华裔，最重要的一个共同特点，就是他们对自己具有的华人血统与华人传统的认同。也就是说，不论是完全、部分或者少部分具有中国血统、认同中华文化、认同自己华人身份的人，我们都将其称为“华人”。同时，也正是因为都是“具有”与“认同”，却又存在着“完全、部分或者少部分”的差异，所以，都是东南亚华人，就有了，或者说却有了土生华人、华侨、华人与华裔之分别；也就有了东南亚土生华人文学、华侨文学、华人文学与华裔文学之分别；与此同时，也就有了东南亚华人文学所“望”的不同之“乡”。

东南亚土生华人文学所“望”之“乡”，是一个与传统中国和现实中国都有着较大差距的想象之乡、创造之乡。

在东南亚华人中，东南亚土生华人所遗传和承传的中国血统与传统都较为“稀薄”。他们作为“双文化人”，成为华人社会中“比较特殊的一个次群体”[2]，也成为殖民地社会中的一个比较特殊的群体。为了保持自己特殊的地位、利益、文化，东南亚土生华人有必要也必须对欲回而又难回的“远乡”——中国，进行概括、想象和表现，否则，原有的“记忆”将会日渐稀薄，甚至枯竭。流行于19世纪80年代至20世纪中期的印尼土生华人文学，就是土生华人为了维护自己的特殊性——在文化上既不同于印度尼西亚人，也有别于中国人；作为中国人太像印度尼西亚人，作为印度尼西亚人则又太像中国人”——而诞生与发展的。

在这样的背景与语境中，改变“与中国的联系不多”的状况，努力寻找、发挥与想象日见稀薄的“中国传统”和“血统”，进而了解与明确自

是相同的……对海外华人来说，解决问题的出路之一就是回到中国去使压力降到最低。另一种办法就是干脆不当华人，彻底与入籍国同化。但是，只要他们坚持某种华人认同，或者允许其他人以某种方式给自己贴上华人的标签，他们就将继续生活在困境当中。只要他们以华人或者海外华人的身份写作，不论他们是在东南亚还是北美，困境就不会得到解脱。”[4] 曹云华也指出：“可以把东南亚国家当地民族的华人观用一句话来概括，那就是对华人的优秀的民族特性有一种历史形成的恐惧感和对本民族在数世纪以来一直处于无权地位时形成的自卑心理，是一些东南亚国家制定带有偏见和仇视的华人政策的最深刻的思想根源。此外，在华人社会中普遍存在的那种病态的优越感，或者叫大民族沙文主义则从另一方面刺激了东南亚各国当地民族对华人的恐惧心理，促成各国政府制定和推行对华人带有明显偏见的各项政策。”[2]

因此，东南亚华裔文学的“望乡”之“路”，仍然是一条崎岖之路、艰辛之路。当地民族的“恐惧感”、“自卑心理”和华人社会“病态的优越感”，都有可能牵动、冲击东南亚华裔文学的“望乡”之“路”。与此同时，来自西方的“东方主义”话语，来自“故乡”的情感性话语，也同样可能牵动、冲击东南亚华裔文学的“望乡”之“路”。

在牵挂中行走，在牵扯中摸索，东南亚华人文学的“望乡”之“路”，将依然会以这样的姿态在种种“困境”中不断得到铺陈与展开。

**【参考文献】**

[1] 蔡苏龙，牛秋实．“华侨”“华人”的概念与定义：话语的变迁［J］．云梦学刊，2002（11）．

[2] 曹云华．变异与保持——东南亚华人的文化适应［M］．北京：中国华侨出版社，2001.9，366，93.

[3]［日］荒井茂夫．试论微型小说在东南亚华文文学上的定位［A］．司马攻．世界华文微型小说论文集［C］．曼谷：泰国华文作家协会，1997.

[4] 王庚武．无以解脱的困境？［J］．读书，2001（10）．

[5]［新加坡］列奥·苏里亚迪纳达（廖建裕）．爪哇土生华人政治［M］．李学民，陈华等译．周南京校．北京：中国友谊出版公司，1986.3.

[6] 林俊欣．背井：感觉与冥思［A］．陈大为，钟怡雯，胡金伦．赤道回声——马华文学读本Ⅱ［C］．台北：万卷楼图书股份有限公司，2004.

[7]［马来西亚］钟怡雯．从追寻到伪装——马华散文的中国图像［A］．陈大为，钟怡雯，胡金伦．赤道回声——马华文学读本Ⅱ［C］．台北：万卷楼图书股份有限公司，2004.

[8] 小四．菲律宾才是我的乡愁［J］．菲华文学（四），菲律宾柯俊智文教基金会，

1994（9）.
［9］林幸谦．狂欢与破碎——原乡神话、我及其他［A］．钟怡雯．马华当代散文选（1990—1995）［C］．台北：文史哲出版社，1996.26.

（原刊于《暨南学报》2006年第4期）

# 历史与叙事

## ——浅谈大陆学者所撰台湾文学史的理论视野

袁勇麟

**【摘　要】**历史叙事体现了写作主体的精神动态，通过历史叙事的呈现，我们可以洞察主体意识的形态走向。鉴于台湾文学史的特性以及两岸相隔的现实，大陆的台湾文学史写作更突出了距离对视中包含的种种政治文化想象，通过考察历史叙事提供的言说疆域版图，一方面可以探掘这一想象空间的多面维度，另一方面也可以完善学科的发展建设。本文选择刘登翰、杨匡汉、黎湘萍以及朱立立等撰写的台湾文学史著作为样本，试析大陆学者台湾文学史理论视野的位移及其背后意识形态的变动。

**【关键词】**历史；叙事；言说疆域；理论视野

大陆的台湾文学研究已经走过了近三十年的发展历程，目前到了一个反思和总结的时候。“学术领域反思自身的一个方法是回顾自己的历史”[1]。既然历史呈现是一个可供开掘的丰饶领域，那么它就必然能为学术研究提供多方位、多角度的资源参照。可以说，“回顾历史”不是一个追问终极真理并以此判决是非的仲裁性举措，而是意在审察透视历史建构的行为主体的精神动态，并借由对这种精神动态的深入分析，进一步发现学科自身的生长轨迹。因此，我们有必要关注“台湾文学史”呈现的相关问题，这首先是基于学科建设的需要，学科历史是学科建设中一个至关重要的问题，任何一门学科都有属于自己的发展历史，这种历时性地位使学科获得某种共时性的身份凭证。对学科历史的整理、归纳和描述不仅提供了必要的数据和文献资料，更重要的是，资料收集背后的操作程序不是简单的个体行为，它往往能够映照出当时学科理论的秩序、规则等结构特征以及演进变化等动态行程。其次，对学科历史的关注也有助于学科的发展

［基金项目］霍英东教育基金会第九届高等院校青年教师基金项目“世界华文文学史料学研究”（编号：91100）。

提高。学科必须有自己特殊的研究对象和相应的研究成果，而一门学科要发展提高，就不能僵化现有的研究成果，对研究成果的再审视和再研究往往能开拓更广阔的思考和探索空间，成绩和不足都能为学科的理论建设提供充足的理性支持，在这种充实完善的过程中将学科研究提高到一个新的水平。

“台湾文学史”是一个看似简单实则复杂的命题。我们当然知道，它整理描述的是台湾的文学历史，但是问题正出在对象的特殊性上，“台湾”和“文学史”都是两个关键而又难解的概念。首先，关于“台湾”，正如王力指出的：“20 世纪的台湾文学是一个具有多重研究意义的对象。从台湾被日本割据，后又为国民党政权长期据守的政治变迁看，这是一部民族文化与异族文化抗争承传的艰难历史，也留下了国民党政治文化的深刻烙痕。从 50 年代后台湾与西方文化的特殊联系看，台湾文学又是反映东西方文化交流、尤其是汉语文学现代化得失的活化石。因此，铸就了 20 世纪台湾文学基本形态的‘五四’新文化和殖民文化、党制文化、现代工商文化以及西方现代主义文艺思潮，构成了解读 20 世纪台湾文学的多重参照。”[2] “台湾”作为一个文化活动场域，虽然隶属于中国文化的总体版图，但在长期诡谲曲折的历史变动中，已经逐渐游离于版图之外，异质声音不绝于耳，这正是台湾的特殊性所在：既有千丝万缕的文化母缘承续联结，又有暧昧难明的文化自主疏离。这样特殊的活动空间必然孕育出相应的文化性格、若即若离的态度和多元共生的局势，使得台湾文学本身充满冲突碰撞，不易辨认识别，而“两岸相隔”的观察距离更增加了梳理整合的难度，这是我们研究台湾文学存在的问题。其次，关于“文学史”书写，洪子诚早已指出：“‘文学史’实际上包括两个层面：一个是‘发生的事情’，另一个是我们对这种联系的认识，和对它的描述的本文。前者是历史事件，是研究描述的‘对象’，是作为‘本文’的‘历史’得以成立的前提，可以称为‘文学的历史’；后者则可以叫做‘文学史’，它的研究成果则是‘文学史编纂’。”[3] 我们这里谈的“台湾文学史”即“台湾文学史的编纂”。文学的历史是一个诡异的秘咒，一方面，文学是人类特别的一种精神文化活动，以虚构和想象的叙事行为为主，不论作者做了多么真诚深刻的自我剖视，只要形诸文字，其对于真实性的传达和探求就始终置于形而上层面，文学从来就是“叙事”的先锋；另一方面，如前所述，历史呈现虽然也是一种“叙事”行为，不可避免主观意念的介入，但它的目的就在于尽量避免“虚构”的干扰，力图最大限度地接近“真实”的核心，这仍然是它得以确立地位的标志，当这种叙事行为置入文学领域时，就产生了一个疑点：如何以叙事方式追究虚构的叙事行为之“真实性”？这一追究过程具有多少吊诡性质，对其的解读能为学术建设提供什么参考意义和价值？这是所有文学史书写作普遍存在的问题，而在面对“台湾文学”如此纷繁的图像时，编码的工程显得更严峻。在这一运作过程中，书写主体的位置尤为重要，它直接影响了观察的视域。本文谈论的“台湾文学史”的书写主体都是身处台湾这个文化活动现场之外的大陆学者，这里将这种隔岸的历史写作称为“此岸书写”，他们对台湾“彼岸”的文学历史观察是在距离的对视下发生的，表现在具体文本中时，就必然反映出视野的偏差以及隐含在偏差背后的文化理念特征。距离的存在固然造成资料整理和收集的困难，有可能带来写作的缺漏，但也在一定程度上提供了远离“中心”的冷静客观态度，是值得分析的一种文化视野现象。这里特别指明，“理论视野”主要是基于文学史写作特性的考虑，文学史写作既然力求接近事实真相，就必须要做到归纳与分析的理性化和数据化以及研究成果的理论化，因而其观察视野也必然被统摄在理论建构的系统下。透过这种“此岸书写”展示的言说疆域版图，或能一窥大陆关于台湾的文化想象。

大陆的台湾文学史著述卷帙纷繁，这里无法一一详述，只准备从中选出几部较有代表性意义的文学史样本，观察大陆对台湾文学关注的重心位移，并在此基础上试析大陆研究台湾文学史的理论视野之变动迁转。入选的样本有刘登翰等人主编的《台湾文学史》（海峡文艺出版社 1991、1993 年版）、杨匡汉主编的《中国文化中的台湾文学》（长江文艺出版社 2002 年版）、黎湘萍著的《文学台湾——台湾知识者的文学叙事与理论想象》（人民文学出版社 2003 年版），以及朱立立著的《知识人的精神私史——台湾现代派小说的一种解读》（上海三联书店 2004 年版）。有必要指出的是，在这几部编著中，除了刘登翰和杨匡汉主编的台湾文学史有较明确的全面系统梳理台湾文学发展变迁历史的意图与实践，其余均在文学史领域内有所偏重，并非完全意义上的线性文学历史，但因为它们都注意到了文学发展的历时性轨迹，并试图沿着这条轨迹追踪某种逻辑性规律，一定程度上符合历史写作的基本特征，因此将它们统一归入“台湾文学史”写作的总体格局中，以期在开阔的研究视域中丰富理论建构体系。

刘登翰等人主编的《台湾文学史》出版于 20 世纪 90 年代初，是国内较完整全面地梳理台湾文学历史的著作。全书分为上下两册，内容丰富、条理清晰、论证详实，除去总论和结束语之外，主体部分包括古代文学、近代文学、现代文学和当代文学四个板块。正如朱双一在谈到刘登翰的视域风格时说的："从事台湾文学研究已有十多年的刘先生，就是以对台湾文学现象的历史的、宏观的整体把握著称的。"[4] 两卷本的《台湾文学史》正是体现了这种"历史的、宏观的整体把握"的理论视野。这首先表现在整部《台湾文学史》都贯穿着一个明确的主题："文学的母体渊源和历史的特殊际遇"，可以说，这是一个统摄全局的文化理念，也是一个涵盖整体的意识形态视野，即从大中国的母体概念出发，将台湾视为中华民族版图之内的一个区域，其文化属性必然根植于中国文化命脉中，正如刘登翰在总论中强调的："认同其归属，是研究的前提与出发点；而辨异则是在确认归属之后对现象的更深层分析，是研究的深入和对认同的进一步肯定。"很显然，这是一种带有鲜明意识形态色彩的文化理念，这里的"意识形态"概念不是特指某种政治主导类型，而是一种带有普遍性质的观念体系，"现代社会科学提供了这样的定义：它把意识形态当作一种具有行动取向（Action-orientated）的信念体系，一种指导和激发政治行为的综合性的思想观念。这种观念由一系列概念、价值和符号（Symbols）所组成，从总体上表达了对人性的看法，对人类行为的批评，对应然问题的阐释，以及对正确安排社会、经济和政治生活的意见。"[5] 显然，刘登翰等人的台湾文学史理论视野的意识形态是一种典型的国族认同标准，即以政治上的国家主权判决为文学划分标准，隐含了"中央—地方"的文化发展模式，其文化认同具有隐在的政治规约性，立足国族想象，开拓叙事边界，台湾文学从一开始就被纳入中华民族文化的整体框架中，其异质特征即使如何跳脱，都不会也不能漫延出这个范围。这有点类似文化"寻根"，即为错综繁茂的文学大树寻觅深植的根须，其上所有枝叶花果的生发都被视为吸收了根须提供的营养，这样的梳理方式显得从容有序而且逻辑严密，两条线索并行不悖，各成风景，既能体现台湾文学的"母缘"文化意识，又能适当展现其攀援于母体之外的奇异景观，在整体性视野观照下，台湾文学获得了某种归属的安全感，也正是在这种指认中，台湾的文化性格被定位为一种边缘状态，体现在文本中，呈现出这样的叙事特征：

如我们前面所曾分析的，台湾移民社会的形成和后来的历史遭遇，带来了台湾社会普遍存在的漂泊心态和孤儿心绪，它赋予了台湾文学特殊的"移民性格"和"遗民性格"。

这样，被日本殖民者割据达半个世纪之久的台湾，终于回到祖国的怀抱。这是我国台湾省历史发展的一个巨大转折，标志着台湾作为殖民地时代的结束。在此历史转折关头，台湾人民在政治、思想、文化等方面，面临着艰巨而繁重的历史新任务。

光复初期，台湾文坛曾经出现一个短暂的复苏时期。在日据时代受尽日本凌辱、欺压的台湾作家，接续中华民族的文化传统，积极投入文学活动，各种刊物如雨后春笋不断出现。

国民党当局的迁台，开始了此后40余年海峡两岸的严峻对峙，也由此带来了台湾社会发展的不同形态和当代台湾文学进程的一系列变化。

我们注意到，这些叙事隐含了一个绝对权威的叙事者，代表的是主权中国的立场。

我们看到，在这种意识形态的支撑下，作者对“时间中”的事件进行了有意识的选择、排除、强调和归纳，从而将其变成一种特定类型的故事，“也就是通过‘发现’、‘识别’、‘揭示’或‘解释’而为编年史中掩藏的故事‘编排情节’”[6]，在这个编码过程中，国族归属的政治文化认同始终是主导力量，它直接参与判定台湾的文化性格底色、面对异族的态度以及异党的入主性质等，台湾被叙述成一个远离家国的“孤儿”、“弃儿”，长期受到异族压迫，而后又被落败的政党把持，进而一步步走上追逐西方文化脚印的艰难行旅。这个叙事情节构成台湾文学发展的总体背景，台湾文学因此被还原成一种“中国想象”，它被想象成中国文化大海中的一叶扁舟，在苍茫的海域载浮载沉。这里“大陆”的政治文化视角是相当明确的，在这个视角的观测省察下，台湾文学具有可依托的文化凭借，呈现出清晰的风貌。当然，编著者也注意到了台湾自身的本土性和外来文化的冲击等问题，也比较充分地展现了这些异质文化在台湾体内交融碰撞的过程，但是这些都是统一在“文化母体”的认同中，没有逾越这个范畴。例如在论述到台湾20世纪50年代中期至60年代现代主义文学思潮的兴起时，论者将源头牵到了大陆“五四”新文化运动，很自然地将台湾的现代主义文学归入“中国新文学发展史”，台湾文学就被置入中国文学发展的整体格局中了。值得注意的是，论者始终注意到两岸关系的变化对台湾文学的影响，沟通与对峙、交流与阻绝，在论者的关注下都成为台湾文学发展不可忽视的重要背景之一，再次体现了“大陆”政治文化视角的作用。

我们发现，这种视角无形中形成了一定的推理逻辑：台湾文学对中国传统文化的承传是自觉的世代延续，而对外来文化的接受则相对被动而勉强，多少产生了摩擦和抵触。这种文化理念长期以来成为台湾文学研究的主要思路，对台湾文学的考察是建立在对其主权从属性的确认上，这一点在杨匡汉主编的《中国文化中的台湾文学》中得到了最充分的阐释和发挥。正如该书引言中指出的："正是从这种整体的、合璧的文化视野出发，尽管是曲曲折折、分分合合，台湾文学无疑是中国文学在一个特殊地区的合理延伸。"理论视野的选择对应着相应的思维逻辑，编著者正是以对台湾文学的"中国化想象"逻辑抽绎出台湾文学的筋髓，将曲折的台湾文学历史与浩荡中国文学历史相结合，这种结合不是体现在具体历史情节的发生上，而是更多地体现在历史情节内部精神领域的探寻上，正是这种"中国人文精神"的承传续接使得台湾文学即使历经数千劫难变动，也依然存有中华血性。这是该书中很有意思的一个章节，在寻找"中国人文精神"对接时，研究者举出几种典型的"中国人文精神"模子，如"感时忧国的忧患意识"、"天人合一的和谐意识"、"德性化的人格追求"、"家园意识与故乡憧憬"以及"中和之美的艺术形态"等，在具体论述时，都注意到台湾文学呈现出面向于与中国古代传统文论的相和相应之处，"它利用真实事件和虚构中的常规结构之间的隐喻式的类似性来使过去的事件产生意义"[1]，如果单独零散地看这些台湾文学现象，也许不会发现什么特别之处，无非是人类精神追求的一个向度表现，但一旦经由作者有意的组合联结，分类归整，这些文学事件立刻获得了某种意义，完全符合台湾文学"中国情结"的叙事模式。这一理论视野不仅体现在叙事情节安排上，更体现在叙事话语上：

就台湾地区而言，这类包含感时忧国的忧患意识的作品，大体上映现了三种苦难的精神历程。一是以异族统治（1895—1945）下台湾民众的命运际遇为历史内容，表现中华民族精神话语对日本殖民者的抗争之声。……二是在政治的高压专制（光复后至80年代初）的环境下，表现寻找精神的通道以谋求思想自由的骚动之音。……三是面对意识形态和消费社会的双重钳制，自80年代中期以至今天，表现为对社会、历史、身世充满扭曲而进行文化批判的不平之鸣。

我们很容易分析出这段历史中的叙事机关，它隐含了几个讯息：①台湾长期受到日本异族的压迫，并以民族精神作为对抗；②光复后又处于国民党的政治高压专制下，自由维艰；③20世纪80年代则受政治意识形态和消费社会的双重挤压。这里面隐含了"转义"的全部机制："从对世界的隐喻理解，经过换喻的和提喻的理解，最终对一切知识的不可还原的相对主义达到反讽的理解。"[6]转义机制作为话语的灵魂，影响甚至决定了话语特征，"话语的主要特点在于它具有一种辩证的双重性。……从这种辩证的运动概念，怀特首先看到话语的前逻辑性，即用话语标识出一个经验领域，以供后来进行逻辑分析，和话语的反逻辑性，即解构这个经验领域里已经僵化的概念，从而促进新的认识”[6]。历史话语是一种表述话语，这里的“苦难”、“抗争”、“政治高压专制”、“双重钳制”等叙述话语具有明确的贬义色彩，它们共同标识出一个关于“台湾文学—大陆意识”的经验领域，以家国概念为中心，无形中建构起家国文化与异族、异党、异文化的二元对立对抗模式。台湾文学因而获得了某种身份界定：它不是可以自由生长的独立体，无论受到外来文化多大的影响，它始终都是中国版图上的一隅。正是在这种身份下，作者找到了台湾文学“中国情结”的可靠证据：从人文精神到艺术策略，从文化母题到原型意象，从文字书写到文化政治，从文学思潮到文学代际群体，从地域方言到宗教信仰，总之，作者尽可能在一切层面寻找并编排“台湾—大陆”的对应联结，理论视野的宏观国族性质得到了最充分的诠释。

对研究对象的关注重心往往暗示了理论视野的指向，一旦理论视野转向，观察的视角和言说的疆域就会受到直接影响。因此通过考察理论视野的变动情况，我们有可能发现学术领域中意识形态的转变。历史书写既然是一种体现主体意识形态的叙事行为，就必然通过各种叙事呈现展现主体的精神动态，同一时间平面上，有可能因为主体意识形态的不同而产生不同的历史叙事模式，对同一事件，也可能产生不同的理解和阐释。这里我们可以参考海登·怀特对历史修撰中四种“解释”观念的划分：“形式论的真实论旨在识别研究客体的独特性。因此，当一组特定的客体被正确地识别出来，赋予其特定的种、类和属性，并对检验它的特殊性给以标识时，形式论者便认为一种解释已经完成了。……有机论的世界假设及其相应的真理和论证理论相对是‘集成的’，因此在运作上更具还原性。……机械论倾向于把寓于历史场的‘动作者’的‘动作’看作是源自‘历史场’的超历史‘动因’的显示，叙事中描述的‘动作’就在这个‘场’内展开。……语境论用以提供信息的前提是通过把事件置于它们发生的‘环境’当中解释事件。”[6]显然，若以此观之，上述刘登翰和杨匡汉等人编著的台湾文学史倾向于一种“有机论”的历史解释范式，“有机论策略的核心是对微观—宏观关系范式的一种形而上承诺”[6]，正是基于国族政治文化的整体视野观照，研究者将台湾文学的各个零散部分整合于“中国文化”的大叙事内，形成了集中凝聚的历史叙事特征。随着学科建设的提高和拓展，理论视野开始出现多方转向，微观叙事逐渐以自己独特的优势在学术研究领域中占一席之地，与宏观叙事不同，微观叙事更倾向于“语境论”的阐释方式，即“事件为何如是发生，这将通过它们与周围历史空间内发生的其他事件的特殊关系来解释。在此，如在形式论中一样，历史场被解作一种‘景观’……历史场中‘所发生的事件’可以通过在特定时间占据历史场的动作者和动因中存在的特定功能的相互关系得到说明”[6]。这就是下面将要分析的两部台湾文学史的叙事特征。

通过题目我们就可以发现这种理论视野的微观建构意图：“文学台湾——台湾知识者的文学叙事与理论想象”、“知识人的精神私史——台湾现代派小说的一种解读”，显然，两者都将关注点放在台湾知识者的内向空间开掘上。如果说宏观的理论视角注重的是国族的政治文化背景，那么微观的理论视角则偏重于个体的精神文化质素。当然，这里的“个体”也是被放置在历史叙事的整体框架中，不可能完全脱离。但是研究者明显更注意个体在文化场域内的成长状态，注意他们作为文化单位的独立性和个别性。相较于外界动能的分析，研究者更关注内部势能的探讨。微观视野并非拒绝外界环境的描述，但若说宏观理论视野下的历史叙事提供的是一种“环境—影响”的效能模式，强调环境对事件的作用，那么微观理论视野下的历史叙事则内含了“影响—环境”的反射模式，凸现的是事件在环境中的变动状态。各种外界因素与其说是被呈现，毋宁说是被内化为主体机体的细胞分子，直接参与主体建构的过程。这种微观视野的推进是逐渐深入的，在黎湘萍的《文学台湾——台湾知识者的文学叙事与理论想象》中，著者已经明确将叙事重心放在“知识者”、“叙事”与“想象”的文化精神层面上，但是这里的“知识者”仍然是一个比较宽泛的群体概念，可以说是对整个台湾文化精神的探索。有趣的是，著者很早就注意到了文学叙事的多样性和复杂性，“我们在目前已经问世的各种台湾文学史里发现多少种有趣的叙述，而每一种叙述又呈现着多少不同的记忆上的差异啊！”“显然，每一种解释都可能有助于逼近某种历史的、现实的或情感的真实状态，但任何一种单一的诠释也都有可能是不完整的。”那么，著者凭什么建构“完整”的台湾文学历史叙事呢？著者提出了一个概念“记忆”——这是一个属于意识领域的词语，书写记忆与书写历史本质上不能等同，因为前者显然难以把握，并且可能带有很多非理性的色彩；而后者强调的恰恰是理性思辨的逻辑，重视历时性规律和共时性特征，但是著者很巧妙地将这个词语意义进行了转化，文本中的“记忆”排除了模糊不确定的情感特征和非理性结构，实际上指称具体的文学现象，在这种现象中内含文化精神及理论想象，也许这种精神理念比起纷繁芜杂的现象更具有集中抽绎的性质，“记忆”因此提供了“个案研究”的可能，成为研究者进入台湾文学迷园的精神通道。我们可以看到，文本的历史叙事延续了“国族想象”的意识形态特征，仍然致力于寻找构建两岸文化的交通联结，即使论述了两岸的文化融通之后，也注意回到台湾自身作更深入体贴的观察：

沉默的台湾究竟在想什么呢？我们或许可以从这些真正关注台湾的大陆作家的报告文学里感受到台湾的悲情，但这毕竟是同情的言说。要想真正听到台湾的声音，还是应该把焦点放回到本土作家身上来。

这样的叙事话语隐含了一条叙事逻辑：我们应该回复台湾本身，倾听它自己的发声。这一逻辑贯穿整个文本，在第四章“现代消费社会的另类叙事”以及第二编“知识者的理论想象”中表现得尤为明显。

如果说《文学台湾——台湾知识者的文学叙事与理论想象》在一定程度上整合了两岸关系的视域，仍然具有“国族”想象的特征，还不能算完全意义上的“微观理论视角”，那么朱立立的《知识人的精神私史——台湾现代派小说的一种解读》可以说比较集中地运用“微观理论视角”建构台湾文学历史叙事。正如作者在引言中指出的：“我把台湾的现代主义文学理解为一种动态的开放的精神现象，也理解为个体认同危机与文化认同焦虑的一种复杂呈现方式，一种战后台湾知识者精神私史的文学叙事。”“精神私史”提醒了历史“私密”空间的存在，其实“文学史”要考察的对象天然的包含具体的文学写作现象，除去那些广阔的政治文化背景，文学叙事和想象的历史更多地体现在具体的文本写作中，“所谓精神世界，并不意味着封闭的主观自我。真正的个体精神体验是深邃的也是开放的，与历史、与社会现实、与其他文本之间，都存在着复杂的交错与互动关系”，这实际上是“微观理论视角”的真正意旨，即并非排斥文化语境的描述，而是将主体精神置于文化语境的中心，突出的是主体受制于各种文化力量冲击的状态。这种视野支持下的历史叙事需要一种“内部”呈现，“内部”在这里包含着两个层面的意义：既是指评论者要潜入研究对象的内部世界，与之同呼同吸；又是指研究者要真实自然地面对自我内部的生命世界，将它发挥流泻。只有在这两种“内部”之间达到贯通与融合，才能让文学批评真正具有人性化的关怀和美感的肌质。

我们注意到，在这个历史叙事中，对文本的细致解读构成了不同于其他台湾文学历史的一个主要叙事特征，不论是对白先勇关于“存在、时间与文化忧患”的分析，或是对王文兴表达人之困难与知识分子异化的解剖，还是对七等生“荒谬境遇中自我抉择以及伦理考辨”的探究，抑或是对马森和李永平“漫游书写与自我追寻”的展现等，所有这些深刻的批评，都是建立在对文本耐心品读的切实基础上，而最本质的是作者将这些现代派作家当成有血有肉真实存在的个体，直面他们的思想和情感，而不是将其视为本雅明所说的“机械复制时代”的无生命机器进行拆解，这才是真正的“精神私史”——我们看到的是白先勇浪漫唯美的心灵在时空穿梭中失落的伤痛，看到的是王文兴在“生命局限与自由之间”徘徊的恐惧不安的灵魂，看到的是有着超验理想追求的七等生阴郁绝望的疏离，更看到浪漫自我的王尚义“苦闷的象征”，以及马森、李永平在昏暗迷乱中游荡的惶惑神情，正是在此时，文学历史被绘制成一幅精神喧哗与骚动的图腾，涌动着生命的激情。某种意义上说，《知识人的精神私史——台湾现代派小说的一种解读》可以视为一种思想史，“那么与其说它构成一个边缘的领域，不如说它构成一种分析的方式，一种透视法”[7]，也许以微观理论视野观察的文学史，其意义就在于提供一种新的分析和透视对象的方法。

“第一，它让我们了解到历史写作实际及认知上的力量，可能不是出于过去实事存在，而是出于其叙述的形式所引发的‘功能’；第二，历史写作不单是一种将经验组织成形的方法，同时也是一种‘赋予形式’的过程，而这种过程必定具有达成意识形态、甚至原型政治的功用。”[8]历史叙事实际上表达了写作主体的精神动态，通过历史叙事的呈现，我们可以洞察主体意识形态的走向。鉴于台湾文学史的特性以及两岸相隔的现实，大陆的台湾文学史写作更突出了距离对视中包含的种种想象，且透过叙事差异探掘了想象空间的不同维度。这里试析的几部台湾文学史只是众多著作中极小的一部分，它们或许不足以构成一个系统的论证体系，却能提供给我们一种研究思路：对台湾文学史的言说疆域始终处于意识形态支撑的理论视野观照下，这永远是一片开阔的秘土，并将随着理论视野的位移无限拓展漫延，我们或能在这片土地上搭筑起台湾文学研究的理论大厦。

**【参考文献】**

[1] 张京媛. 新历史主义与文学批评［M］. 北京：北京大学出版社，1993. 160，171.

[2] 王力. “现代性”视野中的台湾文学史——评《20世纪台湾文学史论》［J］. 世界华文文学论坛，2005（1）.

[3] 洪子诚. 问题与方法［M］. 北京：生活·读书·新知三联书店，2002. 19.

[4] 朱双一. 大角度研究台湾文学——读刘登翰《文学薪火的传承与变异》［J］. 台声杂志，1995（8）.

与现实的连接之桥上，极有可能会产生或出现各种不同的“对接”形式与结果。由于不同居住国制度、文化的差异，由于新移民们自身主观条件的千差万别，以及冥冥之中种种无法逆料的因缘际会等内在、外在因素的搅拌化合，新移民们的命运遭逢往往出现了斑驳陆离、悲喜交集的排列组合。《早安，美利坚》① 中的伍迪，原是20世纪80年代中国音乐学院的高材生。像千千万万个赴美留学的学生一样，他在餐馆打工端过盘子，也曾在大街上拉手风琴卖艺为生，后来也学着自己做生意。经过五六年的拼搏，终于获得了巨大的成功，竟然成了身家千万甚至上亿的大富翁，还能够插足美国的政界，支持华裔政界人士竞选州长。书中的另一主人公黄耀宗与妻子乘坐一艘名叫“金色希望”号的大渔船，奔向心中那个金色的美国希望。可是，在美国等待着他们的是警察与监狱：由于犯偷渡罪而在夏威夷坐了几个月的牢。出狱后，黄耀宗在好友的支持下开了家外卖餐馆，好不容易还完了所有的债务，妻子却被黑社会杀死了。绝望之下，他又只好准备乘船偷渡回国。几年之间，黄耀宗的人生走了一个轮回。与伍迪所不同的是，他是从当初的“金色希望”坠入了走投无路、家破人亡的不堪绝境。另一部纪实小说《茫茫东欧路》② 中的梁军，为了“到那个更大的世界中去闯出一条新路来”，毅然告别那个死气沉沉、令人窒息的工作岗位，借“自费留学”之名去闯荡欧洲。他与伙伴们从匈牙利到意大利，再到南斯拉夫，最后到罗马尼亚，“国际穿梭贸易”，走南闯北大“练摊”；他们偷越过国境，也蹲过异国的监狱集中营，东欧西欧辗转兜了一大圈，可谓是历尽千难万险，最后依然还是“两手空空”地踏上了“归乡路”。异国他乡的种种尴尬遭遇，同胞间的世态炎凉，“惊险小说”般的“国际历险记”，让我们的主人公收获到的只能是一层厚厚的人生的铠甲。“伍迪、黄耀宗、梁军”们，既品尝过美梦成真的喜悦，也吞咽过美梦成泡影的苦涩，他们的“生存焦虑”实际上无不夹杂着或者说交织着与“移民”俱来的“梦想”！不同的只是他们的这种“梦想”实现程度的差异而已。然而，值得指出的是，新移民们在异国他乡为生存、为梦想奋斗所付出的艰辛血泪，尽管收获不同、成败各异，但最终全都成为了他们弥足珍贵的人生历练，成为了他们未来人生道路上再出发的最为宝贵的人生“财富”。这一点，我们不难从刘观德的《我的财富在澳洲》中得到印证。这部小说虽然以“我的财富”标示书名，但读遍全书，主人公罗伯特·牛几乎从来没有积累下什么可以称得上“财富”的东西。作者书中所指的“财富”，

---

① 薛海翔．早安，美利坚［M］．上海：上海文艺出版社，1995.

② 凌一鸣．茫茫东欧路［M］．北京：群众出版社，1993.

显然并不是那种有形的、足以让自己炫耀和随意挥霍的物质财富，而是他在澳洲为生存所作的努力而积攒下来的、能够给他未来抵挡人生风雨带来启迪的宝贵人生经验，而这才是一辈子也消受不完的、真正的精神“财富”！明乎此，我们才能以更为宽容的心态真切地接近和理解在新移民文学的滥觞阶段，那些侧重于摹写新移民为生存而拼搏的虽然文字略显粗糙却充满着汩汩生命律动的这一类作品。

## 二、“新移民文学”中的文化焦虑

从全球经济的角度来看，近二十年来生发于中国大陆的移民浪潮，其实也是“经济全球化”过程中国际移民活动的一个重要组成部分。对于“经济全球化”所引起的文化焦虑，王蒙在一次演讲中有过这样的表述：“全球化引起文化的焦虑，是指全球化使一些国家和地区的文化感到有一种被融化、被改变的危险。首先你会失掉自己的身份。”[4]而对于本身就是作为全球化过程的一部分的新移民来说，他们的这种文化焦虑尤为突出。这些新移民们在由经济发展相对滞后的国家（地区）移入到新的目的地之后，原来与生俱来的民族文化身份，在新的居住国的主流文化面前，成为了弱势的、边缘的“他者”。这种弱势的、边缘的“他者”地位，刺激着他们去思考、寻找和重建自我的文化身份存在。“我是谁?”、“我们的国家民族身份和我们的文化身份是什么?”成为了时时萦绕在他们心头挥之不去的“文化焦虑”。这种所谓的“文化焦虑”，实际上是新移民处身于新的主流文化语境中对自身民族文化身份的寻找或者说认同时所产生的一种困惑而茫然的反应。用《绿卡梦》① 的作者毕熙燕的话来说，这是“一种因为处身于社会主流之外，充满焦虑和无奈的压力、精神空虚而又具有表达欲望会合起来的‘边缘人综合征’”[5]。而同样身居澳大利亚的诗人欧阳昱，则这样描述他作为一个华人移民因身份疑惑而长久困扰的心态：“对华人作为一种经济利益的接受，与对华人作为一种文化上不可同化的和潜在的颠覆力量的拒绝，这两者造成了一种紧张。我开始严肃地追问我作为一个中国人，在一个基本上是澳洲人的社会的努力‘英化’或者‘澳化’究竟意味着什么。哪里是像我这样的人们的出路?”[6]或许，这也就是造成新移民作家们常常陷入或者说执着于思考自身的“文化/身份认同”问题的一个重要因素。

---

① 毕熙燕．绿卡梦［M］．北京：华夏出版社，1996.

依照詹姆逊的说法，第三世界的文学显然具有一种显示“族群寓言”的功能。由于新移民文学是改革开放以来移居海外的中国作家所创作的文本，其“族群寓言”也就必然地透露出中国这个第三世界国家的子民面对西方发达的第一世界时产生的不同文化相互冲突或交融的信息。也就是说，当来自第三世界的新移民以其民族的一种代表的身份进入西方世界并与之发生关系，当新移民们以一个异族文化的“他者”身份置身于新的居留国（第一世界）时，其作品也就必然地会蕴含着第一/第三世界的二元对立的某些元素。事实上，不少新移民文学作品也喜欢围绕着这种冲突来构筑自己的话语体系。在这一类作品中，建筑在物质丰裕基础之上的第一世界的文化价值往往以一种高高在上而又无处不在的方式，向因物质匮乏而显得无能为力的第三世界挤压过来。这一挤压所导致的差异性结果一方面体现为建立于强大经济基础之上的西方文化对东方文化的强势地位，另一方面则体现为对处在这样一种二元对立的语境下文化认同的尴尬与困境的描写。王周生的《陪读夫人》（上海文艺出版社 1993 年版）一开篇就写了这么一件对中国人来说根本不成为问题的小事：在美国人乔丹·西比尔夫妇家当保姆的蒋卓君，按中国人的习惯让小汤姆朝天躺着睡，结果却招来女主人露西亚一番大惊小怪的责问。露西亚信奉的是“婴儿应该趴着睡，这样才能防止回奶时窒息”的“美国方法”，而蒋卓君则认为婴儿包在蜡烛包里，朝天躺着睡，这是中国人几千年沿袭下来的天经地义的习惯，并没有什么不妥。主仆双方都对对方的做法感到十分的惊讶与不解。虽然，争论最终当然是以主人的标准为标准而结束，但就这一件事情而言，本身并无所谓是非对错的标准，因为，露西亚和蒋卓君都是以自己民族固有的生活经验来对待与处理这一问题的。类似的情形，在王周生的这部作品中有着相当广泛的描写和表现。如关于婴儿吮吸手指到底有没有好处、能不能向孩子灌输与别人分享自己的东西的“共产主义思想”，以及有没有必要从小就对孩子灌输赚钱的观念、生命的意义是否也包括享受快乐的内容等。文化人类学家 W. H. 古迪纳夫认为，一个社会的文化指的就是这个社会的成员用以认识、联系、解释社会（现象）的模式。[7] 显然，在对待诸如婴儿应该采用何种睡眠姿势、应该给孩子传递些什么样的观念这一系列“育儿文化”问题，以及有关爱情、婚姻、家庭、人生观、价值观等方面，蒋卓君与露西亚两人用以“认识、联系、解释”的“模式”是完全不同的；而这种由“认识、联系、解释”的“模式”的不同所导致的冲突，其实就是中美两个社会、两种文化的冲突在中美两个社会成员身上的表现。由于种族、环境、历史、制度、生产力发展等诸种因素的不同，中美两个社会的文化价值系统存在着十分明显的差异。但是，从总体上来说，第一世界和第三世界的强烈地位落差以及新移民的“边缘”文化属性先天地决定了他们只能是主动地去适应、去“融入”，除此之外别无他途。《陪读夫人》借助这样一个来自中国大陆、身上烙印着汉民族文化价值观念的知识女性，受雇并生活于一个地道的美国家庭这样一种十分便捷的方式，很好地展示了由不同的文化价值观念所导致的文化冲突。对于《陪读夫人》中的蒋卓君来说，是一个中国人进入一个美国家庭而产生了文化的冲突；但对于所有来到美国的新移民来说，则是众多的新移民（我们可将其视为一个整体）进入了美国这样一个大家庭所产生的矛盾与磨合；推而广之，遍布于世界五大洲几十个国家的几百万新移民，生活在如此广泛的不同于汉民族文化系统的外部世界里，必然也会产生众多形式不同的文化或观念的冲突，小到诸如育儿文化之类的日常生活，大到属于精神层面的爱情、婚姻观念，毫无例外。

石小克习惯于借表现新移民的“文化/身份认同”的尴尬和困境去揭示第一/第三世界“族群寓言”中的二元对立。他的《美国公民》（中国戏剧出版社 2001 年版）所叙写的就是已经真正进入美国主流社会的精英却仅仅因为自己的华裔身份而遭受到种种不公正待遇的尴尬。小说主人公傅冬民是美国国防部合同承包商 MTCC 公司资深工程师，专门从事激光武器研究，在光电传输系统研究方面有着很高的造诣。但也正因为他的研究工作太过出色，更因为他所从事的技术领域太过敏感，直接关系到美国国家安全问题，所以，仅仅因为日常生活上的一些莫须有的“蛛丝马迹”，就让他成为自己工作的 MTCC 公司检举的被告，罪名是“偷窃光电技术秘密”，起诉书直指他偷窃机密，危害国家安全。在傅冬民那些美国同事以及检察官和 FBI 探员眼里，虽然他早已是美国公民，但“骨子里还是中国人”，所以，连一直对他颇为赏识的当代美军激光武器的泰山北斗、国防部技术发展局的斯凯尔斯博士也觉得，“为了国家安全，必须将此人送进监狱”。小说告诉我们，在事关美国国家利益的关键时刻，法律层面上的身份认同已经毫无意义，只有血缘、文化价值观念上的认同才能让人放心。其实，这也是众多老一辈华裔美国公民长期以来深感无奈和痛心的美国社会的“潜规则”，傅冬民的遭遇只不过是使这种“潜规则”又多了一个活生生的现实例证而已！

如果说石小克所想表达的是，即便是已经跻身于美国上层社会的华裔精英想获得主流社会的认同也不得的话，那么，查建英的作品所揭示的则是新移民们因为无法真正认同居住国文化而多方寻找、挣扎的困惑和困

［3］［美］张晓武，李忠效．我在美国当律师［M］．北京：北京出版社，1994.71.
［4］王蒙．全球化视角下的中国文化［N］．光明日报，2006－06－02.
［5］［澳］毕熙燕．绿卡梦［M］．北京：华夏出版社，1996.132.
［6］［澳］Ouyang Yu，Lost in the Translation［J］，*ARB*（*The Australian's Review of Books*，1994（45）．转引自钱超英．“诗人”之“死”——一个时代的隐喻［M］．北京：中国社会科学出版社，2000.
［7］［日］绫部恒雄．文化人类学的十五种理论［C］．中国社会科学院日本研究所社会文化室译．北京：国际文化出版公司，1988.140.
［8］查建英．丛林下的冰河［A］．郑宗培等．丛林下的冰河［M］．合肥：安徽文艺出版社，1990.207.

（原刊于《暨南学报》2007年第1期）

# 从《有缘千里》到《离开同方》*

## ——论苏伟贞的眷村小说

刘　俊

【摘　要】眷村小说是台湾文学中重要的文学类型，苏伟贞是创作台湾眷村小说的杰出作家，《有缘千里》和《离开同方》则是苏伟贞眷村小说的代表作。本文通过对苏伟贞这两部长篇小说的分析，对苏伟贞眷村小说的基本形态和历史发展进行了深入的探讨，并对苏伟贞眷村小说的艺术成就和文学价值进行了评判。

【关键词】苏伟贞；眷村小说

### 一

在苏伟贞众多的小说创作中，眷村小说是其中很重要的一种类型。苏伟贞不但是台湾较早创作眷村小说的作家，而且她的《有缘千里》、《旧爱》、《离开同方》等作品在台湾眷村小说中占有重要地位。2004 年，她还主编了一本《台湾眷村小说选》。可以说，眷村小说不但在苏伟贞的创作生命和创作历程中具有突出的意义，而且对她来说，创作眷村小说并在其中展现眷村世界，熔铸眷村思考，已成为一种有意识的自觉。

对于什么是眷村小说，研究界通常把它归入"眷村文学"、"眷村书写"、"眷村文化"、"眷村作家"、"眷村"这样一些概念中来加以论述。事实上，论及"眷村小说"，恐怕首先得对什么是"眷村"作一番说明。对此，张错教授的界定是：

> 所谓"眷村"，只是一个笼统名词，它表示国民党军队自大陆撤退台湾后，许多士兵和眷属聚居在散落于全省各地的军人村子里。实质上它们

* 本文的写作在资料上得到陈万益教授的大力帮助，特此致谢！

的存在，代表了自中国大陆离散漂流后的一种异乡暂顿。暂顿久后又成为另一种永远的家乡。但初期未融入本土之前，许多人更是一生异乡人，无法融入，他们扮演了“外来者”的异类角色。[1]

在张错教授的笔下，“眷村”的特点包括：①“眷村”是国共内战后撤退至台湾的国民党部队的家属区（生活区）①，在某种意义上讲是军队的生活化延伸；②“眷村”成员主要是从大陆来到台湾的官兵和眷属②，他们来自大陆各地，却在“眷村”中成为朝夕相处的邻居，不是亲人，胜似亲人；③台湾对于生活在“眷村”的人来说是异乡，身在异乡（台湾）思念故土（大陆）成为“眷村”人共同的心结。③

张错教授对“眷村”的界定，使“眷村”的概念已相当明晰。在此基础上，“眷村小说”也就可以大致定义为：台湾文学中以“眷村”（或军人家庭）出身的作家为主创作的有关眷村题材的小说。眷村小说在台湾文学中的兴起始自20世纪80年代，创作这类小说的重要作家主要有苏伟贞、朱天心、朱天文、马叔礼、袁琼琼、苦苓、孙玮芒、张启疆等。

从眷村小说兴起的时代和创作眷村小说的作家构成中不难看出，眷村小说的作家群以“眷村”第二代为主。④ 这其实不难理解，对于像朱西宁、段彩华、司马中原和痖弦、洛夫这样的第一代军中作家来说，他们的生活或许会和“眷村”相关，但时代氛围和个人兴趣，却将他们的文学目光引向了“眷村”之外——或在自己的大陆经验中寻找创作资源，或在艺术的探索中获得书写乐趣。他们虽然可能置身于“眷村”氛围，但只是把“眷

---

① 王德威教授认为“眷村文学是军中‘后勤’文学”。王德威．以爱欲兴亡为己任，置个人死生于度外——试读苏伟贞小说［A］．苏伟贞．封闭的岛屿［M］．台北：麦田出版股份有限公司，1996．18．由此可以类推“眷村”有点像军队的生活后勤单位。

② 最初的“眷村”成员较为单纯，主要为来自大陆的军队官兵及眷属。随着时日的推移，一些已婚或未婚的单身来台官兵在台湾重新结婚或成婚，其中有些娶了台湾本地女性，因此后来的“眷村”也有非大陆成员，不过在总体上还是以大陆成员为主。

③ 如果只是从表面上看，台湾的“眷村”有点像大陆的“部队大院”（王朔的小说就曾写到过）。并且，国民党部队中的“眷村”，也不是到台湾后才有的。从白先勇的小说《一把青》中可以发现，国民党部队在大陆时期就有“眷村”——只不过在《一把青》中叫“空军眷属区”（仁爱东村）。在与梅家玲教授讨论时，她认为台湾的“眷村”与解放军的“部队大院”和国民党部队大陆时期的“眷村”有所不同：台湾“眷村”特有的“家国感”是后两者所没有的。承她指教，特此说明。另外，对台湾“眷村”的了解，也得到张诵圣教授的详细指点，从而加深了笔者对台湾“眷村”的认识。在此向两位教授表示诚挚的谢意。

④ 创作眷村小说的作家并不全都出身“眷村”（这一点也承梅家玲教授和萧阿勤研究员相告），但绝大多数都是“眷村”第二代却是肯定的。并且，即便是那些非“眷村”出身的作家，也与“眷村”有着这样或那样的联系，十分熟悉“眷村”生活。

村”作为生活安居的处所，似乎很少想到把“眷村”作为他们文学创作的素材。然而，被第一代军中作家置之脑后的“眷村”，到了“眷村”第二代却被聚焦于前台，究其原因，在于这些“眷村”第二代作家的成长经历、心路历程都和“眷村”密切相关。他们生于斯长于斯，“眷村”是他们青少年时期的主要活动场所，在“眷村”中经历、感受和体验到的一切，已成为他们人生经验、情感内涵的最重要部分，深深地烙印在他们的思想、行为中。“眷村”生活的丰沛积累，无疑会在他们拿起笔来的时候，以各种各样的方式涌入他们的笔端，成为他们创作的一个重要来源和动力。

就苏伟贞而言，她出身眷村，四年军校毕业后又在军中任职八年，可以说她最美好的青春年华伴随着军队度过。如果说苏伟贞幼年和少女时期的“眷村”生活是一种带有军队气质的家庭情境，那么她的军旅生涯就是对“眷村”生活中军事性内涵的强化——从“军属”转化为“军人”，军事色彩无疑在她的个人生活中更为彰显，而这不但使她能和过往的“眷村”生活保持更密切的联系（不断回忆），也使她能更长久地咀嚼和更深入地思考“眷村”生活（加以对比）。相对于其他“眷村”第二代作家，苏伟贞长期的军队生活显然使她的“眷村”情结更为强烈，对“眷村”的感情也更为丰富和复杂。

那么，“眷村”到底给苏伟贞留下了什么样的印象呢？在她主编的《台湾眷村小说选》序《眷村的尽头》中，苏伟贞对“眷村”做了这样的描绘：

有一群人，他们几乎没有亲戚却有很多邻居，他们的亲人认知是从邻居开始的，并且年节时家家户户一定祭祖却无坟可上，他们的父母一口乡音，他们关起门来和父母以籍贯上的语言对话；出得家门，在巷弄学校里和邻居孩子们讲各地方言（他们很早就学会其他人的母语，且乐于以此沟通买弄，这使得他们其中大部分得以训练得口条麻利，以至于后来有些人批评这批家伙光靠一张嘴；但要打架？相信我，你也打不过他们，这些人的父亲当兵出身，一辈子服膺一条真理：打赢了再回来。）出得村门，他们讲国语、客语或台语。很小，他们就像活在外国。

他们身份证上的籍贯画出一个具体而微的中国——广东福建江苏安徽山东四川新疆河南热河北京上海南京……却明明生在台湾更住在台湾（他们有些甚至就叫台生，而且没出过国。）平房、营区附近，海陆空宪兵联勤各军种各兵种各官阶，撒豆成兵，挂牌开始落户生根——克难影剧自强妇联果贸汤山……世界上从没如此正面意义的名字奋发图强地聚集一岛之上闯南走北由东到西的群落吧？这些连幢平房且有名字的社区，统称为眷村。这些人，统称为外省人第二代。

从苏伟贞的这段文字中，我们可以发现她对“眷村”的认识是和“外省人第二代”联系在一起的。也就是说，她的“眷村”记忆最终具体化为生活在“眷村”的“外省人第二代”的种种日常行为。如果说对“眷村”的这种文字还原是苏伟贞对“眷村”的一种理性概括的话，那么对照她此前的小说创作，我们不禁想知道，当她在20世纪80年代的小说创作中书写“眷村”的时候，她笔下的“眷村”又是怎样的一种情形？并且，她的“眷村”经历除了艺术化地融入到她的小说中之外，还对她的创作形态产生了怎样的影响？

## 二

苏伟贞在开始进行小说创作的时候，“眷村”并没有成为她小说题材的首选。20世纪70年代后期，当她以《陪他一段》等小说震惊文坛的时候，她给人的最初印象是“对世路人情的冷眼观察，对爱恨生死的幽幽辨证”[2]，然而，就在苏伟贞以她“以爱欲兴亡为己任，置个人死生于度外”这一“奇特的情爱景观”[2]形成自己个人特色后不久，“眷村”就在她的小说中出现了。1984年11月，苏伟贞出版了她的第一部长篇小说《有缘千里》，虽然这部作品的主题仍然可以视为关乎情爱，但与她此前描画的大都市情爱景观比起来，《有缘千里》显然有了一种新质，那就是有了“眷村”的介入。

苏伟贞把自己第一部长篇小说的背景放在“眷村”可能不是一种偶然。当她在短篇小说领域获得成功，有了自信，想要尝试长篇小说创作的时候，无疑会选择一个她最熟悉的世界来展开自己的长篇画卷。对于苏伟贞来说，“眷村”比起都市可能更能让她感到亲切和熟悉，在“眷村”的世界里刻画人物、表达情感，她可能会觉得更得心应手。

《有缘千里》中所写到的“眷村”，从时间上来讲自有“眷村”开始写起，从空间上来讲横跨了海峡两岸。小说以致远新村这一“眷村”为故事展开的背景，写了高家、赵家、秦家、管家、乐家、吴家、马家这七家发生的各种故事以及彼此之间错综复杂的联系，从纵向上看小说中的每一个家庭都写了两代人（高家、赵家则写到三代）的命运，从横向上看小说则涉及了大陆人和台湾人的关系。就每个家庭而言，高奥的母亲从大陆逃来台湾，甫一登岸就被接到了同样是刚来台湾不久的儿子所在的“眷村”，异乡的母子重逢、家庭团圆自然另有一番滋味在心头；赵光潜的妹妹赵致潜和在大陆相识的台湾人林绍唐恋爱，却遭到了林绍唐母亲的反对，情感上遭受严重的创伤；秦世安在大陆有妻子，可是当他在台湾娶了台湾女子宝珠之后，他的妻子张素文却从大陆历经艰辛找到了台湾，令他倍感尴尬和矛盾；管堂尔虽然生性乐观，经常引吭高歌，却不得不面对妻子蒙期采离家出走的现实；乐增学驾机训练时摔机身亡顿然使乐家陷入困境，他的太太李玉宁为了生活最终和管堂尔走到了一起；吴广和的太太程力微尽管不太讨众人喜欢，却仍然被视为是村子里不可或缺的一员；马逢举虽然不是致远新村中的成员而是外来的回回，但因长期在村口开饮食店终于也和村里人打成了一片。对于致远新村这七家的第一代而言，他们面临的问题是在失去故土之后，如何在异乡面对种种困境，努力重建自己的生活秩序，在艰难困苦中克服困难，开始自己新的人生。

倘使说致远新村中的第一代在日常的爱情、家庭和婚姻生活中每每被国家（“反攻复国”号召）、历史（故国情怀萦绕）、文化（传统现代冲突）、区域（大陆台湾磨合）这些“宏大叙事”和“政治话语”所覆盖的话，那么第二代则基本上是在“眷村”环境下的成长故事和爱情罗曼史。“眷村”特殊的人际关系和交往方式，使“眷村”的孩子们（第二代）从小就不分你我，打成一片，这不仅使他们在同性之间极易形成“死党”，而且在异性之间也常常产生爱情。当然，上辈的悲喜剧无疑会影响到他们（如家庭的破裂、亲人的死亡等），但总的来说，他们自有一个属于他们自己的青少年世界。在这个世界中，年轻人感情世界的错综复杂，和他们父母辈的种种情感纠葛在一起，构成了这部长篇小说的主轴。《有缘千里》这一书名，正是以中国人的老话“有缘千里来相会”来概括致远新村两代人的情爱景观。

《有缘千里》的出版使苏伟贞成功地将情爱（她擅长的）和“眷村”（她亲切熟悉的）结合了起来，在随之而来的《旧爱》中，她以更加浓缩也更加锐利的方式，继续展示着与“眷村”相关的爱情故事。不过在这篇小说中，“眷村”已隐身背后，成为一个巨大的背景，都市（苏伟贞小说中的又一个重要元素）变为小说展开的舞台。沿着《旧爱》的发展轨迹，有五年时间苏伟贞将情爱景观的展示舞台由“眷村”转为都市，着重经营都市爱情。然而，对于“眷村”，她似乎从未忘怀。1990 年 11 月，也就是《有缘千里》出版后的第六年，苏伟贞的第二本长篇小说问世了，同《有缘千里》一样，《离开同方》写的还是“眷村”。

《离开同方》中的“眷村”叫同方新村，位于幺幺拐（一一七）高地（此地名带有浓厚的军事术语色彩，不但与“眷村”的军事气质相合，而且也可能寓意或象征着这是一个战场）。小说也是通过写几家人（“我”家、袁家、李家、方家、段家这五家）的故事来呈现“眷村”风貌。不过，虽然在《离开同方》中也有对情爱世界的刻画和描写，然而即便是在最外在的故事层面，读者也能强烈地感受到它与《有缘千里》和《旧爱》有着明显的不同。在这部小说中，苏伟贞向我们展现了另外一种“眷村”形态。

小说《离开同方》以“我”（奉磊）为叙述人，通过“我”的不断回忆和意识闪回，叙述了同方新村五个不同家庭的各自形态和相互缠结。“我”家除了“我爸”、“我妈”（后成为村长）外，还有四个儿女（阿跳，又叫二名；“我”；狗蛋，又叫止三；笑雨，又叫小洗），四个孩子中除“我”之外，其他三个（阿跳、狗蛋和小洗）的行为举止都颇为怪诞（自小阿跳爱哭，狗蛋不语，小洗与雨相伴）；袁家的袁伯伯（袁忍中）极其风流，妻子（周仰贤）在世时他便到处留情，妻子去世后他更是肆无忌惮，与全如意、李巧、阿秀勾搭在先，与仇阿姨（仇新眉）成婚在后（生下小白妹袁念贤），最后被自己的儿子疯大哥（袁宝）在狂癫中刺死；李家的李伯伯（李伯广）长年驻守外岛，李妈妈（田保珣）似疯还痴，受人（袁忍中）诱骗生下中中（李念中）后就此失踪，女儿阿瘦（李念陵）小小年纪就挑起了家庭的重担；方家的方伯伯、方妈妈有个女儿方阿姨（方景心），方阿姨与余叔叔（余蓬）自由恋爱，却在一场甘蔗林大火后从此失踪，就在人们认为火灾现场一对烧焦的尸体就是他们的时候（方妈妈因此发疯），他们却神秘地不断来信并最终在同方新村现身；段叔叔（段锦成）家只有他和席阿姨（席宜芳）两人，可是段叔叔却是一个有着强烈洁癖并对席阿姨的忠贞毫无安全感的怪人，小佟先生（佟杰）与席阿姨的交往引来了段叔叔的强烈反应，最终家庭破裂，段叔叔也走向疯狂。

就同方新村中这几家的情况来看，人物的奇异，行止的乖张，家庭的乱象，已经令人吃惊不小；如果从作品中还发现，原来疯痴并失踪的李妈妈后来变成了戏班子的台柱全如意，神气活现，风采过人，并且和袁伯伯仍然苟且，恐怕就更令人匪夷所思了。而在整个同方新村中，从环境氛围到人物关系，从生活逻辑到情感形态，从道德原则到心理变化，怪异之处，所在多多。相较于《有缘千里》中人物、爱情的“贴近生活”，《离开同方》中的“眷村”两代人，无论是他们的行为还是他们的情感，都显得有点不像“生活”中的人。同方新村，也远没有致远新村那么可感可亲。

“眷村”的介入无疑对苏伟贞小说创作的总体形态产生了重大影响，它使苏伟贞的小说世界在表现情爱的时候，不再局限于都市一隅，而变得更加具有历史感（与撤退来台前的中国大陆有了联系）、纵深感（包括了大陆和台湾两个区域），同时政治意味（“勿忘在莒”）和军事色彩（纪律、团结、一体化）也在作品中有所体现——这些都使苏伟贞的情爱景观因“眷村”的加入而变得更加丰富多彩，作品的意义也具有了某种“宏大”的意味而不再只是男女个人之间的悲欢——这一切当然都与苏伟贞的“眷村”经历密切相关。

## 三

事实上，我们在分析《有缘千里》、《旧爱》和《离开同方》的时候，已经发现了在这三部作品中所出现的“眷村”有着明显的不同——准确地说，是苏伟贞处理“眷村”的方式出现了较大的变化。那么，这种变化的前因后果是什么呢？它对苏伟贞又意味着什么呢？

要分析“眷村”在苏伟贞这三部作品中的变化，就不能不联系“眷村”的特点，以及它与苏伟贞的总体思想和整个创作的关系，来进行全面的考察。“眷村”的特点张错教授和苏伟贞本人已经所论甚详，这里想稍加补充的是，由于“眷村”是与军队有关的以大陆人士（外省人）为主的群居地，因此“眷村”除了前面提到的“军队背景”之外，事实上它还具有“微型大陆”的性质（集聚了来自中国大陆各地的军人和军属）。于是，军队本身的凝聚性、“眷村”相对独立的群居方式，以及“外省人”在台湾的异乡性，导致了“眷村”在台湾社会具有某种封闭性和隔绝性。在某种意义上讲，“眷村”可以说是台湾社会的“大陆孤岛”——而“眷村”的这种封闭性和岛屿意象，正与苏伟贞的人生态度和对人间世的总体看法有着某种同构性。在《封闭的岛屿》一书的《自序·封闭》中，苏伟贞表现出了对“封闭”的迷恋：“我常想，作为一个人，当他关闭起自己的时候，是无情还是有情？作为一个作家，我想，我是一开始就在这种关闭的状态中，别人进不来，我也不出去的空间里……只有自认为的生命的注

到处种树，狗蛋到处做礼拜，疯大哥到处抱小孩……”，而且人物的身份变化也神秘莫测，如李妈妈向全如意的转换、方阿姨和小余叔叔的“死而复生”等至于在一个村子中出现众多的疯子（袁宝、李巧、方妈妈、段叔叔）、不断地下雨、蹊跷的大火、黑暗的覆盖、村人对“戏班”的迷恋，都令同方新村带有一种怪异魔幻的意味。与《有缘千里》和《旧爱》比起来，《离开同方》在符合生活逻辑方面显然不可与前两部（篇）作品同日而语。同方新村与其说是一个现实中的“眷村”，不如说是一个充满骚动、不可理喻的虚幻世界。然而，虚幻的同方新村，却是苏伟贞刻意追求“打破了真实与虚幻的界限”[4]的结果，它其实在更高的意义上“创造出一种原始神秘的真实。那种真实非一般俗表之真实，既带有荒谬、夸张的诡秘性，又深挖到灵魂血处，令人不敢逼视”[5]。也就是说，苏伟贞正是要在同方新村那貌似不真实的怪诞世界中，在象征的意义上揭示人类生存处境本质的真实：混乱和不可理喻。很显然，《离开同方》中的“眷村”，已经不能用生活的逻辑去进行真实与否的比附，那是一个象征的世界。

从《有缘千里》对“眷村”进行“写实”的描写到《离开同方》对“眷村”进行象征的虚化，可以看出苏伟贞从她“眷村”经历中生发出的对“眷村”的理解和运用，已经从“实”（现实、写实、具体）发展到“虚”（想象、魔幻、抽象）。如果说在《有缘千里》和《旧爱》中，“眷村”在苏伟贞笔下的功能更多地体现为一种创作素材的话，那么到了《离开同方》，“眷村”就基本上是一个可借用的载体和“道具”——苏伟贞从中不但实现了从表现“眷村”到超越“眷村”的转化，而且在艺术上也进行了探索和突破。

从总体上看，苏伟贞的眷村小说与后来兴起的眷村小说的“主旋律”有所不同：不以书写眷村人在台湾尴尬的现实处境为追求，而以表现情爱景观（《有缘千里》、《旧爱》）和人类处境（《离开同方》）为旨归。苏伟贞“眷村”成长的经历，军旅生活对她“眷村”经历的强化，使“眷村”成为她丰厚的人生和创作资源，而“眷村”本身的种种特性，又正好可以被苏伟贞拿来作为爱情演练的场景和哲学沉思的园地。在具体的爱情演练走向抽象的哲学沉思这一过程中（体现在作品中就是从《有缘千里》经由《旧爱》达至《离开同方》），苏伟贞在内涵和形式两方面实现了她的眷村小说的转型和飞跃。

**【参考文献】**

[1] 张错．凡人的异类　离散的尽头——台湾“眷村文学”两代人的叙述［J］．中国比较文学，2006（4）：49～62．

[2] 王德威．以爱欲兴亡为己任，置个人死生于度外——试读苏伟贞小说［A］．苏伟贞．封闭的岛屿［M］．台湾：麦田出版股份有限公司，1996.9，7～8.
[3] 苏伟贞．封闭的岛屿［M］．台湾：麦田出版股份有限公司，1996.
[4] 苏伟贞．再版序——分解记忆［A］．离开同方［M］．台湾：联经出版事业公司，1990.
[5] 陈义芝．悲悯撼人，为一个时代作结［A］．苏伟贞．离开同方［M］．台湾：联经出版事业公司，1996.

（原刊于《暨南学报》2007年第4期）

# 术语的暧昧："问题意识"中的意识问题

## ——论华文文学研究中常用宏大术语的适用度

朱崇科

【摘　要】在华文文学研究中，不仅要真诚呼唤新的"问题意识"和研究范式，而且也需要及时反思现存的研究范式的弊端/限制，扬长避短，从而发现并创制活力四射的崭新"问题意识"。本文以新马华文文学为例对华文文学进行剖析，主要是就术语组合的弊病，如交叉性、无效性和错位性等进行分析批判，并以关键词中的本土性个案展示了实践的可行性。

【关键词】"问题意识"；华文文学研究；逻辑谬误；本土性

毋庸讳言，"问题意识"对于学术研究而言，是得以走向可能安身立命家园的钥匙，它不仅反映出创造的活力，也可能"反映出人类的自省意识和接纳胸怀，传达出人文学者的种种自觉追求"。回到华文文学研究课题上来，笔者也曾以新马华文文学为例对此加以强调和反省，黄万华教授对此指出："朱崇科一文表现出来的问题意识是马华文学研究的一种成熟，将会使马华文学资源的丰富性得到开掘。"①

当然，我们仍然需要在"问题意识"的开掘上与时俱进。王岳川在强调话语的变迁时指出："进入后现代后殖民文化时期，阶级、国家、民族、性别、文化资本、跨国资本、话语霸权、权力运作等概念和批评方法必然要进入研究者的视野，成为文化理论和文化研究的当代话语。"[1]实际上，这些术语和概念同样适用于很多研究学科，华文文学也不例外：华文文学，从1980年代初期的蹒跚起步，历经二十余年的文化洗礼与学术品格提

[基金项目] 中山大学人文社会科学青年研究基金项目"奴化的悖论"（批准号：11100－4101158）。

① 两处引文来自黄万华《前言：学术问题和历史整合视野》，见黄万华等主编：《全球语境·多元对话·马华文学：第二届马华文学国际学术会议论文集》（济南：山东文艺出版社，2004），第1～2页。拙文《从概念批判到本土关怀——略论世华文学研究中的问题意识》可参上书第96～108页。

升，在问题意识和范式更新上也恰恰与时代同步，尽管进一步的完善与成熟强化也势在必行。[①]

简单梳理一下尚可大有作为的华文文学研究中的一些宏大"问题意识"，可以有如下几个可能的新进路：

1. 如果从中国现代文学与其他区域华文文学的关联出发，可以考察其交集——中国性（Chineseness）的连缀、差异、嬗变等，如新马华文文学与中国性再现。当然，也可就中国性的某个层面或结点（比如暴力书写等）作为横截面来考察不同区域的差别。

2. 如果从区域华文作家对中国，尤其是文化中国的想象出发，则有离散文学、原乡书写、再中华化等视角可供思考和深化。当然，除了作家个别因素以外，作家对现实中国的态度与文化中国之间的别致张力也耐人寻味。

3. 如果从区域文学自身角度看，其文学书写本土性（如果有的话）的流变、发展或偏至无疑又引人瞩目。比如，新马华文文学与本土性等。当然，身份认同从个体、族群、性别到国别等诸多层面和角度无疑又可大做文章。

4. 考虑到华文文学发展的多数区域都曾被日本、英国、葡萄牙等殖民者殖民过，那么后殖民理论（Post-colonialism）则是大有用武之地的理论武器。当然，如何勘察不同地区文学中呈现的殖民技艺、策略与实践中的悖论，本土意识的腾涨以及对该理论的警惕或微妙修正则又是另一番天地。

5. 当然，也可将华文文学及其发展场域扩展开来，研究相关的教育、语言、文化、政治、历史等与文学的互动和推动也富有深意。当然，地域与空间诗学[②]、文学史的理论重构、华人批评诗学的交错（尤其是西方的中国研究）、华语比较文学[③]的实践等都是相当锐利和可持续开拓的"问题意识"。

必须指出的是，在真诚呼唤新的"问题意识"和研究范式的同时，我们也需要及时反思现存的研究范式的弊端或限制，扬长避短，从而发现并创制活力四射的崭新"问题意识"。为避免论述流于空疏，本文将以新马

---

① 整体而言，华文文学研究的学术品格仍然不够成熟，且学科建设方面仍然未能升格为二级学科，另外，其他学科研究者对它的偏见也仍然存在。这些仍然需要研究同仁共同努力。

② 曹惠民在他的"地缘诗学与华文文学研究"中对此也有深入思考，具体可参曹惠民的《他者的声音——曹惠民台港华文文学论集》（南京：江苏人民出版社，2005）第20~27页。

③ 这也是笔者目前在思考的课题之一，《华语比较文学：超越主/支流的迷思》是未刊稿。

华文文学为例进行批评，但视野却仍然放眼于华文文学。

## 一、关键词举隅与实践语境

在今天各种“后”学与其他西方文论被热火朝天地纳入中国学术语境后，内在的扭曲似乎不可避免。当然，断章取义必须严加批判。同时，其他弊端也开始显现，比如，具体概念和术语的空泛化日益严重，表面上，所用字眼大都很时髦，而实际上，它们发挥的功用实在寥寥，作为被淘空了的概念，指涉浮泛，这实际上是语言挪用中的一种“宏大叙事”和强行泛化。

有论者在论述华文文学的全球化与现代性时指出：“我们既要有民族观又要有全球观，其核心实质上就是一个现代性的问题，是现代性的问题引发了全球性运动，当然我们每一个人都不可避免地身处其中。”[2]上述一段文字，可谓禅机处处，从“民族观+全球观”到现代性，再回到全球性，个中理论转变频率和朦胧程度都令人惊讶。

实际上，诸多关键词都必须尽量回到原初语境和实践语境，这样认真改造过的概念/术语才可能真正发挥威力，而不只是零星点缀。此处，笔者只是就华文文学研究中几个常用的宏大关键词进行简单梳理，同时展开更深一层的思考。当然，这里的实践语境是华文文学。

1. 中国性（Chineseness）。主要是指中国特质、中国特征、中国特性等。从文化和政治角度考量，前者也可翻译为中华性/华人性。论者有时会混淆或捆绑二者，比如盲目地反对“去中国性”（De-Chineseness），以为“去中国性”等于“反中国性”（Anti-Chineseness）。比如粗暴地将黄锦树等人的“文化断奶”观点理解为“文化台独”等，显然是思维过于简单的结果①。需要清楚的是，中国性也是一个开放的、复数的概念，即中国大陆的中国性可能最丰富、深厚，但不能囊括所有的其他区域的中国性。

2. 世界性。这是一个悖论式的概念，很多时候，它是由各个国家/地区的某些共性组成。一方面，离开了个体，这种集体概念并不存在，或至少名不副实；另一方面，它却是由发达国家的某些先进方式所引导/挟持，推而广之构成的。所以，这个概念让我们警惕的是，其中可能包含了复杂的权力/话语关系：比如，谁的世界性？反过来，笔者认为，我们更要求

---

① 具体可参拙文《去中国性——警醒与迷思与其他——以王润华和黄锦树的相关论述为中心》，《亚洲文化》（新加坡）2004年第28期。也可参拙著《本土性的纠葛——边缘放逐·“南洋”虚构·本土迷思》（台北：唐山出版社，2004）。

同存异，认可并确立共性之外的差异性，力求多元共存。在华文文学语境内，同样如此，哪怕是过分强调华文文学的可能一体化也可能颇有问题，引起不同的辩证和思考①。

3. 民族性。这是一个不断发展的概念，更多时候，民族性是被建构出来的所谓民族的共同特征②；它和族群性（Ethnicity）有密切关联，在强调文化、生活等层面的特征时，它们可以是吻合甚至是重叠的，但一旦同时强调和涵盖了意识形态、政治话语后，民族性则和族群性走向分叉。比如，同样是华人，"二战"时期同样经历过日军铁蹄的侮辱，新加坡的华人（尤其是政府）和中国大陆人对日本人滔天罪行的认知与留下来的民族记忆伤痕并不相同：前者毋宁是务实的、经济理性的，后者则更多是情感的、复杂交织的。

4. 本土性。这是一个特别复杂的概念，复杂到它可能超出了人们对它固定的想象预设。面对气势汹汹的全球化或者外来者，本土性首先是一种立场，它抵抗，也吸纳，从而建构自我。当然，这个概念也是流动的、发展的。需要注意的是，它并非是与生俱来的，它本身也是一个建构过程。而且，在笔者看来，华文文学的本土性发展也有层次的纠葛，比如，本土色彩、本土话语、本土视维等。它们相互区隔，又互相连缀③。当然，对本土认知的误区是：①将本土视作封闭的标志；②将本土当作衡量一切的标准；③缺乏对本土的深层/分层理解。

5. 现代性。这是一个相当混乱、复杂，使用者却乐此不疲的一个概念④。它至少可以从三个层面去理解：①文化艺术的；②科技物质的；③政治体制的。回到文化艺术上来，它的经典理解也是形形色色的：如卡林内斯库所言的现代性的五副面孔⑤也包含了对自我的反思，成了后来有些学者所说的后现代性。而回到华文文学语境中来，这个概念仍然相当复杂：①语言的更新（白话文指向）；②意识的递进（和旧传统理念告别）；③综合层面的差异，比如科学、民主、进步等。

通过上述几个概念/关键词的梳理不难看出，这些关键词还是有它们

---

① 具体可参系列文章，周宁《走向一体化的世界华文文学》，朱崇科《"异"路歧途与殊途同归》等，《东南学术》2004 年第 2 期，第 155 ~ 166 页。

② 最有名的论述无疑是 Benedict Anderson. *Imagined Communities: Reflections on the Origin and Spread of Nationalism* (London: Verso, 1991).

③ 具体可参拙著《本土性的纠葛——边缘放逐 · "南洋"虚构 · 本土迷思》绪论以及其中《本土性的纠葛》一文。

④ 相关的梳理可参汪民安所著的《现代性》（桂林：广西师范大学出版社，2005）。

⑤ Matei Calinescu. *Five Faces of Modernity*. Durham: Duke University Press, 1987.

特定的适用语境和限定的，因此对它们的使用要小心翼翼，与华文文学语境相结合时，更要注意问题意识的契合性。如有论者所指出的，“应在文本的‘理论化’与理论的‘文本化’上再下一番工夫。要提倡具体的、个案的、专题性的研究。文学的新课题需要理论的阐释，理论也不是那种四平八稳、大而无当或炫耀概念而与文本不搭界的赘述。”[3]

## 二、组合的逻辑窘境

在关键词的独立使用中有许多注意事项和可能出现的误区，而组合包装起来使用时也并非一帆风顺。有些时候，我们不得不面对组合逻辑的谬误。而直面这些窘境的目的，在于让我们避免重蹈覆辙，更关键的是要拓宽思维、论证严密，不断寻找和发现有创造力且切实可行的“问题意识”。

1. 交叉性。术语的交叉处理其实绝不只是华文文学研究的独特要求，更是几乎所有人文学科研究在论证时所必须面对的实践操作。但在华文文学研究中，在使用宏大术语时，其复杂性和交叉性更需要引起注意。因为，此类文学研究不仅仅是跨时空和语言的，同时也是跨文化和种族的，稍有不慎，则可能造成论点的空泛、浮躁，甚至引起不必要的误会。

有论者指出，本土化/全球化、民族性/世界性问题，是不同世界和（欠）发达国家之间的敏感问题，物质制度层面可能可以全球化，而精神、价值层面则可能很难抹杀差异。所以，（欠）发达国家在文化层面可能导致“巨大的文化表征危机和价值认同危机”[4]。在此基础上，朱文斌博士别出心裁地借用并探讨全球化语境下东南亚华文诗歌与中国性的关系——世界性、民族性与中国性。

问题在于，我们如何面对不同宏大术语并存的可能交叉与叠合。前论比较聪明的地方在于，它主要是将相互对立的概念并置，侧重点比较清楚，符合人们的阅读期待。而朱文斌的操作则有所不同，且不说东南亚华文诗歌的概念抹杀了东南亚华文诗歌区域的内在差异以及个体的不断演变事实，回到其论述中来，“中国性为主体，杂糅进本土性因素，构成东南亚华文诗歌的独特性/民族性”[5]似乎也问题重重。

我们知道，中国性和本土性之间是可以杂交的，其整体产物就是本土中国性（Local Chineseness），而这个本土中国性却未必等同于民族性。如前所言，在文化和生活层面上，民族性更多是族群性；而在不同华人区域中，无论是华文文学还是华族，他们的日常生活和文化族性彰显往往都是混杂的，比如马华文学和马来西亚华人，其书写和生活方式都有马来文化和饮食等的影响，这已经不是中国性的问题，而更多是本土性问题。换言之，他们或可用华文书写，但意识和认同层面往往是本土的。

2. 无效性。需要指出的是，一些关键词的组合乍看之下，的确可以带来耳目一新的效果，但是，我们更需警惕的是，在这个组合的深层背后，是否可以带来质的变迁？否则，换汤不换药，则更凸显出组合的无效性。

马来西亚许文荣博士的《马华文学中的三江并流：中国性、本土性与现代性的微妙同构》是他近年来观察思考马华文学的新提法，并指出之前的研究往往只是单谈其一，所以，“摸不出马华文学的全貌”，“唯有把它们放在这‘三江并流’的框架中，才能纵览整个风景线”，而且，在论述中，他也认为，“马华文学中的三位一体在马华文学发展的初期就已隐然成形，而且延续至今。”①

坦白说，许的思考有其一定的新意，也能够顾及不同向度之间的流动和交叉之处，表面看来，似乎是一种范式的更新。但仔细考量，便会发现这样的提法依然不乏漏洞：

（1）这样的处理并不能让我们看到马华文学的全貌，问题的症结在于现代性这个概念上。如果许强调的现代性——“中国化和本土化后的现代性”——更多指向了一种现代主义的流派书写和个人的前卫实践的话，那么在马华文学史上长期（1920—1970）占据主流地位的马华现实主义文学该如何措置？尽管今天它已经式微、颓败，但它仍然是不容忽略的一种文学书写策略和路数。

另外，如果许所说的现代性指的是语言的现代性，那它就和白话文意义相同，这样的概念其实是无所不包，因为所有白话文书写都具有现代性，也因此形同虚设。而且，更进一步，如何处理文学史上古文书写的现代意味（比如南洋第一诗人——邱菽园的古体诗）也同样势在必行，至少是不可小觑。

（2）“三江并流”的提法，其实窄化了概念的有效性。比如，马华文学中复杂多变的中国性内涵，到了许这里，就成了“本土化和现代（文学）化后的中国性”。而实际上，马华文学中的一些文学书写，同样也指向了古典的意境美；而有些作家或流派，如诗歌和小说的语言毋宁更凸显

---

① 具体可参阅刘中树等主编：《世界华文文学的新世纪》（长春：吉林大学出版社，2006），第 163 ~ 173 页。

古典的中国性，比如林幸谦的某些诗作。另外，在神州诗社①的创作中，许多文本的意境也都更指向传统的古典文化中国。

综而论之，所谓的“三江并流”在表面的新颖和深刻之外其实更凸显了宏大术语组合后的无效性。

3. 错位性。在术语组合过程中，另外一种谬误就是组合词指向的错位性，即组合词并不真正凸显出其对应的内在特质。相关概念随手拈来：东南亚华人/华文文学、东南亚华人诗歌、文学东南亚等。在笔者看来，这种组合的弊端如下：

（1）用地理的概念捆绑了文学。东南亚华人/华文文学作为一种板块式文学的粗略划分是有其一定的方便性和价值的，但这个词的内在意义其实是很难细究的，因为它罔顾了东南亚地区不同国别华文文学发展的巨大差异、层次和独特性，不具备有意义的整体本质特征提炼和概括性。

（2）这样的命名方式，仍然是大陆中心主义的，它同时凸显了研究者无法深入探究文学内部本土性的权宜和业余。当然，其中也可能蕴含了命名的话语霸权。鉴于笔者已另文述及，此处不赘[6]。

当然，术语组合的问题可能还有其他方式，比如，自相矛盾式、意义重复式等。这些问题仍有待我们仔细追究，在应用过程中逐步体会、探索，并避免类似的陷阱。

## 三、如何应用：以本土性为中心

黄万华曾经指出，“考察海外华人文学跟中华传统文化间的关系，会更清晰地呈现海外华人文学的生命机制，同时也会促使我们更深入地去思考传统文化的现实命运等问题。在这种思考中，‘本源性’、‘民族性’和‘世界性’、‘人类性’等课题会呈现出一种新的建设性的局面。”② 这种犀利思考和美好愿景都是令人鼓舞的，问题在于，我们如何开掘术语，尤其是宏大术语的深度，开拓其边界，打通诸种限制，从而使得术语在有限的空间内尽可能发挥巨大的功用。为集中论述起见，本文以新马华文文学语境中的本土性概念为例加以说明。

---

① 具体可参阅黄锦树的论文《神州：文化乡愁与内在中国》；黄锦树著的《马华文学与中国性》（台北：元尊文化企业股份有限公司，1998），第219～298页；钟怡雯的《从追寻到伪装：马华散文的中国图像》，见《中外文学》2002年第362期，第115～151页。

② 黄万华：《华人文学：拓展了的文化视角和空间》，见刘中树等主编：《世界华文文学的新世纪》（长春：吉林大学出版社，2006），第14页。

首先，我们需要复活这一概念，它不是固步自封、打压他人的封闭性工具与堡垒，相反，它是形塑自我主体的关键指标和主体内容。为此，本土性应该是有限度的、开放的，不断吸纳外来/他者的优势，为我所用，更好地建构自己[①]。所以，留台/旅台文学应该是新马华文文学本土性建构不可或缺的板块，而不是要杀之而后快的外来者。当然，在台的作家/学者也不可画地为牢或自我经典化。

其次，本土性不是自然而然和与生俱来的，它同样是发展的，在不同阶段有不同的特征与层次。比如，马华文学在中国性浓烈的邱菽园那里，同样也可增生出对本土的并非若有若无的关怀，而1920、1930、1940年代的文学论争等从概念上强化了本土意识的膨胀和认同的具体化[②]，甚至在1950年代的通俗情色小说书写中，其发生场地也被置换成本土椰林等，尽管整个小说的书写、出版、印刷都往往在香港完成。而1970年代现代主义的逐步崛起，1980—1990年代以后，后现代尝试的崭露头角和其他流派的多元共存，都注定了本土性的发展姿态各异、层次混杂：或本土意象，或本土色彩，或本土视维，都在引人注目。

再次，本土性也可以是开放的、游移的。和离散美学特征关联的地理、空间和观念的位移往往可能引起本土性再现的不同策略，如对本土的强化、美化、升华等。张贵兴的雨林书写就呈现出类似的特征，他恰恰是坐镇台湾，想象南洋，虚构出相当绚烂夺目的热带雨林、"语林"和"意林"[③]；或者是对本土的游移特征的掌握和再现，比如，在李永平那里，本土从南洋婆罗洲到台湾、到大陆、到文化中国，本土的面孔在渐变，中心在移动，其本土性同样在旅行。

当然，本土性也可能是人为建构的过程。如果我们以鱼尾狮为例，便不难发现，从新加坡旅游局特设的商业标识，到新加坡华人文化困境及认同尴尬的象征寓言，其自身的变化也隐喻了本土性发展的复杂性、官方介入以及自我感染的妙趣横生[④]。

仍然需要指出的是，如果回到文学是书写和经典建构的层面上来，本

---

① 具体可参拙文《复活区域华文文学本土性：活力及限度——以新马华文文学为例加以说明》，《当代》2004年第201期，第110~119页。

② 具体可参拙文《本土蜕变：载道的艰难与自我的张力——析论1920、30、40年代马华文学本土变迁轨迹》，《晋阳学刊》2006年第2期，第103~109页。

③ 具体可参拙文《雨林美学与南洋虚构：从本土话语看张贵兴的雨林书写》，《亚洲文化》2006年第30期，第134~152页。

④ 具体可参拙文《认同"点染"与本土强化——论新华文学中的鱼尾狮意象》，《华侨华人历史研究》2006年第3期，第12~21页。

如果你问我这里的冬天会不会下雪，我说，我实在是很喜欢吃雪糕的。……你问我，为什么他的风筝一直很倒霉，我说，市场的莓菜如今是一块钱一两了。……你问我心的形状和颜色，我说，矩形应该是四平八稳的。你问我，四和死是谐音，有什么办法可以破除迷信，我说，支持我活下去的，也不过是远方一吋的草地，和一个会叫我早上起来的闹钟。你问我草地里的蚱蜢是否比一只蜜蜂聪明，我说，李清照的词说的是只恐双溪舴艋舟，载不动许多愁。你问我，愁字的笔画是多少，我说，我必须努力把这个字忘记。

《答问》采用问答文体方式，且答非所问。正是这种文不对题的冲突，产生出陌生化效果，引起了读者的阅读兴趣。问答从表面看不以正常的逻辑方式进行，实际上是采取蝉联手法，联结语篇，并利用词语和音韵的相关性，实现语义的联想关联。如雪糕与下雪的关联点是白与冷；矩形与心的形状对列，映衬心的浮躁不安。这种问答联结既不是简单的词语或成语游戏接龙，也不是香港“无厘头”文化的表征，更不是因没有语义关联而不能实现交流目的，而是具有非理性特点，体现出禅味，问即是答，问在答里，答在问里，答又仍是大疑，由此启迪思维。禅宗哲学认为，使人顿悟的办法就是答非所问，即你的问题根本不算问题，不必且不屑于回答，是不必多加考虑的杞人忧天的问题，或者是偏离目标的多余问题。中国的禅宗直指本质，却难以言明过程，它依靠悟性而不依靠推理。西西的蝉联体并不完全依据逻辑功能关系向前推进，但它们能够进行语篇衔接，产生出奇特的意念，体现出模糊与抽象、秩序与错乱、快乐与忧愁的张力，对难以言说进行言说。

因此，西西的《永不终止的大故事》邀约读者互动创作，需要读者有顿悟的禅宗思维，能在反理性、非逻辑的蝉联中实现语义关联，实现自由联想，这才是西西的创意所在。

卡尔维诺《寒冬夜行人》的读者创作，则采取“递归性”（Recursiveness）增殖手法。递归性是转换生成语法中的一种语法属性，指语言结构层次和言语生成中相同结构成分的重复或相套[15]，Jef Verscheren 举出典型的递归句式之一是：I know that you know that I know，etc. 它是相同结构（Somebody Knows That）的重复，是递归与相互内嵌句式（Recursive and Mutual Embedding）。若将语言的递归性扩充为语篇结构，就是套盒故事。略萨认为，“中国套盒或俄国玩偶式的框架结构，即是主要故事生发出另外一个或者几个故事。《堂吉诃德》展现出套盒术的多种变化：开篇编造西德·阿麦特·贝嫩赫里的手稿这个故事母盒，再派生出子体故事——堂吉诃德和桑丘的历险，其中又包括许多孙体故事——或人物之间讲述故事，或拼贴故事如堂吉诃德睡觉时神甫阅读《何必追根究底》。”[16] 再如《一千零一夜》的大故事套小故事，博尔赫斯说卡洛尔的《艾丽丝漫游奇境记》梦中又繁衍出许多梦[17]，这些都是故事增殖的手法之一。《玛雅族之谜》也用套盒结构，只不过它的套盒需要读者参与组装。

《寒冬夜行人》故事层层相套，大故事是男读者“你”追溯“寒冬夜行人”小说全文，与女读者因故事纸牌而结识，并恋爱。小故事是男女读者所读的十个故事断片，因总是带回错订的小说，每次只读到小说的开端。有意思的是，小说受叙者“你”买的书就是卡尔维诺的《寒》，因此，受叙者与隐含读者、真实读者阅读《寒》成为循环指涉的行为。按常规的阅读理念，到阅读过程结束时，读者通常会得到个终结假说，得出文本的总意义。正如书中的人物说：“古代故事的结局只有两种方式：经过所有的试探，英雄与美人结婚了；或者，他们死亡。所有的故事最终也只有两种面貌：生命的延续或无可避免的死亡。”但卡尔维诺认为，一切的意义不在起始与终结，而在于过程。他要反叛传统，逃避小说必须进入结局的宿命，超越时空。他延宕终结，只研究开局如何能产生吸引读者的悬念力量，因此形成了独特的叙述结构：

甲——→A 头 +B 头 +C 头 +D 头 +E 头 +F 头 +……——→乙

一个故事开头嵌套另一故事开头，若串联这十个开头标题，又生成新故事的开篇。《寒》是卡尔维诺“时间零”意念的延伸，小说永远只有开头，只有电影定格般的悬念，只停顿于开头，而不涵括时间负一或时间一，不包含前因也不包含后果，这迥异于传统线性叙述的手法。《寒》是“关于阅读小说的小说”[18]，它的用意在于指引读者破除旧小说模式，拆卸小说，再重装小说，引导读者创作。

卡尔维诺引导读者“递归性”增殖想象，按语言逻辑的线性发展。递归性、任意性和线性是语言的根本性质，但语言同时也具有非线性。西西引导读者蝉联想象，未必按逻辑线性或递归性发展，而具有灵活性和多样性，有利于无限地增殖。

## 三、跨媒介思维下的读者创作

读者参与创作，需要具有跨媒介视野。西西不仅进行小说文本互涉再生想象，还运用艺文互涉手法，同时进行图画和童话的再生想象实验。

读者图文互读，衍生想象。西西引导读者看图编童话，选取的画作有三：文艺复兴时期法拉・安其里可的《出埃及记》、当代画家夏迦尔的《散步》、毕加索的《坐摇椅的妇人》。西西为什么选这三幅超现实主义画作？对照法国勃雷东（Andre Breton）的宣言可以明白一二："超现实主义者们要求自由艺术创作不受任何限制，如推理要合乎逻辑，道德要符合标准，社会和艺术要合乎常规，他们不愿受制于创作的预期和意图，而求助于潜意识的暗示进行创作，利用梦境以及睡醒之间的心灵状态，自然或人为地引发种种幻觉。在文学创作方面，冲破传统的艺术组织方式，尝试自由联想，非常规句法，不顾逻辑，不管时间顺序，白日梦和梦魇似的罗列事件，以及将稀奇古怪的、令人惊异的或者看似不相关的意象并置。"[19]由此看来，西西选取的超现实画作，都具有奇特想象力、神魔灵异细节、反理性非逻辑思维，这跟西西蝉联想象的禅宗意识是如出一辙的。

读者并读童话，再生想象。如《渔夫和他的妻子》中能实现魔法愿望的比目鱼，化身到格拉斯的《鲽鱼》中；王尔德的《少年国王》再发展，就成为安徒生的《皇帝的新衣》；《忠诚的朋友》中受尽欺骗和剥夺的汉斯，在《大小克劳斯》得到报复。王尔德的快乐王子请燕子帮忙，将剑柄上的蓝宝石送给卖火柴的女孩，女孩到了安徒生笔下。王子一无所有后，被放在炉里烧，但烧不掉他的铅心，他进了天堂。安徒生的铅兵也有颗铅心并进了天堂。读者将童话深记在脑里，想了又想，生出其他想象，这正是读者创作的必由之路。

西西具有跨媒介思维，根基在于 20 世纪 60 年代创作的画论影论、20 世纪 80 年代初的文学评论和 20 世纪 80 年代末的乐论。她选取的文学艺术作品是其研究过的欧洲和拉美现代小说和绘画，且都是一流杰作。因此，读者参与创作，既要有丰厚的学识，也要有杰出艺术家的想象本领[20]。这样创造出的故事，才能像"维叶萋萋"的葛覃一般盛大无边。如《永不终止的大故事》的读者，经由多种想象路径，发现作品的组接共生关系后，再增殖想象，九部小说混合成大故事："两个读者为了追索小说的下一章，由相识变成恋人，他们阅读的小说关于马里奥和胡丽亚的恋爱，马里奥家的女管家因为主人远居异乡，嫁给拥有巨大私人图书馆的汉学家；后来图书馆起大火烧掉了，把艾兰迪拉祖母的别墅烧掉了，还烧掉了整座 14 世纪的著名修道院；修道院起火的时候，那些精致的蓝玻璃，都被奥斯卡的尖叫声震碎了，因为他看见老鼠吃掉了妹妹，妹妹是午夜零时零分诞生的午夜孩童之一；马里奥的一个朋友是广播剧作家，写了许多故事，包括不存在的骑士，以及父母叫儿子寻找父母，读者找寻书本，书本回溯作者的故事……”

西西切实赋予读者主动性，这是她超越于卡尔维诺想象文体的又一特点。虽然他们都注重读者参与，笔下叙述者不仅扮演了隐含读者和实际读者角色，而且扮演了主人公、小说虚构框架里的人物角色。但是，卡尔维诺的《寒冬夜行人》的读者是内在人物，读者互动创作是歪打正着的意外参与，具有被动性；而西西更注重指引读者主动参与创作，受述者可以直接转化，成为合真实读者和真实作者于一身的书本内外人。西西指引读者创作，阅读方法成为创作故事的方法，几个文本同时参看，发现聚合共生点，多个故事聚合成一个母题，1+1+……=1，然后继续衍生故事，1+1+1>3，这种文本组接具有蒙太奇意义，在于不同的文本、画面、镜头组接效果“不是两数之和，而是两数之积”。这并不符合抽象数理科学的概念，但它契合于复杂现实世界的摧毁、重建、增殖的过程。《永不终止的大故事》恰似读者参与创作的小说游戏软件，西西让读者采取蝉联顶真手法来扩充话题，用想象阅读、误读、诠释或再生其他文本，体现出读者个人在文化、记忆、个性上的差异。富于创见的西西，到老年还尝试探讨小说的听觉性，制作新时代的可听小说。

随着新时代数码技术的发展，借助电脑新软件技术的支撑，读者参与创作将更容易实现，与时俱进。俄国作家奥莉雅·莱丽娜在读者互动创作的电脑游戏方面，已经于1996年创作了超文本经典作品——《我的男朋友从战场归来》[21]。电脑上先出现大屏幕文字——“我的男朋友从战场归来，晚饭后他们让我们独自留下了”。读者点击后变成两个窗口，两个沮丧的人各据一窗对望，暗示被监视。接着，读者不断点击，画面变成16个独立空间，每个窗口提供可选择的故事文本或画面，可以分别组接再现，生成欲望、疏远、不贞、婚姻、交流失败和失望等多种主题。

查特曼用符号学交际模式来表示读者交流图表：“真实作者……隐含作者——叙述者——受叙者——隐含读者……真实读者”，但在西西和莱丽娜等超文本创作对照之下，这种原本先进的研究模式也变得落伍，被扫进了传统行列。读者参与创作，最初是从交流层面对作品进行“正拟、反拟、杂拟”，参与文本的想象，如卡拉OK式的听众自唱、网络时代的文字互动、博客时代的网友创作，契合于后现代社会的特性。随着科技的发展，读者互动创作与数码叙事结姻，必将催生出更复杂多样且让人耳目一新的作品。因此，后现代叙述学在读者交流理论上，需要重新梳理“叙述者与受述者、读者与创作者”等诸种关系，形成新的理论框架。

而对历史的再现并不仅仅是华裔美国作家的创作特色，在美国生活的其他少数族裔，诸如土著美国人、非洲裔美国人、拉丁裔美国人以及华裔以外的其他亚裔美国人，也对个人、族裔及国家历史的书写孜孜以求，其中最具有代表性的当数 1993 年的诺贝尔文学奖获得者、美国黑人女作家托尼·莫里森（Toni Morrison）。她不仅在自己的创作实践中努力建构其族裔的历史，而且在各种访谈中强调记忆过去、再现历史对于少数族裔的重要性。在《记忆场域》一文中，她说："我必须相信我自己的记忆，我也必须相信他者的记忆。因此记忆在我的写作中分量很重。"① 由此强调回忆与再现在少数族裔文学中所占的重要地位。

本文以华裔美国文学中的叙事文本为研究对象，在后殖民理论视角中剖析华裔美国作家如何通过记忆、想象、梦境、灵视等方式再现华裔家族、族裔及民族、国家历史，探讨其再现的原因和意义，以揭示再现历史与华裔美国人的身份追寻、族裔政治及生存策略之间的复杂关系。

## 一

从其源头开始，大多数的华裔美国文学文本都具有自传或者半自传的性质：第一个用英文写作的华人李恩富（Yan Phou Lee，1861—1938）于 1887 年出版的《我在中国的孩童时代》（*When I Was a Boy in China*，1887）就是一本自传，作者以第一人称的口吻，叙述了自己孩童时代在中国的生活。22 年后，李恩富的老师容闳（Yung Wing）出版了《我在中国和美国的生活》（*My Life in China and America*，1909）。虽然这两本书被国内外华裔美国文学研究者认为是用自传体方式描写异国情调，迎合美国人看中国的心理、崇尚白人优越论的开端，但华裔美国人以英文自传书写自我身份及种族文化的传统却由此开始：如第一位土生华裔美国男作家刘裔昌（Pardee Lowe）的《父亲与光荣的后代》（*Father and Glorious Descendant*，1943）、第一位在美国甚至世界引起轰动的土生华裔美国女作家黄玉雪（Jade Snow Wong）的《华女阿五》（*Fifth Chinese Daughter*，1945）都是典型的自传体小说。《父亲与光荣的后代》写的是华人移民父子两代人的争执与冲突，其"父与子"原型就是刘裔昌父子；《华女阿五》描述了旧金山唐人街一个华人家庭排行老五的女儿通过自己的努力，走出唐人街上了大学，并在工作中获得了白人及政府的认可，成了"模范少数民族"

---

① Toni Morrison. The Site of Memory [A]. In Suzanne Leobard. Dreaming as Cultural Work in *Donald Duck* and *Dreaming in Cuba* [J]. *MELUS*, 2004, 29 (2).

代表的故事，主人公的原型正是黄玉雪本人。迄今被公认为成就最大的华裔美国女作家汤亭亭的成名作《女勇士》（*The Woman Warrior*，1976），其副标题为“在群鬼中长大的少女时代的回忆录”（*Memoirs of a Girlhood Among Ghosts*），是以“非小说”出版的“半自传”，并且获得了当年的“非小说”类文学大奖。与汤亭亭齐名且更多产的华裔美国女作家谭恩美的成名作《喜福会》（*The Joy Luck Club*，1989）也是以华人母亲们的坎坷人生和女儿自己在美国成长、生活的个体经验为蓝本创作而成的带有家族传记性质的小说。直到“新生代”华裔美国作家伍慧明（Fae Myenne Ng）、吴梅（Mei Ng）、张岚（Lan Samantha Chang），其文学创作依然以作家的家族史及华裔美国人在中国旧时的生活或移民美国的历史作为重要的创作题材。

对于“我是谁”的追问和探索是人生而具有的本能决定的，是人建立其自我身份的必经之路。正如加拿大哲学家查尔斯·泰勒在《自我的根源：现代认同的形成》（*Sources of the Self*：*the Making of Modern Identity*，1992）一书中所论述的：“为了保持自我感，我们必须拥有我们来自何处，又去往哪里的观念。”① 而当下“自我”的建立通常基于经历过的“过去”之上，所以美国社会学家爱德华·希尔斯认为：“个人关于自身的形象由其记忆的沉淀所构成，在这个记忆中，既有与之相关的他人行为，也包含着他本人过去的想象。”[1]他进而论述道：对于个人而言，“他的家庭的历史，居住地区的历史，他所在的城市的历史，他所属宗教团体的历史，他的各族集团的历史，他的民族历史，他的国家历史，以及已将他同化更大文化的历史，都提供了他对自己过去的了解”[1]。由此，我们不难理解华裔美国作家对于自我的过去及家族历史的关切：

汤亭亭的《女勇士》集梦幻、想象、中国经典、神话和传说于一体，开启了华裔美国女性通过追寻母性谱系构建华裔美国女性自我的传统。该书每一章都聚焦于一个女系先辈：“无名女人”讲述了与人通奸的姑姑带着刚生下的婴儿跳井自尽的故事；“白虎山学道”讲的是“女勇士”花木兰替父从军，杀敌报仇的故事；“乡村医生”讲述了母亲勇兰在中国和美国的奋斗生涯；“西宫门外”讲的是叙述者的姨妈美国寻夫遭羞辱，最后终于疯癫至死；“羌笛野曲”讲述蔡文姬滞留异邦，生儿育女，以《胡笳十八拍》促进了异族之间的理解和交流。这些女性中，“无名女人”姑姑、

---

① ［英］安东尼·吉登斯．现代性与自我认同［M］．北京：生活·读书·新知三联书店，1998. 60. 关于自我身份的论述参见朱立立．身份认同与华文文学研究［M］．上海：上海三联书店，2008. 134 ~ 135.

母亲勇兰、姨妈月兰与叙述者有着血缘关系，可以称之为“血缘之母”；而花木兰、蔡文姬则是中国历史和传说中的“巾帼英雄”，她们可以说是汤亭亭心目中大写的母亲形象，是华裔美国女性引以为豪的“精神之母”。通过再现这些“母亲”或辉煌或悲凉的“历史”，故事中的华裔小女孩获得了无尽的精神力量，终于走上了“母亲们”的抗争之路，效法“诗性的语言战士”（The Poetic Word Warrior）蔡文姬和善于“讲古”（Talking Stories）的母亲勇兰，通过写作再现华裔母性谱系的历史，发出了自我的声音：

> …… 一晚又一晚，母亲总要讲到我们睡着为止。我搞不清故事在何处结束，梦从何时开始。母亲的声音变成了我梦中女英雄的声音……
>
> …… 最后，我感到在听母亲讲故事的时候，自己也有了非凡的力量。……母亲也许不知道这首歌对于我的意义：她说我长大了也会成为别人的主妇和佣人，但她把女中豪杰花木兰的歌教给了我。我长大了一定要当女中豪杰。[2]
>
> ……
>
> 这是一个母亲给我讲的故事，不是我小的时候，而是不久前，当我告诉她我也讲古的时候她讲给我听的。故事由她起头，由我结尾。[2]

在此，我们看到了“母亲”的过去对于建构“女儿”的现在的重要性。正是通过反思和再现母系先辈们各具特色的人生经历，“女儿”由“一直迫使自己成为美国女性”[2]的沉默而迷惘的小姑娘变成了打破沉默，通过讲古和写作追求性别、族裔和文化主体性的华裔美国新女性。

与汤亭亭一样，谭恩美也是一个“女儿作家”（Daughter-writer），总是围绕着母亲们的故事建构自己的文学想象：其《喜福会》专注于四对华裔母女，每对母女轮番出场，讲述自己在中国、美国的人生故事。该书在扉页的醒目位置写着“给我的母亲以及她的母亲记忆”①，表明了作者对于母亲及母系先辈们的记忆和缅怀之情。尽管故事中的母女之间不无隔膜和冲突，但母与女的天然情感纽带终于使她们跨越一切的鸿沟和障碍，达到了对彼此的理解和认同。母亲们认为：“我必须把我过去经历的一切告诉她，这是我能渗透她的皮肤，挽救她于危难的唯一办法。”[3]而女儿们在经历了中美文化夹缝中的种种尴尬之后，在经历了为人妻、为人母的沧桑人

① Amy Tan. *The Joy Luck Club* [M]. New York: Ballantine Books, 1989. 该两段引文翻译自小说英文版的题记。

生之后，纷纷转头回望自己的母亲，从祖母和母亲的历史中看到了自我的镜像，从而幡然醒悟，从婚姻或生活的困境中走了出来，获得相对圆满的结局。谭恩美随后出版的《灶神之妻》、《灵感女孩》、《接骨师之女》等作品都沿袭了这种女儿受到母亲、姐妹过去经历的影响和启发，从而认识自我、认识自己的现在的主题框架，不同的只是所涉及的母女或姐妹所处的历史阶段和社会阶层不同，因而其所再现的社会历史和家族史也各不相同。

对华裔美国作家而言，其作品中的历史再现并不仅仅在于在一般意义上探求"我是谁"这样具有普适性的人生命题，其个人或家族的历史往往融入了更加宏大的社会历史语境。在台湾著名华裔美国文学学者单德兴先生看来，正是这种"历史根基"（Historical Embededness），强化了作家笔下的家族故事，把家族传奇（Family Saga）"提升至史诗的层面——华人海外飘零的史诗（Epic of The Chinese Diaspora）"[4]。

而作为生活在两种历史文化夹缝中的少数族裔，华裔美国人在很长一段时间里都处于"无史"或其历史被涂抹、扭曲的窘境，他们在美国艰苦奋斗、勉力生存的族裔经验，往往消弭在美国 WASP 主流的宏大历史话语之中。因而华裔美国作家笔下的历史再现，具有更加重要的意义：它不仅仅有利于华裔美国人的自我的建构，更与族裔性的建构紧密相连，体现出"身份政治"的意味。

## 二

在很长一段历史时间里，华裔美国人与美国的其他少数族裔一样，其在美国生存、发展、服务国家的历史是一片空白。直到 20 世纪 60 年代的"民权运动"所弘扬的多元文化主义催生了华裔美国人的族性意识，引发了以族裔历史追寻为中心诉求的"泛亚运动"（Pan-American Movement）以后，华裔美国学者才开始挖掘、研究华裔美国人的历史和文化遗产。从 20 世纪 70 年代开始，以汤亭亭、赵健秀、徐宗雄等为首的华裔美国作家，率先开始钩沉、展现华裔美国人在美国长期被消音的历史，通过铭刻先人们在美国留下的轨迹，建构出华裔美国人奋斗、生存的"另类"历史，以此颠覆、匡正和改写主流历史话语。

汤亭亭的《中国佬》就是这样的一个再现华裔美国族裔史的范本：该书以记叙、回忆、评论和心理描写再现了其父系子孙四代人在美国的奋斗史：

最早去美国的是到檀香山开拓甘蔗园的曾祖父辈，即书中所谓“叔公”、“伯叔公”。从其故事背景可知，他们在夏威夷的时间应该是在1830年代，比1848年加州发现金矿之后的大批华工去淘金的时间早了十几年。而曾祖背井离乡的主要原因是当时中国所遭遇的天灾人祸：

在北方，黄河一夜之间海水倒流；浊浪排空，河水不往北流，而是掉头夺路南窜。洪水到处改道，水淹四省……扬子江也洪水肆溢。鳝鱼从房顶上垂挂下来，井里、坛子里爬满了红蛆。辞别被淹成汪洋一片的农田和树林，农民们离乡背井从涝灾之区来到了这旱灾之地。这里，土地缺水干裂，焦土处处，河面上见不到渔船帆影；这里，强人四起，蛮人遍野；英国鬼子建港口、运兵卒、贩鸦片……两位兄弟率领太平军——即长毛军——既反抗皇帝又反抗皇帝的敌人英法联军，势及16个省……云南的穆斯林、苗族、傣族都揭竿而起……地球的磁极已经调换了位置，地心引力也变得软弱无力。中国又一次风潮迭起，卅年一小变，一百年一大变。[5]

作者的曾祖意识到这是“一次百年不遇的大动乱”[5]，因此在广州上了一艘多桅帆船，当了一名签约水手，打算到檀香山跳船谋生。虽然船上的中国人并不打算逃跑，但他们都被关到了甲板下面，与牲畜待在一起：

当水手送来饭桶，提走盛呕吐物和大便的桶时，甲板下的一阵骚乱和饭桶里冒出来的一股热气便算是换了一口新鲜空气。有些人带着几头猪，猪就躺在几个铺位的下面。这些铺位看上去和停尸间里一层层的棺材没有什么两样。“看看我们这些人，带着我们唯一的家当——几头猪，移居他乡”，伯公说道，他也不得不到这个窝里来睡觉。[5]

到了檀香山，曾祖父被带到了海边去开拓甘蔗园，那时“这里既没有农场，也无甘蔗。他们的活儿就是在这片荒野里开垦出一个农场…… 叔公分到的工具是一把大砍刀、一把锯子、一把斧子和一把鹤嘴锄”[5]。就这样，作者的父辈祖先开始了在美洲大陆的奋斗历程：他们在夏威夷的甘蔗园、种植园里顶着暴风和烈日劳作，利用自己的聪明才智做季节性作物试验，发明各种农耕的先进办法，使脚下的土地越来越肥沃，种出产量越来越高的甘蔗，满足制糖厂的需要。而种族主义的歧视从他们到达的那一刻起就开始了，连与同伴说句话的权利都被剥夺：“那位管薪水的洋鬼子说道：‘你给我闭嘴！你给我闭嘴’…… 伯公因为干活时说话被扣了工钱。

懒洋洋躺在床上的病人病休日的工钱也全被扣了。”[5]就是在这样不利的环境中，“中国佬”们顽强地在檀香山生存下来。不仅如此，他们还活出了华人的风范：

> 1856年，为了恭贺檀香山国王和王后的新婚大典，每一个岛上的每一位曾祖父都出资，举办了一次盛大的舞会…… 舞会在宫中举行，四位起中国名字，穿中国官袍的白洋鬼子充当司仪。王后与一位地道的中国佬、国王与一位女洋鬼子跳开场的方阵舞。6头整羊和150只鸡被吃掉了。“中国佬舞会”是夏威夷举办过的最讲究的舞会，大小报纸一直称赞中国佬的舞艺和他们的慷慨大方。[5]

由“每一个岛上的每一位曾祖父”可以推知，汤亭亭不仅仅是在讲述自己曾祖父的故事，而是所有华裔先辈在美国开疆辟土的历史、一个族群的历史：作者的华裔先祖们是“应夏威夷皇家农业协会之邀”[5]，来到夏威夷，建设夏威夷的。他们中的许多人在夏威夷留了下来，早在1882年的《排华法》（Anti-Chinese Act）之前已经成为美国的一员。

追随父辈的足迹，汤亭亭的祖父（阿公）在1863年来到美国，先是在加州伐木，之后成为中央太平洋铁路公司的工人，参与了美国横贯铁路的建设，在内华达山脉段施工。他的工作是炸山劈石，工友们把他放进柳条吊篮，阿公抓住崖上的枝条打炸药和导火线的洞，然后用火柴点燃导火线，工友们连忙把他拉上去。这是一项高危的工作，由于白人认为“中国佬天生具有爆破的才能”[5]，所以多由中国人承担。在修建铁路的过程中，有人被炸晕，有人被炸死。人们在山谷的两面同时开工，一边的人看见另一边的人“滚落、弹起，像一把撒出的砂砾从山坡上滑下来”[5]却听不见他们的尖叫声，因为隔得太远；“有人坠落后，秃鹰在人落地的地方盘旋，一连数日提醒工人们有个人死在下面。工人则扔下成堆的石块和树枝，把尸体掩埋掉”[5]。除了爆破，中国佬还要负责挖掘最坚硬的花岗岩石，“阿公用鹤嘴锄去砸它（花岗岩），结果震得他骨头疼痛，牙齿打战。他又用长柄锄去砸它，结果脑壳被震得嗡嗡作响”。衣冠楚楚的洋鬼子只是偶尔到隧道中走走，一边摇头一边催促：“再快点儿！中国佬太慢了，太慢了。”[5]在一个寒冷的冬天，雪崩把跟花岗岩战斗的铁路工人困在了唐纳隧道里，许多中国佬被冻死了，伙伴们只能等到来年雪化时，去捡拾他们解冻的尸体。

但中国佬对于横贯公路建成所作出的贡献却完全被洋鬼子抹杀了。在

## 三

汤亭亭在《中国佬》中所再现的华裔美国历史，在某种程度上已经成为华裔美国人不可或缺的集体记忆，在徐宗雄的《家乡》和赵健秀的《唐老鸭》中，故事中的主人公也通过想象和梦境再现了这些历史：

在《家乡》中，华裔小男孩陈雨津的曾祖父是参与建造穿越内华达山脉（the Sierra Navada）的铁路工人，曾亲眼见证了华裔劳工为美国的早期建设所做出的牺牲：许多铁路工人由于冬天的严寒被冻死在铁路沿线。要等到春天来临，冰雪融化的时候，这些华裔劳工才可以顺着铁路线，从一个营地走到另一个营地，收拾在冬夜里死去的朋友们冰冻的尸体，所以对这些铁路工人而言，“春天是哀悼的季节”[6]。

陈雨津的祖父是作为“纸儿子”（Paper Son）入境的，同样在天使岛经历了种种非人的待遇，差点在那里丧命，但总算经过重重难关，成为一名农场工。他参加过美国横贯公路的建造，凭着自己的毅力和勇气学会了骑马，成为“华裔放马人”（Chinese Vaquero）。而陈雨津的父亲是一位海军工程师，“二战”时曾经在日本占领的关岛服役。陈雨津在追寻其父系祖先时，时时迷失在现实与梦幻之间。在梦中，他变成了建造铁路穿过内华达山脉的曾祖父，变成了在天使岛遭囚禁的祖父，混杂着自己小时候在关岛、在伯克莱与父亲在一起的种种记忆，他说：“我才知道为什么孤儿的标签对我毫无意义。我曾祖父在这个国家开启了无父无母的孤儿传统，现在我明白自己乃是那个无父无母的原始移民的直系子孙，从第一代到第四代一脉相承。”[6]而陈雨津认同自己的父系祖先的目的是为了宣称美国是自己的家：“我要用我以前去过的地方来命名我生命的重要时刻，加以分类，以便从记忆中挖出，找出我生命的稳定脉搏，然后把我的生命扎根于这些地名中”[6]；“我们老得足以在这块土地上神出鬼没，像原住民躺下休息，他的躯体变成地平线的轮廓。这是我父亲的峡谷。看他横卧着！那山峰是他的鼻，那悬崖是他的下巴，而他交叠的手臂则是山岭”[6]。

而赵健秀在《唐老鸭》中将华人移民父亲们在美国修建铁路的历史与中国古典小说的英雄故事结合起来，在华裔小男孩唐老鸭的梦境中修建横贯铁路的华工成为关公一样的英雄：

> 关姓汉子（铁路工人的领班）手握科洛克（Crocker）（中央太平洋铁路股东）的六响枪。在科洛克还来不及面露惧色之前，他已经跃上马鞍，手舞着缰绳。他勒着马忽东忽西。科洛克浑身溅满了淤泥。关姓汉子转头对唐老鸭说，“上来，孩子，我要你听着……”他抓住唐老鸭，往身后的马鞍上一放，就朝中国人的帐篷飞奔而去。科洛克追赶在后……关姓汉子在飞溅的淤泥中疾驰奔往卖点心的帐篷，用科洛克的六响枪连开三枪……“明天！十英里！”关姓汉子吼道：“十英里的铁轨！”[7]

正是由于对先辈们在美洲大陆上艰辛历史的了解，唐老鸭开始认同自己的族裔、文化身份，由排斥、厌恶中国的一切转变为执着追寻华裔美国的父系英雄传统，并且敢于在课堂上与扭曲华裔美国历史的白人老师辩论，发出了少数族裔的抗争之声。

赵健秀借唐老鸭之口明确道出了再现历史对于华裔美国人的意义：“如果我们不写我们的历史，为何他们（白人）就该写”，“历史是战争，不是运动”，“诗（文学）就是运动”。[7]台湾华裔美国文学学者李有成认为这种历史书写是一种“记忆政治”：“赵健秀的整个计划大抵是以其记忆政治为基础，企图唤起华裔美国人的集体记忆……从弱势族裔论述立场看，《唐老鸭》无疑是晚近书写/矫正（Writing/Righting）美国历史文化的大计划的一部分。”[8]

在《唉呀！亚裔美国作家选集》1991年重版序言中，赵健秀及其所带领的“唉呀！集团”（Aiiieee Group）论述了“亚裔感性”与族裔历史、种族刻板印象（Stereotype）之间的紧密关系：“在我们能谈论我们的文学之前，我们得解释我们的感性；在我们能解释我们的感性之前，我们必须勾勒出我们的历史；在能够勾勒出我们的历史之前，我们得摒除他们对于我们的刻板印象；在我们能摒除刻板印象之前，我们必须证明刻板印象的错误，证明那些容易取得、一般曾为大众所知的历史都是不学无术。”①

在此，赵健秀等揭示了华裔美国作家再现族裔史的重要意义：反击美国社会的“内部殖民”话语，解构主流社会广泛认同的“大众所知的历史”，以文学的真实还原历史的真实，破除种族刻板印象，建立亚裔美国人的独特感性。这样看待文学之于历史的作用，表现出华裔美国文学写作的后殖民特色。

为了纠正白人主流对华人的刻板印象，颠覆美国主流历史话语对华裔

---

① Shawn Wong. *Asian American Literature: A Brief Introduction and Anthology* [M]. New York: Addison-Wesley Educational Publishers Inc. , 1996. p. 5.

美国人的扭曲，赵健秀、徐宗雄等作家开始挖掘华裔美国人的英雄历史，在其小说文本中展现华裔男儿的阳刚之气、强悍之风；他们把个人移民史、家族迁移史、族群苦难史作为叙述的主要对象。这是华裔美国作家为彰显自己的族裔属性、对抗主流殖民话语的书写策略。这与当代诸多后殖民作家的写作策略异曲同工。

在《殖民与后殖民文学》一书中，艾勒克·博埃默深入地分析了后殖民作家或流散作家这种“历史再现”的巨大意义：

> 有两种文类表现了这样一种联系：一种是社群传记，以某一个特定群体的文化生活来表现一部广阔的历史。还有一种文类就是个人历史、回忆录、狱中札记，以及阐述某一政治生涯的言论集等，这些也能反映一种比较广泛的民族性。这些民族主义的文本，作为一个民族的叙述、个人的叙述、社会群体的叙述，以及民族历史的具体素材、个人经历和地方斗争的记录等，它们反过来又能对殖民主义的“宏大叙事”（Grand Recite），对它那大包大揽的修辞形象，起到一种釜底抽薪的颠覆作用。[9]

美国虽然不是一个传统意义上的“后殖民国家”，但其 WASP 主流的历史文化观、道德伦理观占据了绝对强势的地位，正如理查德·戴尔（Richard Dyer）所言：“白色强权似乎不用任何特别的东西保护自己的优势地位”，如建构差异时的无记号范畴一样，白色永远不必给自己命名，永远不必承认自己在社会和文化中的组织性原则①。美国少数族裔长期处于这种“白色强权”的威压、围堵之中，最终陷于被“内部殖民”的境地，其族裔历史一直处于被消音、灭迹，甚至被扭曲和篡改的境地。就像上述文本中的典型个案：众多华裔美国祖先都参与了美国第一条横贯铁路的建造，他们甚至为此付出了宝贵的生命，但在主流历史文献中没有被提及，摄于 1869 年铁路贯通时的金钉庆祝会照片上，也没有出现一张华人的脸孔。

对于这种美国式“忘记”（Disremembering），托尼·莫里森早在 1988 年的一次访谈中就提出了批评：

> 我们生活在一个过去被抹掉的国度，错误都被一笔勾销，美国成为移民们可以从头开始的清白未来。过去或者缺席，或者被浪漫化了。这种文

---

① Sheng-mei Ma. *Immigrant Subjectivities: in Asian American and Asian American Literatures* [M]. New York: State University of New York Press, 1998. p. 2.

化不鼓励老是想着过去，更不用说与过去妥协。记忆比三十年前更加濒临危险。[10]

因此，托尼·莫里森积极呼吁“再记忆”（Rememory），并身体力行地创作了再现黑人历史的《宠儿》（*Beloved*）、《所罗门之歌》（*Song of Solomen*）。著名黑人女作家艾丽丝·沃克也出版了以黑人历史为创作题材的《紫色》（*The Color Purple*）和《梅瑞狄安》（*Meridian*），再现黑人在美国受压迫的历史，挖掘黑人文化遗产，重构其族裔的历史。

这种再现的策略，被文化理论家霍尔称为“位置的政治”（The Politics of Position）。他说：“再现的实践总是隐含我们说话或书写的位置——发言的位置”[11]，再现必然涉及位置的政治。对自己的历史被歪曲、破坏、摧毁的华裔美国人而言，重新发掘、找回被湮灭或歪曲的历史，就是他们发言的位置，是他们赖以说话、不可或缺的凭借。

正如卢卡契在《历史与阶级意识》中所提出的，历史再现的背后隐藏着头等重要的意识形态和政治问题，由此我们可以进一步洞察华裔美国作家执着于再现历史的意义：这是华裔美国人突破 WASP 围困的最有效途径，这既是其个人、族裔身份确认的必须，更是少数族裔“逆写帝国”、反抗美国“内部殖民”的一种政治策略。

**【参考文献】**


［1］［美］E. 希尔斯. 论传统［M］. 傅铿，吕乐译. 上海：上海人民出版社，1996. 67 ~ 68.

［2］Maxine Hong Kingston. *The Woman Warrior*［M］. Vintage International Edition, 1989. pp. 19 ~ 20，206，189.

［3］Amy Tan. *The Joy Luck Club*［M］. New York：Ballantine Books，1989. p. 241.

［4］单德兴. 以文为法，以文立法——汤亭亭《金山勇士》中的《法律》［A］. 铭刻与再现——华裔美国文学与文化论集［C］. 台北：麦田出版股份有限公司，2000. 90，100.

［5］汤亭亭. 女勇士［M］. 肖锁章译. 南京：译林出版社，2000. 89 ~ 91，96，101，108，88，127，132，134，147，41，49，55，54，254，294，313，154，156，157.

［6］徐宗雄. 天堂树［M］. 何文敬译. 台北：麦田出版股份有限公司，2001. 96，83，23，98.

［7］Frank Chin. *Donald Duck*［M］. Minneapolis：Coffee House Press，1991. pp. 77，123 ~ 125.

［8］李有成.《唐老鸭》中的记忆政治［A］. 单德兴，何文敬. 文化属性与华裔美国文学［M］. 台北：中央研究院欧美研究所，1994. 127.

本的割裂为其前提，这是他借以对抗“五四”以来“定型思维”的根本策略。到台湾以后，政治意识形态所造成的空间隔绝，使叶维廉双重错位之感更加明显。当时台湾当局有意冷落对“五四”以来现代文学思想的讨论，并且阻挠与大陆的文化关联。空间与意识形态人为的隔绝，让叶维廉一代诗人产生“永绝家园”之感，“在‘现在’与‘未来’之间焦虑、犹疑与彷徨；‘现在’是中国文化可能全面被毁的开始，‘未来’是无可量度的恐惧”[3]。“五四”以来定型思维的时间隔膜加之由政治偏见所造成的空间隔离，使得叶维廉一代文人学者对现在和将来都难以确定，难以捉住任何实在与坚固，他们的认同找不到对象，碎片化之感使文化双重错位之痛更加沉重。他的创作与对现代文学的研究，正是寻找完整的一种内在的需要。

基于自身创作的经验，在叶维廉看来，文化错位与文学创作的关系是极为复杂的，文本的内涵与美学形式更充满着历史伤痛与个人创伤的意味。中国现代文学的创作，在很大程度上正是一种在由定型思维和文化错位所造成的时空破碎感中寻索完整母体的努力。这种努力必然使得文本所呈现的心灵极为矛盾与复杂，作为敏感的作家，其对西方思想与文化的接受过程中，也必然渗透着迎拒的巨大张力。然而由于定型思维的专制和两岸政治的割裂，大陆现代文学研究和台湾文学创作出现诸多问题：第一，机械的意识形态研究方法，像王西彦研究鲁迅的专著《论阿Q和他的悲剧》，由于当时的意识形态的影响，遂把“鲁迅那种陷入社会承诺（主张进步、科学）和个人灵视（在认同危机中探索的意义）之间的矛盾，陷于倡导新文化思想与根深地恋栈着古典传统之间的矛盾和他作为一个灵魂探索的个人主义者的复杂心理，都被缩减为仅仅代表一种意识形态的语规”[4]。第二，“超历史”的美学方法，像夏志清，就从所谓具有普遍性的一套美学假定出发，以西方伟大作品为依据，“实在是要求我们戴上西方作家的滤色眼镜来阅读他们的作品”[4]，“用西方模子中的文化假定去审视中国的作品”[4]，忽略了传统因子在移植过程中的作用。第三，台湾文学创作上与五四的断绝，导致“琼瑶公害”的产生，中学生沉浸在“琼瑶公式化虚设迷梦的小说世界里”[5]。作为“定型思维”在文学研究上的表现，无论是意识形态语规，还是“超历史”的、普遍的、美学的假定，事实上已经背离五四的批判怀疑精神而将某一话语视为普遍和本质。而政治的分离更无视历史的整体与承传，使得现代以来的经验丢失。这种由人为切割所导致的本源感受的迷失，造成文学事实的严重遮蔽，大量现代诗、小说的文学新质并未能得到深入的探讨，甚至遭遇意识形态语规和理论暴力的缩减。

## 二

为此，叶维廉提出“历史整体性”作为入思现代文学研究的途径。“历史整体性”是叶维廉在1979年发表的《历史整体性与中国现代文学研究之省思》一文提出来的概念，其基础是“模子”差异寻根理论和传释学思想。“模子”差异理论是叶维廉比较文学进入跨文化比较阶段学术成熟的标志。他指出，不同文类、语言、文化、民族之间形成不同的模子，不同模子之间不能汇通的部分要远远大于能够汇通重叠的部分，而后者作为比较文学最重要的焦点无可非议，寻求中西文学的共通规律是比较文学的任务。但在方法上，却不可因为寻求共通，而将某一模子普遍化，去衡量、评价其他模子的事物，这容易导致垄断、歪曲和误解，乃至损害其他模子的独特性。正确的方法应该是：“放弃死守一个‘模子’的固执。我们必须要从两个‘模子’同时进行，而且必须寻根探固，必须从其本身的文化立场去看，然后加以比较、加以对比，始可得到两者的面貌。”[6]也即从不同模子的寻根考察中发现彼此可以汇通之处，而不以先定的某一标准为鹄的。“模子”差异理论的提出，在跨文化的文学比较中，突破单一模子的限制，而获得超越。它的意义，是实现美学形式与历史的结合，从而突破比较文学法国学派强调史料实证的、非美学的外部影响研究和美国新批评只重美学形式普遍结构的非历史研究。

“模子”差异理论付诸实践的关键之处就是对不同模子进行“寻根探固”，也即寻求其历史形成，因此，比较文学充满历史意识。寻根探源涉及文学的传释过程，这一过程既包含由历史、文化、语言所形成的“预知”，它们深刻地影响着文学的观感、构思、用字、阅读等过程，又包含着对这一预知的“探原”。“历史整体性”便是“探原”在方法论上的必然要求。借助“盲人摸象”的个案[7]，我们来探究“整体”的理论内涵：

1. 整体与时间的关系：“全象”的获得是“经过不同瞬间递次所得印象的叠合”[7]，虽然“象”是个空间整体，其整体性却只有在时间中才能得以展现。整体性与时间性是同一过程，文学现象的认识也必须置于历史整体过程中逐步实现。

2. 经验、知识与阐释的关系：“阐释的能力是由经验印认的重叠产生，由文化历史激发，也由文化历史设限。”[7]历史提供了认知的结构，我们对整体的认识也处于“预知”之中。因此，要在“预知”中超越便显得更为困难。

3. “整体”的选择性：在不同人眼中所认识的“整体”并不相同，艺术家所看到的整体，与科学家看到的整体并不相同，概念认识的整体与直觉整体也不相同。这是差异所在，而往往正是没有自觉到“模子”的差异，而不自觉地以自身有限的模子为“普遍意识”，掩盖差异，这即是“遮蔽”的原因。

4. 整体与细节的关系：“盲人只摸到部分的象，他们因为看不见全象（即没有整体观念），所以无法了解象腿、象身、象牙所属的位置及其与整体的关系。我们有了全象的印认，所以可以把细节纳入整体的关系里。我们虽然有了全象的印认，可是，也要像盲人一样，必须由部分的细节开始，即继次注意象的各部分，然后纳入整体的关系里。部分没有整体就不知所属，整体则必须依赖部分逐步的认识才可完成。”[7]整体与细节的关系，提出了“传释的循环”的难题，即整体与部分谁也离不开谁，可是整体又有赖于部分的最后完成才可能。这又回应刚才第一点的整体与时间的关系，可以看出整体的复杂性。

基于整体的复杂艰难，叶维廉首先对“历史整体性”作为方法论的第一点要求，便是其“暂行性”：“所有历史研究都应作暂行的，不是盖棺定论的，而是有待修改的。正是把所有历史的阐释看成暂行这种自觉，才可以使我们与永恒不断变化的整体过程保持持续不断的联系，才可以对整体性的问题充分的掌握。”[4]暂行性而非确定性，可以摆脱对任何事物的成见、偏见，可以时刻警惕由过去一些权威所“钦定”的具有排他性的“一套成见的定型”，驱使自己“从彼时彼地出发，将某些经验的模子从全体现象的生成过程中离析出来，然后宣称它们在‘任何’时候都放诸四海而皆准”[4]，从而巧托整体性以偏概全。然而这种现象却是广泛存在，如文人文化对民间文化的排斥、收编，像中国文学史就是文化人作品的中国文学史，很少人把在野的所有民间文学当作严肃的作品来对待，即使能够进入文学史，也是经过收买了的，依从文人作品和批评家的思想和价值。民间文学不事修饰、自发性的许多结构特色被污损歪曲。在文人文化内部，也有相当明显的缩减和折衷，艾略特以荷马以来欧洲文学作为标准而忽略东方世界的文学，即使在欧洲文学的整体中，也仅包括但丁、几位伊丽莎白时代的戏剧家、玄学诗人、某些象征派和后期象征派的诗人而已。缩减、折衷、遮蔽其他部分，而以特定选择作为“整体性”，这正是没有自觉的历史整体性的暂行性意识所导致。因此，它的超越，在于由暂行性“认识更广大的整体性，才可以完全了悟其声称见到的整体秩序的局限性”[4]。

其次，由于“具体历史的全部记载是无法做到的”[4]，历史必须以“显性范围”的细节来构建，因此在选择历史细节时，必须以历史整体意识为指导，使所选择的细节获得的任何意义，“都能够作为整个历史长河中浓缩的瞬间”[4]。它必须反映出一种情况，即“这些事件必须是在我们的意识中，和特定时间以内以外我们能掌握的所有现象联系起来之后才挑选出来的，虽然初步的联系活动未必完全明确”[4]。历史整体意识的存在，正是为避免细节选择的偏见出现。历史整体意识能够促使传释主体位于更为客观公正的视角来进行认识、评价。这是对历史整体意识放在实践中所导致的所有细节无法做到完全记载的难题下，提出的解决的方法。这确实能够做到更加公正、客观，但是由于个体的有限性、时代的有限性，因而，所谓“本真”面目是无法达到的。暂行性决定着，即使是在历史整体性指导下的细节选择，所得到的历史评判，也仍然是暂行性的。现象学还原的结果，只是让存在更加澄明，让偏见更少而已。

再次，开放地连接过去与将来，传统处于不断生成之中。叶维廉指出：“所有的文学研究都必须置于一个时间的范围内，但一切相关的现象（社会的、经济的等等）的讨论则不能囿于这一个时间的框框内。事实上，对于文学史构成现实真正的了悟，向来都需要超越这个固定的时限，因为我们见到的万物万象既是过去的结果，又同时是将来的萌芽。”[4]在实际研究中，研究的对象必然是一定历史时间的作品，如古代文学、现代文学或者当代文学。但是，无论是哪一种，都不能局限于其特定的历史时间范围内来理解。克罗齐的“一切历史都是当代史”的启示，就在于一切只有投射于当下才具有价值和意义。这当下意义的获得，更不能局限于与当下的拓通，还要有未来的向度。“传统”正是历史的生成。历史整体性的方法，必然要在处于生成的传统之中来理解、阐释意义。

## 三

以“历史整体性”进行观照，叶维廉指出：“现代中国文化、文学是本源感性与外来意识形态争战协商下极其复杂的共生……是十九世纪以来西方霸权利用船坚炮利、企图把中国殖民化所引起的异质文化与本源文化的争战。现代中国文化、文学一开始便是在帝国主义军事、政治、经济文化侵略辩证下的蜕变与转化，其过程复杂多面而诡奇，既横暴神秘又美丽摄魂”[8]。因此，“任何单一的现象，决不可以从复杂的全部生成过程中抽离出来作孤立的讨论。历史意识和美学形式是不可分割的，所以我们在研究单一的现象时，必须将它放入其所生成并与别的因素密切互峙互玩的历史全景中去透视。”[4]对于现代中国的作家和作品，“我们不应该只用中国的或西方的思维模子去抽象地判定这些知识分子，而应该设法去了解他们对文化与历史认知的角度，他们吸收外国文化的取向，是他们爱国爱民的一种权宜决定，是他们追求某种历史的整体性时试图解决不可收拾的残局的努力。因此，他们的作品不应该从超然于具体历史的纯美学立场去看，而必须将之投射入他们活跃的整个舞台，在那舞台上，生活过程和艺术过程密不可分地交织成真正的意义架构。”[4]闻一多的《我是一个刘囚》、《死水》、《两首诗》，穆旦的《我》，鲁迅的《野草》、《写在坟的后面》、《影的告别》，郁达夫的《郁闷》，白先勇的《谪仙记》，王独清的《我从CAFÉ中出来》，辛笛的《杜鹃花和鸟》、《巴黎旅意》，余光中的《多峰驼上》，叶维廉的《赋格》、《愁渡》等都是如此。从更大范围上看，“三四十年代的卞之琳、穆旦诸人，台湾时期的痖弦、洛夫、商禽、辛郁、余光中、管管、向明、叶维廉等，后毛泽东时代朦胧诗人芒克、北岛、顾城、杨炼、江河等，都被漩入这种犹疑不定沉黑的情绪和刀铰的焦虑。他们都企图通过一些文化记忆碎片的掌握，作美学的、想象的重组，来印记中国命运的悲惨，来诉说‘时间之伤’，来重塑一个想象中统一的文化中国”[8]。“所以它们一连串多样多元的语言策略，包括其间袭用西方的技巧，都应视为他们企图抓住眼前的残垣，在支离破碎的文化空间中寻索‘生存理由’所引起的种种焦虑。有一点是最显著的，那就是在中国作家的激情里——焦虑、孤绝禁锢感、犹疑、怀乡、期望、放逐、忧伤，几乎找不到西方式的‘唯我论’、出自绝缘体的私密空间；它们同时是内在的、个人的，也是外在的、历史的激情，个人的命运是刻镌在社会民族的命运上的，因为它们无可避免的是有形殖民和无形殖民活动下文化被迫改观、异化所构成的张力与绞痛的转化。像大部分第三世界的作品一样，它们不得不包含着批判的意识，虽然不一定带有批判的语句。这些作品往往充满了忧患意识，为了抗拒本源文化的错位异化，抗拒人性的殖民化，表面上仿佛写的是个人的感受，但绝不是‘唯我论’，而是和全民族的心理情境纠缠不分的。现代中国的作品大部分都如此。”[8]

这就是中国现代文学“现代性”的特质，它们是在引进西方文学和理论的前提下产生的，但民族命运与个人遭际的时代性、民族文化传统的潜意识制约，使它们不仅不是简单地亦步亦趋地模仿西方的现代主义，还从深层上对传统文化、现代命运、西方意识形态进行新的整合，构建出新的文学特质，也即国内学者所称的“20世纪文学新传统”。以浪漫主义为例，浪漫主义的情绪为当时中国的时代氛围所吸纳，而其内在的形而上追寻和主体唯我论则为传统文化所过滤。叶维廉认为，传统道家文化是“齐物”与“自我”之间的平衡，而这正好理解为何浪漫主义不到二十年便走向革命文学，走向集体主义。事实上，正是在外来霸权和本土专制政体的双重控制和压迫寻求解放的“内在的需要”，促使知识分子以“历史关联”的方式接受外来思想，在“爆炸性的情感主义”之下，焦急地用二十年的时间重演西方二百多年的文化变迁，由此凸显这一时期西潮进入中国历史意识的复杂性：当时反传统中被反的与没有被反的是什么，以及中国传统中没有被反的部分如何潜移默化地促进同西方元素的协调，以实现一种将能巩固及丰富中国传统思境的新综合。这些正可以借由历史整体意识的视角来阐发，并由此窥见文学新传统的内涵。综合过程的艰难凸显出近百年来文化冲突与调和的困难，这正是中国现代化过程所遭遇的难题，它吸纳了几代知识分子毕生的探讨与充满血泪的生命思索。现代文学新传统是本源文化、西方意识形态和20世纪中国命运的汇流，传统文化的命运已经深深地渗入其间。20世纪50—70年代台湾作家痖弦、郑愁予、司马中原、朱西宁、陈映真、叶维廉等，他们曾浸染于三四十年代中国现代文学的成功作品，而他们本身也成为这一新传统脉流的一部分。叶维廉指出，20世纪70年代台湾女性小说未能续接20年代开启的由冰心、凌叔华、白薇、丁玲等多样性的新女性小说，导致“琼瑶公害”的盛行。重新接续现代历史的意识，其意义在于，“外来思想模子经过20、30、40年代的试探、论争所引带出来对传统的再思，对西化某些元素的扬弃”[5]，如果我们能有相当的把握，则无论是对文学还是社会生活，都能够自觉的具有反思西方意识形态，包括其全球化的文化、经济殖民的能力。“当年论争中所拒绝的元素，往往是与我们传统最核心的结构相违的东西”，有了这样的历史意识及清醒认识，则能够理性地尊重传统，不致于陷入“进步”的迷思，从而有了根性和本源的滋养。因此，“作为知识分子、教育家，我们首要的任务是要创造传统继起的生命，‘继起’就是不切断的意思。让我们为下一代的历史意识的持续而努力，让他们深入丰富而有力的现代中国的思潮里，找回他们意识形态的源头，消除他们精神上的放逐，而为自己的中国骄傲。对自己的文化有了确认以后的信心，我们还怕西化的污染吗？就是魔鬼也无法动摇我们的根。”[5]由此，现代文学便自然地与当下的现实处境得以纳接，并与历史得以汇通。而同时，处于大陆、台湾、海外的华人文学，从其共同的文化根性和相似的历史命运，得以整合。

对中国现代文学研究的省思，带来了对过去与现在、本土与外来文化俗文学”的形象出现，从1980年代的琼瑶热、金庸热、三毛热、席慕容热到1990年代的尤今热、梁凤仪热、《北京人在纽约》热，部分文本逐渐成为大众文学文化的重要组成部分。二是以“潜在的文学经典”的面貌出现，因其深邃的思想、精湛的技艺或影响的广度等，一些作家如金庸、白先勇、余光中等被主流文学界容纳与认可，他们的作品逐渐成为了汉语文学的精粹。三是以“研究对象”的形式存在，不少文本进入学科的规训体系之中获取了经典意义与学术价值。三种想象常处在重叠交错之中，共同呈现出大陆语境下“台港澳暨海外华文文学”的三种存在方式：大众化、学科化与经典化①。作为重要的文学传媒，中国大陆文学期刊在这一想象与建构进程中起着何种作用，通过怎样的方式来发挥作用呢？本文尝试加以论述，以深化对“台港澳暨海外华文文学”大陆流播的认识与研究。

## 一、作为“台港澳暨海外华文文学”大众化的参与力量

“台港澳暨海外华文文学”在大陆的大众化过程中，影视网络等电子媒介显然有着更大的威力，书籍出版等环节亦是关键因素。但作为具备时间上的连续性的传播媒介，文学期刊始终参与了这一进程，并在不同时期有不同定位。

1970年代末至1980年代初的前媒体时代，文学的影响力绝不逊于新闻，甚至超过了新闻，文学期刊也充当了新闻媒体的角色，其影响力之强和辐射面之广，常让今天处于边缘状态的文学期刊界嘘唏不已。据有关资料显示，这一时期各地文学期刊如雨后春笋般涌现。从1976年到1980年短短几年间，文学期刊种类就达到了100多种[1]。某些文学期刊的订数在这几年达到了历史最高点：《人民文学》达150万份，《收获》达120万份，广东的《作品》也超过了100万份……[2]“在1980年代初，能把诗发表在《诗刊》杂志上，是一件比天还大的事，是千千万万文学青年出人头地、命运转折的捷径。因为《诗刊》，他们由普通工人变成名满天下的诗人。”[3]在全民皆看文学期刊的时代，文学期刊在社会传播学上的意义也由此显现。因此，在对外文学文化交流中，文学期刊作为“前沿阵地”，成为“台港澳暨海外华文文学”进入大众视野的重要平台。

1978年元旦，叶剑英的《告台湾同胞书》发表后，出现了一股台港与

① 尽管大众化、经典化、学科化凸显的时间段有所不同，大众化偏于1980年代到1990年代初，学科化贯穿始终，经典意识凸显在1990年代中到新世纪初，但本文考察的是“化”的动态过程，故并未以时间先后为标准来论述三者。

海外华人的“回乡潮”，这一股回乡热潮，使得一些华文作家能出访大陆，并与大陆文学界进行交流对话，“台港澳暨海外华文文学”作品由此能够正式流入大陆。1979 年 3 月，《上海文学》刊载了聂华苓的小说《爱国奖券》，创下了台湾文学（也可说是海外华文文学）在大陆之先，新华社和中国新闻社都刊发消息报道了这一事件。[4] 1979 年 4 月《花城》创刊，创刊号一出来就创造了三次再版的奇迹，第一次印刷的十来万份很快被抢购一空，经过两次加印后创刊号最终卖出了 30 多万份。[2] 其中香港作家阮朗的小说《爱情的俯冲》与曾敏之的《港澳及东南亚汉语文学一瞥》一文也随着刊物的热销进入大众视野。1979 年 6 月《当代》创刊号刊发了《永远的尹雪艳》。由于作家身份的敏感性——作者白先勇作为国民党大将白崇禧之后、作品自身审美价值的高度以及《当代》所占据的特殊地理位置，使得该文的刊载成为出版界的一个新闻事件，得到了普遍关注。《当代》创刊号印行 7 万份，很快销售一空，人们广为传阅，反响强烈。1981 年，大陆第一份带有专门性质的期刊《海峡》的创刊，更是使一大批作家作品被源源不断地介绍进来，影响进一步拓展。可以说，在 1970 年代末 1980 年代初，以文学期刊为首大陆掀起了一阵传播“台港澳暨海外华文文学”的热潮。据笔者统计，1979 年有《当代》、《上海文学》、《长江》、《清明》、《十月》、《收获》、《新苑》、《安徽文学》、《作品》、《花城》、《长江文艺》、《边疆文艺》、《榕树文学丛刊》、《广西文艺》、《广州文艺》、《西湖》、《福建文艺》等 18 种文学期刊刊载相关作品共计 55 篇，作家 20 多位；而时至 1984 年，相关刊物增加到近 80 种，引荐作家达 180 多位，以“港台文学”为主的“台港澳暨海外华文文学”在大陆成为“奇观”，渐入人心。

1980 年代中期到 1990 年代初，由于国家财政支持力度的减弱和出版市场的竞争等诸多原因，大陆文学期刊出现生存困境，总体传播效应有所减弱，但《海峡》等的持续发展，《台港文学选刊》、《华文文学》、《四海》等专门性期刊的相继创刊，使之在“台港澳暨海外华文文学”的大众化中仍发挥作用。从 1984 年开始，《海峡》结合出版社的图书出版议题，大量刊载中长篇的言情婚恋小说，以吸引更多的读者，发行量保持在 6 ~ 8 万份之间。《华文文学》在 1985 年创刊后到 1987 年左右，一度向大众刊物倾斜，介绍了较多港台地区的言情小说，赢得了读者市场，其印数在 1986 年间曾达到 20 万册左右，同年还出现被盗印的现象。《四海》在威性，在台港与海外也有一定影响力[1]；它们对“台港澳暨海外华文文学”的选择性传播，为某些作家作品在大陆主流文学评价系统中得到认可，进而成为可能的文学经典，作出了重要贡献。其中《收获》的作用尤为凸显。《收获》是1970年代末以来大陆传播“台港澳暨海外华文文学”时间最早、力度较大的期刊之一。这本创办于1958年由巴金主编的老牌文学期刊，在大陆当代文坛有着重要地位，被称为“中国当代文学史的简写本”，因此，它对“台港澳暨海外华文文学”传播策略与效应影响深远。如1986年到1990年间《收获》在引荐“台港澳暨海外华文文学”的专栏《朝花夕拾》中对艺术技巧的重视，在大陆文坛树立和强化了有关“台港澳暨海外华文文学”的一种主流评价标准——艺术标准，有利于美学经典的凸显。原因在于，尽管对艺术标准的过分重视可能导致“台港澳暨海外华文文学”被整体边缘化，但它也使得一部分作家作品跨越意识形态和国家区域界限，凭借艺术技巧的魅力，在汉语文学中获得广泛认可，走向经典化里程；如白先勇、余光中、严歌苓等就是在这一选择标准之下逐渐被大陆文坛认可，已往或有望成为汉语文学的美学经典。然而，随着1990年代中期文学期刊的自我裂变与大陆语境的变化，非专门性期刊的权威性已经受到挑战，其在经典化中的领军地位也已动摇。

从1990年代中期开始，专门性文学期刊自觉介入了“台港澳暨海外华文文学”的经典化进程，其作用逐渐超越了非专门性期刊。专门性期刊介入经典化的方式有三种。一是设立《名家名作》专栏，突出某些作家作品的重要性，对之加以重点推荐和反复评述，为这些文本进入主流文学评价体系中，成为汉语文学经典制造声势。《台港文学选刊》的《名家名作回顾展》、《名家新作》、《名家案卷》等专栏与“20世纪台港及海外华文经典专号（1999年12月）”推出了近60个作家的相关作品；《四海》的《名篇赏读》与《世界华文文学》的《名作回眸》推出了近10名作家的相关作品；《海峡》的《名家特稿》、《两岸名人》栏目也不定期地推出了10多名作家的代表作品。尽管各期刊所设定的名家名作名单不尽相同，但白先勇、余光中、陈映真等是出现频率最高的作家，这些作家的经典性也

---

① 《收获》、《花城》与先锋小说的关系，《上海文学》与寻根小说的关系，《人民文学》与伤痕文学的开山之作《班主任》、蒋子龙《乔厂长上任记》的渊源，《十月》与张承志的《黑骏马》、张贤亮的《绿化树》等重要文学作品的联系，《当代》与“茅盾文学奖”的关联等现象与事实，逐渐奠定了这些文学刊物的权威地位，从而具有了某种合法化文学经典的权力。尽管随着1990年代中期文学期刊的自我裂变与大语境的变化，这种权威性已经受到挑战，但某些海外华文作家仍以得到这些刊物认可为荣耀，如张翎曾为在《收获》等刊物上发表了一篇作品而兴奋异常，表现出某种权威情结。

渐渐得到了凸显和确认。二是通过设立文学奖项来突出某些作家作品。如《四海》的“海峡情”征文与首届“台港澳暨海外华文文学游记征文徐霞客奖”活动、《世界华文文学》的“盘房杯”世界华文文学大赛、《海峡》的“故乡水”征文活动以及《台港文学选刊》的读者推荐奖活动等。通过这些评奖活动，一部分作家作品被凸显出来，获得了一定范围内的知名度。

不过，上述运作方式多为调动作者和读者对期刊的关注热度，有一定的局限性，在经典化中的作用不能无限夸大；对于专门性期刊而言，更重要的途径是通过参与文学历史的书写，确定作家作品在“华文文学发展历史”中的地位，奠定出一类文学史意义上的经典。在这些刊物的编辑群体中，有不少是“台港澳暨海外华文文学”研究领域的知名学者，如《华文文学》的陈贤茂、吴奕锜等人，本身就是汕头大学海外华文文学研究中心的科研人员，他们或是负责或是直接参与了《海外华文文学史》的撰写，《台港文学选刊》主编杨际岚、《海峡》台港文学的责任编辑林承璜也参与了《台湾文学史》的部分章节的写作。“编辑学者化”的倾向使得期刊运作中贯穿了强烈的文学史意识，他们在编辑过程中对某些作家作品的青睐与选择，为其进入文学史作出了铺垫和指引。

在“台港澳暨海外华文文学”大陆传播过程中，部分作家作品的经典化，不仅逐渐建立起“台港澳暨海外华文文学”在大陆文坛的影响力，拓展了汉语文学的可能疆域，丰富了汉语文学的美学含量，更显现了大陆文学传媒与“台港澳暨海外华文文学”关系的新跨越。1970 年代末至 1980 年代初，大陆传媒凸显的主要是引荐平台的作用，尽管介绍了不少作家作品，但作家与传媒之间的互动关系尚未建立。然而，1980 年代中期以降，特别是 1990 年代中期后，随着传媒主体性的增强，大陆出版机构通过文学评奖、文艺批评和参与文学史撰写等方式既增强了其在“台港澳暨海外华文文学”经典化过程中的影响度，又进一步确立了其在“台港澳暨海外华文文学”发展中的积极作用，大陆逐渐成为不少“台港澳暨海外华文文学”作品首选的出版园地，作家与媒体也建立了更为频繁密切的交流。由此，文学传媒实现了从引荐平台到生长园地的功能转换。同样，通过经典化的传播模式，大陆文学期刊深度介入“台港澳暨海外华文文学”的再生产过程，成为解读这种文学发生发展状况的重要媒介空间。

当然，文学经典化是一个纷争、游弋与变化的场域，其中涉及的不只是作为文学传播媒介的文学期刊，还包括了多方面的合力，是处于复杂文化系统之内的运动，也需在较长的时间流程中才能得到确认，因此，文学期刊虽自觉介入了文学经典化过程，但其效果目前只是部分地显现出来。

## 三、作为“台港澳暨海外华文文学”学科化的重要力量

“台港澳暨海外华文文学”在大陆的学科化①，是在文学史料的积淀与文学史著述的出现、学科理论基础的成熟与学术成果的凸显、学术团体的建立与学术会议的召开等一系列的制度建设中逐渐成形的，而文学期刊与这些活动交织在一起，成为了学科化的重要力量。

在学者们有关学科历史的概述中，文学期刊早期的传播活动已被认定为各种学术研究或学科建设的起点。李娜将1979年第3期《上海文学》发表的张葆莘的《聂华苓二三事》视为大陆台湾女性文学研究的发轫之作[6]，刘登翰把《当代》创刊号刊发的《永远的尹雪艳》作为大陆“台湾文学”研究中的第一只报春的燕子[7]，钱虹认为《花城》及其《香港文学作品选载》专栏是香港文学受到大陆研究者关注的开始[8]；《花城》创刊号上曾敏之的《港澳及东南亚汉语文学一瞥》被认为是大陆海外华文文学研究[9]和世界华文文学研究[10]的滥觞之作，吴奕锜也把《当代》刊载《永远的尹雪艳》和《花城》刊载《港澳与东南亚汉语文学一瞥》两大事件作为“台港澳暨海外华文文学”进入大陆现当代文学研究者视阈的标记[11]。正如2005年版的《二十世纪中国社会科学文学卷》中提出，“‘台港澳与海外华文文学’研究与二十世纪中国文学其他一些学科（指二级学科）不同的是，中国大陆学者对此文学新领域进行接触进而加以研究和论述，几乎是与20世纪70年代末文学期刊发表生活在海外或台港澳地区的作家及其作品同时起步的，这构成了20世纪中国文学其他一些学科所从未有过的奇特景象”[12]。

文学期刊除了最早引荐文学作品，开启一个新的学术研究领域之外，还在学科的发展历程中持续发挥作用。

首先，文学期刊在文学史料的积淀与整理方面有着重要地位。1980年代中期以前，因读者对于“台港澳暨海外华文文学”的陌生，几乎所有文学期刊都注重文学史料的发掘。如果说《收获》、《当代》、《上海文学》等是在刊载作品时通过附加作家作品简介、标明作品出处，保存了形式简

---

① 若以“台港澳暨海外华文文学”为学科命名，则其确立时间非常短暂。该名称于1991年在中山会议上提出，于1993年逐渐被“世界华文文学”所替代，但在这里，笔者意在把“台港澳暨海外华文文学”这一文学景观如何被纳入学科规训体系之内作为考察视角，所以并不拘泥于这一命名的有效期，而是考察整个学科化进程。

略的大量史料的话，另一些期刊则以作家作品论或专栏形式更为系统地积淀着史料。如《海峡》的《作家之页》与《文学论坛》栏的作家作品评介以及从1982年第3期一直持续到2002年的《台湾文讯》栏，《花城》在1979年至1984年间的区域华文文学综论和作家论①，《特区文学》的作家作品论②以及在1983年到1984年间由香港评论家彦火主持的《海外华裔作家掠影》专栏等。1980年代中期后，文学史料的整理工作主要由专门性期刊来承担。其中《华文文学》的《文讯》栏，《台港文学选刊》的《信息窗》、《文坛春秋》、《作家素描》、《人间行履》栏，《华人世界》的《海外华人动态》、《作家作品》栏，《四海》的《四海播音》、《作家传记》、《艺海掠影》、《文坛资料》栏，《世界华文文学》的《世华沙龙》、《文坛佳话》、《香港文苑》、《华文社团瞭望》栏等成为文学史料的重要集装点。

其次，不少文学期刊特别是专门性期刊设置了刊载研究性论文的专栏，积极参与了文学批评和学术论争，展现学术成果，推进了学科建设的进程。如《海峡》的《海峡论坛》、《台港文学选刊》的《文苑纵横》与《争鸣台》、《华文文学》的《海外华文文学研究》与《台港文学述评》、《四海》的《理论评介》与《海上文存》、《世界华文文学》的《百家言论》与《四海笔会》等栏目，都成为了重要的学术话语空间。不少论文涉及学科建设各阶段的热点、难点问题，具有较高的学术价值。如《海峡》有《论80年代台湾小说的新的格局与特点——兼与叶石涛先生商榷》[林承璜，1989（6）]、《台湾文学研究之价值尺度》[刘登翰等，1990（4）]，《华文文学》有《研究香港文学的态度与步骤》（黄维梁，试刊号）、《马华独特性的争论及其他》[韩萌，1986（4）]、《南洋为何没有伟大作品产生——回忆战前新马文坛的一次文艺论争》[林文锦，1988（1）]、“《华夏诗报》的报道”[1996（3），6篇]和“大陆的台湾诗学”的争鸣[1995（1）、1997（1）、1999（2），13篇]等，《台港文学选刊》有《中

① 区域华文文学的扫描有曾敏之的《尊严与追求》（1979年2月）和《新加坡汉语文学掠影》（1979年3月）、原甸的《香港诗坛一瞥》（1980年5月）等，作家论则有艾芜的《悼念华侨诗人兼翻译家黄绰卿》（1979年2月）、许翼心的《陈映真和他的云》（1981年2月）、白舒荣的《火在胸中燃烧——三十年代留学日本的白薇》（1983年4月）、阎纯德的《小说家聂华苓》（1984年1月）等。

② 如封祖盛的《陈映真的创作道路》（1982年1月）、雨纯的《经冬不枯，非春亦放——记香港散文作家彦火》（1982年2月）、饶芃子的《作家的心光和作品的亮色——香港作家白洛和他的创作》（1986年1月）、李昂的《我的创作观》（1986年5月）、刘达文的《李昂和她的“女性主义”小说》（1986年5月）等。

国文学的分流和整合》［刘登翰，1993（7）］、《两岸诗评家关于“大陆的台湾诗学的论争综述”》［依闻，1994（12）］、《世界华文文学研究现状七人谈》［张炯等，1993（10）］等。其中《四海——世界华文文学》组织的几次笔会和话题探讨与学科建设关系甚大，值得一书。一是丛刊第五辑的“海外作家的本土性”。《四海》发动邀请了数名海外知名作家畅谈本土性（中国性）与文学创作的关系，切中了学科建设初期的基础理论问题，影响很大。二是1994年第1期由《四海》策划的热门话题，“在京部分专家笔谈‘世界华文文学’的概念与定义”。此次讨论基本厘清了这一概念的内涵及使用规范，该命名的合理可行性得到了认可。三是1999年第4期《世界华文文学》所策划组织的《百家言论》栏的话题——“海外华文文学是否是中国文学的延伸和中华文学的组成部分”。虽有不同意见，但基本达成了“东南亚华文文学不可视为中华文学和中国文学，而北美等地的文学则需要进行区分”的共识。

刊以文传，文学期刊所载作品是期刊价值的集中体现，文学期刊的生命在于所刊载作品的内在含量[13]。期刊中，文学史料的丰富多样与学术论文的价值决定了文学期刊在学科建设中不可或缺的地位和影响。而期刊学术性的强度，也是由编辑来保证的。编辑们多是各地乃至全国性的“台港澳暨海外华文文学”学术团体的成员，主持或频繁参与本专业领域的学术会议及其他活动①。这样，通过编辑的中介环节就把期刊与“华文文学”的学科化进程紧密地联系在一起。

更重要的是，一些专门性文学期刊所传播的“台港澳与海外华文文学”的内容及其策略的变化，本身就是学术历史的另一种版本，清晰显现了这一学科的发展脉络。如《华文文学》的运作进程与学科发展就有一致性。首先，它作为《海外华文文学史》的潜文本，在文学史写作的视野中对边缘区域与国家的华文文学进行了着力关注，开拓和建构出“海外华文文学”这一新的文学景观，从而使“台港澳暨海外华文文学”得以较为完整地呈现。其次，它以“文学批评与文学论争”等深度传播方式影响和引领着学术研究的路径与走向——从具体作家作品的赏析整理到宏观整体性

---

① 《台港文学选刊》主编杨际岚是中国世界华文文学学会的副秘书长，也是福建台港澳暨海外华文文学研究会的秘书长。林承璜是《海峡》台港文学编辑室的主任，是福建台港澳暨海外华文文学研究会和世界华文文学学会的成员，参与编辑了数部文学史。《海峡》《台湾文讯》栏的重要编辑武治纯是大陆台湾文学研究领域的开拓者之一，也是大陆第一部台湾文学史的著者之一。《四海》的主编白舒荣、《华文文学》的数任主编都是世界华文文学学会的重要成员，《特区文学》有关“华文文学”的编辑丹圣、《小说界》的主编江曾培等也频频参与国内外有关“华文文学”的学术研讨会。

的诗学问题的探讨——“台港澳暨海外华文文学”作为学科的合法性与合理性便逐渐凸显出来。

“台港澳暨海外华文文学”在大陆流播过程中的学科化，使得原本零散自在的文学存在成为了一门新生学科的研究对象，一些在主流汉语文学标准下难以被发现和研究的作家作品得到了前所未有的重视，由此，“台港澳暨海外华文文学”拥有了重要的生长空间与存在方式。但是，我们也要看到，学术传播模式的局限性在于它的自闭性和边缘性，由于从研究者、学术刊物到受众基本上是专业领域的同一群人，无法也未能向大众扩散，造成了孤芳自赏的尴尬局面。有关“台港暨海外华文文学”的专门性期刊，如《世界华文文学》、《华文文学》与《台港文学选刊》等在新世纪的生存困境，与其或强或弱的学术定位不无关系。仅仅依赖这种文学传播模式，作为整体的“台港澳暨海外华文文学”似将成为一种自言自语的学术构想。

综上，自1970年代末以来，中国大陆文学期刊作为“台港澳暨海外华文文学”大众化的参与力量、经典化的介入力量及学科化的重要力量，紧密地锲入了大陆对于“台港澳暨海外华文文学”的想象与建构过程之中，显现了其获取多种价值意义的过程与效应，理应成为研究“台港澳暨海外华文文学”的重要媒介文本。

**【参考文献】**


［1］《中国期刊年鉴》编辑部．1949—2000年期刊出版记事［J］．中国期刊年鉴，2002.

［2］田志凌．《花城》杂志——以先锋的姿态守望文学高地［EB/OL］．南方都市报网络版．

［3］韩雨亭．《诗刊》：一本诗歌杂志的甜蜜记忆［EB/OL］．http：//column．bokee.com.

［4］张葆莘．聂华苓二三事［A］．聂华苓．台湾轶事［M］．北京：北京出版社，1980. 144.

［5］楚楚．相期相勉，千里同行［J］．台港文学选刊，1987（5、6）：168～170.

［6］刘晗．文本分层理论与经典建构问题［J］．新疆大学学报（哲学社会科学版），2007（2）：115～119.

［7］李娜．大陆近二十年台湾女性文学研究综述［J］．河南教育学院学报（哲学社会科学版），2000（1）：32.

［8］刘登翰．走向学术语境——祖国大陆台湾文学研究二十年［J］．台湾研究集刊，2000（3）：84～92.

［9］钱虹．香港文学研究纵横观（1979—2003）［J］．华文文学，2006（6）：54～59.

［10］饶芃子．大陆海外华文文学研究概说［J］．广东教育学院学报，2002（1）：29～32.

［11］古远清．中国 15 年来世界华文文学研究的走向［J］．南方文坛，1999（6）：52～56.
［12］吴奕锜．近 20 年来台港澳及海外华文文学研究述评——以历届学术年会及其论文集为例［J］．汕头大学学报（人文社会科学版），2001（2）：89～97.
［13］王铁仙．二十世纪中国社会科学·文学卷［M］．上海：上海人民出版社，2005. 313～314.
［14］李频．真善美，从个人出版转向市场［A］．李频．大众期刊运作［M］．北京：中国大百科全书出版社，2003. 328.

（原刊于《暨南学报》2009 年第 4 期）

# 双重跨文化语境中的文学对话

## ——以《海外华文文学读本》为中心

黄万华

**【摘　要】**海外华文文学是20世纪中华民族文学特有的历史进程，它置身于世界多元文化的格局中，根植于异域他国的历史和现实中，产生于与“异”直接交流的跨文化语境中，时移日久，其内在质地与中国文学已有诸多相异，使中华民族文学内部也产生了跨文化因素。因此，对海外华文文学的教学和研究是双重跨文化语境中的对话。《海外华文文学读本》的编选就是这样一种双重跨文化语境中的对话，既充分顾及海外华文文学与所在国社会、历史展开的跨文化交流，又自觉把握我们与海外华文文学之间展开的民族文学内部的跨文化对话，从而成为海外华文文学学科建设的重要内容。

**【关键词】**海外华文文学读本；双重跨文化；学科性

选本之重要在于文学史叙事最终要落实于文学形象的呈现和阐释，文学典律构建也最终取决于发现并“描述”最具有人生观照的复杂性和审美传达的丰富性的形象（体系），凸显汉语在文学形象表现中的独特力量，而这一切只有作品本身能提供。对于海外华文文学这样一门新兴的文学学科而言，尤其要防止落入“诗的存在为了佐证理论的存在”的陷阱，且要从“诗的存在”出发去完成海外华文文学史和诗学构建。近期出版的四卷本《海外华文文学读本》（以下简称《读本》，饶芃子、杨匡汉、刘登翰任编委会主任，暨南大学吴奕锜、南京大学刘俊、福建师大袁勇麟、广东教育学院熊国华分别主编短篇小说卷、中篇小说卷、散文卷和诗歌卷，暨南大学出版社出版）作为国内第一套海外华文文学选本，出色地承担了文学选本的任务，为海外华文文学的学科建设提供了又一坚实基础。

选本之难在于一套好的文学选本的编选，需要开阔的文学史视野、生命感受和艺术感觉的完美结合。而对于海外华文文学而言，前无同类选本看”的互看关系既诱导人去体悟“主体间性”的本质存在，更引导人去自我探测存在的深广度；“蒙娜丽莎看”凝聚起超然于有情无情之上的“爱”，它又来自画家达·芬奇在诱惑和追求的无穷尽趋近中“看蒙娜丽莎”……文章在“看蒙娜丽莎看”这一艺术欣赏中升腾起的艺术想象力、文化洞察力，处处在跨越东西方文化的界限而体现出人类文化的真谛。丹麦池元莲的《喉咙病与三种女人——欧洲语言与民族特性》，在风趣盎然的讲述中体现出的对西方文化体悟之深，使作者“华文的白话文……谁说它将来不会长成一棵浓荫大树，给国际过路人带来遮阳避雨的益处”的希望显得切实有力。法国吕大明的散文本来有一种浸润于中西艺术想象中的“绝美”，《站在时间的回廊里》更以屈原诗的追索和荷马史诗的智见，诉说夏满冬虚、日迁月移中的奥秘，中西过往的美景华章交汇对话，最终转化为对手中人生苦艾酒的虔诚恭敬。……所有这些散文都有着异质文化间对话的从容展开，一种对“他者”体悟越平和深入，“自我”的眼光就越明净开阔的创作状态非常自然地呈现在这些欧华作品中，映现出欧华作家的自信、自足。

相比较之下，“散文卷”收入的一组日本华文作品就显示出另一种国别特色，注重在物我相融中传达丰富的感性和悟性世界，这实际上是中日文化传统辗转相传的结果。陈舜臣大半生居于东瀛，其《忆竹》虽然也有对汉晋以来中国文人咏竹传统的生动体悟，却意在以画竹的多种技法传神表达有容乃大的文化襟怀。李长声《日本文化三题》中的中日衣食习俗知识的互证对比亲切幽默，不经意间传达出中日民族文化性格的相异相通。黑孩的《尺八》也是在日本体悟到一种“更具体真实”的中国古诗意境，表达出在灵性的层面上中日文化的“心心相印”。林祁的《四月雪飞秘汤》和刘黎儿的《樱花情》都是写日本特有的风物，其感受不仅回返接通于故国古人的真知哲思，更有他乡体悟中对现实人生的解脱和超越。这些散文都在“东邻”视野中更有中国传统的人生百味。

《读本》凸现文学性，所选之作不仅在艺术层面上都有可圈可点之处，而且往往提供了海外华文创作语境中才得以产生的叙事方式、表现手法、语言资源，让人感受到汉语走出国门后拥有的丰富的艺术世界。例如马来西亚华文文学之所以成为海外华文文学的重镇，不仅因为它代表了华人百余年来从未中断的南洋落地生根的历史，还因为它提供了最丰富独异的南洋艺术世界，包括南洋魔幻现实主义在内的文学叙事尤其给马华小说带来了丰沛的艺术表现力。比如“热带雨林”叙事策略就是借助于热带雨林“疯长”的自然景观、部族习俗等构成的隐喻世界完成南洋家国、革命、族群等政治叙事。这种叙事接纳下作者“疯长”的想象力，表现出奇异的南洋魔幻现实世界，从而为政治叙事，包括政治禁区叙事提供“藏身之地”。又如，马共武装斗争、种族冲突等在马来西亚是个长期禁忌的话题，小黑、梁放、黄锦树等马华小说家都曾成功地突入过这一创作禁区，而张贵兴的中篇小说《总督之死》更淋漓尽致地发挥了“热带雨林”叙事的魅力。张贵兴生于马来西亚婆罗洲的雨林小镇，童年时代正是马共武装斗争、民族独立运动风起之时，两种记忆交汇成了张贵兴丰沛的想象力。《总督之死》讲述锣市余氏家族的沉浮历史：为了田产、金子，曾祖、祖父率众与达雅克人的血战，密报日本鬼子而引发灭门绝种之灾，甚至对文莱政变后的女共产党人、有余家骨血身孕的儿媳痛下毒手……然而这一切南洋历史叙事都藏身于“雨林”之中，小说中的“总督”是一头婆罗洲濒临绝种的野生犀牛，它忠心耿耿守护着曾祖父埋在高大丝棉树下深坑洞中“变卖成金块的终身积蓄”，由此展开的热带雨林兽类世界简直是一篇罕见奇文，上百种雨林走兽飞禽攻守互食，生前死后纠缠不放，意象纷杂，隐喻丛生，使人叹为观止。正是这个雨林世界的暴烈炫目，让一切人世的政治风波金融风暴黯然失色，而终生身处其中，甚至与之合而为一的曾祖、祖父也就获得了这个雨林世界丰富的隐喻意义，从而指向了对于家国历史的新思考。

任何文学读本都关注语言的建设性，海外华文文学的重要特色也在于它提供了一种根植于母语华文，但又有着自己丰富的生命形态的汉语，海外华文作家语言意识的自觉、语言资源的兼容、语言功力的深广孕育成汉语的新形态。《读本》的“四大板块”首先让我们感受到海外汉语的区域性、混杂性。有的语言保留了汉语方言的丰富性，反映出日常习俗的小传统在跨文化环境中延续、丰富民族血脉的生命力；有的语言在世界性背景上更显示出汉语的“纯正性”，中文特有的简明、清亮、雅洁等质地显得更为丰满，而其含蓄、神韵也有种种新的拓展。海外语言环境的多元性使一些优秀的华文作家以语言沟通“写什么”和“怎样写”，语言甚至成为其文学叙事的原动力，《读本》就提供了这类作品。例如严歌苓作品的丰厚魅力往往来自她的语言感觉、艺术感觉、人生感觉水乳交融成的生命感觉，而且她的小说往往会设置“两种语言世界”的叙事线索。中篇小说《密语者》也明显存在两个“语言世界”，而“网络语言”世界细微生动地传达出一种信息：书写的文字也许轻而易举泄露“秘密”，而“从感觉到感觉”构成了一个又一个难以穿透的“谜”。而当严歌苓用文字呈现出那丰富的感觉世界时，她让那个异国婚姻故事获得了最丰厚迷人的叙事聚出的精神原型和文学主题往往又集聚在乡愁、放逐、火浴、山水、圆缺等中华文化母题上。著名学者杨匡汉先生曾系统论析过传统文学母题在海外华文文学中的普遍存在，并以“灵根”概括传统文学母题之于华文创作的本体地位，断言正是由于它们的渗入决定了“华文作家将成为精神的富有者”[8]。不妨说，海外华文文学虽然由于地域的跨越，呈现出异质文化的因素，但散发着感性诗意的汉语文化永远是他们凭依的母体，是他们获得诗学新生的基点。而从新近出版的《海外华文文学读本》所选篇目来看，不仅与“中国经验”的连接是一个基本选择标准，而且汉语诗学的言说体式，也构成这些中国经验的重要诗学外观。展读这些作品，如果抛开他们旅居海外或加入他国国籍的身份特征和体验的异域因素，传统味的诗性色彩显然是其中大部分作品的基本表征[9]。

从语言到意象、原型等方面体现出的中国经验，决定了华文诗学和传统诗性文化的重叠和交汇，从源头处决定了它的诗学特性。显然，传统诗学以一种历时性的“诗意表达”成就了中国文学的海外经验。而古典文学和华文文学的互文性牵涉，在反映出海外华文文学和中国古典文学文化同源性的同时，也显示出与西方文学的本质性差异。这不仅意味着当代华文写作的精神取舍，而且表明本土资源在华文比较诗学建构中的不容忽视。这样一来，“散存结构状态”的海外华文书写，就将从属于母语诗学意义的跨界实践，以“昨日”古典文学搭建起的汉语诗学精神，也就获得了当下的意义规定性，得以维系起整合华文诗学的现实重任。

## 二、从现代文学到华文文学：现代性体验的“内外有别”

海外华文文学的现代体验问题，反映了现代国人在异质文化环境中的生存价值或地位问题，根源仍在于现代语境中裂变的汉语文化体验。在人生漂泊与精神皈依的两难中，文化选择最终可以解决面对的所有问题，也构成了灵魂深处的实在性体验。从总体上讲，这种体验属于汉语诗学现代性生发的基础部分，对于呈现汉语诗学在异域文化维度上的变奏和再生具有重要意义。汉语诗学的现代性，说到底是汉语人群的心理、精神及其表述结构的现代体验问题。正如王一川所言，“体验是中国现代性的基本的地面”[10]，而对中国人的现实生存境遇的体验，也就是海外华文诗学现代性的地面。在此意义上，华文诗学的现代性体验，可以被归结为汉语作家在异质文化空间中关于生存体验的具体表达。汉语文化精神之维的维系和脱离的矛盾冲突，构成精神世界的表征，而随着意义向汉语和传统文化维度的倾斜，也就标识出海外华文文学与国内现代文学在现代性体验上的内外有别，存在着体验向度、心理结构、表现重心等方面的不同。而将海外华文文学与中国现代文学置于平行或影响的比较层面，也就容易辨识这种体验在域内外汉语诗学中演变的趋同和差异，从而显示华文文学在现代汉语诗学维度上的独特构建。

如果说中国现代文学的国内进程带有明显顺服西方文化理念的倾向，或许并不为过。从文学史实来看，现代文学基于对传统文化精神的反叛而走上了近一个世纪的面向西方强势文化的现代化历程，有着接近西方的现实诉求。长期以来，我们在中国与西方的文化冲突、对话中一直倾向西方，虽然有西方文化在跨文化交流中置于优势地位的影响，但无疑也和文学界“朝圣”西方的单向型心态作祟有关。一定程度上，这在给现代文学的现代化进程染上浓郁反传统色彩的同时，就使其在“现代与传统的二元对立”的精神冲突中与汉语文学精神渐行渐远了，只是在诸如京派文学、寻根文学或国学研究等少数领域那里得以存活。由此，在现代文学的现代性体验问题上，形成单级移植西方话语的现象也就不足为怪了。而基于将海外华文文学视为现代文学跨界呼应的论点过于看重华文文学与现代文学、西方文化的靠近，似乎并不怎么看重海外华文文学现代性体验的汉语文化属性和意义。事实上，海外华文文学的现代性问题，从出现之初，就浸染了浓厚的中国色彩，这似乎并不能简单理解为对现代文学等“朝向西方”式现代性体验的呼应，相反，华文文学的现代性问题在民族文化惯性的巨大推力之下，在中国和西方的文化冲突与对话中更多偏向于前者。对于汉语诗学精神的保持，使其在跨文化冲突中更多采取中国文化本位主义的立场。地理方位上的域外之异却意味着对本土汉语文化精神上的深刻认同，这恰恰是国内现代文学所一度阙如的。在此背景上来看海外华文文学，其现代文化冲突语境中体验维度的本土化倾向，反映的就是对于汉语诗学形态和经验结构的认同和适度变异，存在构建全球化语境下现代汉语诗学价值的意图。

一定意义上，走向西方的中国文学现代化过程是一种对汉语诗学精神的背离。由功利的社会化诉求所主导的文学现代化，异化了汉语诗学的诗性精神，现代文学由此开始了社会政治热情掩盖个体体验的长达近一个世纪的非文学化过程，直接导致了现代文学对于个体经验性和审美诗意的弱化甚至取消。一般而言，中国现代性体验的发生和发展是沿着器物——社会制度——文化精神等现代主题演进而进行的，不仅一直伴随着接近、融入西方的过于强烈的社会性诉求，而且侧重于社会经济、主权政体、科学技术等“宏大”现代性主题。随着中国国内社会形势的变化，这种宏大的现代性诉求日渐挤兑了个体日常人生体验的感性空间和意蕴表达。此间文学主流话语对于乡土田园、自然诗意、人生意境等文学形态的挤压，造成了现代文学的诗意匮乏，这是一种对于汉语诗意精神的深度背弃。而脱离了国内现实生存的海外华文文学，显然不再有这样的外在催迫。地理空间上的“去国”使他们远离了中国本土日益喧嚣的社会化热情，沦为边缘人的异域困境又使他们无法融入“他者”社会，由此，不仅导致国内文学现代性发生的社会化、政治化的整体统摄能力必然被淡化，而且异域现实受挫造成的心理动荡也在强化着身心的敏感度。语境上的相对宽松孕育了创作上的“别样”与可能，海外华文文学由此呈现出不同的现代性体验走向。显然，这种牵涉了个体离乡、去国的失根甚至无根化的人生体验沾染着厚重的个性色彩，孕育的就是一种现代性体验的个体生存论倾向。他们不断咀嚼着自我的生存情绪，乡愁、对故国的回望、对异域生存的种种不适和受挫，不期然地流露出的记忆和想象中的汉语诗意，一度成为华文文学重要的精神表征。即便少数曾营造出入主异国的理想化世界，也多存在着文化消解的复杂与自相矛盾。正如白先勇回首中国的文化传统，以至“对自己的国家的文化乡愁日深”，开始了“自我的发现与追寻”，“回到爱我华，我又开始写作了，第一篇就是《芝加哥之死》”[11]，最终成为“现代中国最敏感的伤心人”[12]。而马华作家林幸谦“从早先的寻寻觅觅到后来的乡愁解构，从故国梦中出发到走出民族主义论述，都脱不出追寻、幻灭、反思、再追寻的回转往复”，抒写的核心问题仍是“如何在多元文化中保持自身的文化身份”这一不乏普遍性的心理困扰[13]。

类似体验的形成与其说与弱势文化在西方强势现代话语面前的心理失衡有关，倒不如说更多源于乡土中国文化之根断裂而产生的域外边缘身份、文化乡愁等深层原因。这种文化乡愁或离散美学等身心状态的存在，延展了汉语诗学的感性体验，不仅本真地展现出民族个体在现代异质文化语境中的心灵历程，也反映出汉语诗学在现代语境中的裂变。在动摇中国人体验结构的同时，反映出汉语诗学现代化语境中的真实处境，而这显然不能算是对西方文化的位移、移植甚至融入西方的现代化热情与“偏执”。这种体验涉及了中国人在海外语境中新的生存体验及其价值的直接体认，使他们不得不在全球性与区域性、西方性和民族性等多重空间中重新认识汉语文化价值。而华文文学的现代性体验特征，也由此得到定位：①现代化意味着一种生存和既有文化身份的双重危机，混合着深沉创痛的体验，汉语文学面临着从感性抒发到语种被瓦解的困境；②抗诉着西方世界的同化，在汉语文学诗性精神的张扬中渗透着民族性和普遍性相混杂的多元人生诉求，寄寓更清醒的生存主体意识；③现代性体验是一种与异域文化的兼容与互动，海外华文文学的“出走”，反映出对汉语诗学精神的维持以及与西方文化共生共存的境遇。当然，这种“出走”的早期每每在遇挫之后不得不有所回归，而伴随着华文文学在海外半个多世纪的挣扎打拼，随着国内形势的好转和华人地位的提高，华文文学在这一方面开始表现出更多的自信，体验结构中又增加了更多反思性的成分，使得他们开始更广泛地介入当地国度的文化传播和建设，又为华文的海外传播提供更广阔的共生空间。总体而言，置身海外的华文作家，在现代和传统、中国和西方的冲突中，一直侧重于在文学想象中维系汉语文学的语言和精神，在中国经验的抒写中“重返中心”，继而呈现出在文学用语、体式特征、故国情怀等方面对汉语文学形态抒写的偏重，深切体认着汉语诗学精神的现代处境。如果说汉语诗学精神在中国现代文学中的存活只能沦为一种相对潜隐的所谓“沉变”的话，那么，在海外华文文学中则明显属于一种公开性的“显变”，具有更加明确的汉语诗学精神现代化的指向。事实也说明，华文作家更容易理解和鉴别西方文学之优劣，“更善于在自己的作品中融合东方文化和艺术，是供中国本土作家参照和研究的好样本”[14]。

现代性诉求的西方化以一种相对极端的方式撕扯了汉语文化的生存根基，虽然说这种变化未能从根本上动摇汉语诗学的精神基础，但无疑预示着汉语个体必然在时空断裂中经受身心体验的多重裂变，汉语诗学也必须在与异域文化的冲突对话中重塑自我。相较于国内的现代文学来说，由海外华文文学承继的汉语诗学的诗性品质，互文性地弥补了国内文学的现代化偏失，展现了汉语诗学在现代语境中“被现代化”的真实之维。

## 三、从本土到海外：建构华文比较诗学的基本维度

诗性的汉语文化构成了当代海外华文文学的底色。在比较诗学视野中看待这一问题时，本土性的汉语诗学精神也就凸现为建构华文比较诗学的基本维度。这就意味着，关于海外华文文学的比较诗学问题，有必要体现一种从东方到西方的参照倾向，在展开中西对话的同时展开古今对话，改变以往以西方为主对话关系的片面性，运用汉语诗学理论对华文文学创作、文学现象和文学思潮进行阐释，重视被传统比较诗学遮蔽的汉语诗性景观，从而重建汉语诗学主体。这一汉语比较诗学的思路，大致包括以下三个方面。

1. 汉语诗学范畴与华文诗学的关系。汉语诗学从形式到内在精神潜移默化的影响，不仅制约着作家的思维方式和行为方式，而且不断激发着主体的创作灵感和文学激情。汉语诗学范畴在多方面显示出建构华文诗学的本体意义。首先，汉语具有诗学构建的本体意义。华文文学创作的考察有必要以语言为出发点，重视汉语言在华文文学创作中的符号学和文化学意义，关注汉语的声音、画面以及文体、主题内涵和艺术思维等诗学特性，进而突出华文诗学理论构建的“汉化”倾向。海外华文作家大多具有汉语运用的文学自觉，颇具民族文化意味的汉语自觉，意味着汉语理应成为构建华文诗学的根本范畴。其次，抒情性之于华文诗学的意义。不可否认，华文文学的诗学特征也具有很强的叙事性，表现出浓厚的现实主义色彩。这种现实主义倾向下的华文诗学，在叙述域外华人群体的浮沉、打拼的人生故事时，具有较强的典型性等叙事诗学特色。但问题是类似范畴的诗学价值，并不能够彰显华文文学的诗意性质，而且可能导致局限于传统小说理论框架的老生常谈。而华文文学的诗意不仅在小说中占有较大比重，诗歌、散文也颇能体现这一特质。对于华文文学来说，最能体现诗学魅力的，恐怕并不是那些典型性、情节性意义上的人和事，而是弥散其间的个体人生体验的感性美学效果。在此意义上，强调意象思维、意境理论等抒情范畴在这一诗学结构中的价值，是对华文文学文体的诗意形式和汉语诗学精神本质的双重关注。意境所包含的从语言到意象、情致、境界、文本氛围等多方面的诗性魅力，不仅能够体现介入华文小说、诗歌、散文评价的跨文体性，而且也容易显现华文创作诗意表述的抒情性质，开启一个远比小说叙事诗学更能适应华文文学的理论空间。事实上，从许多出彩的文本中可以看出，“出走”海外的华文文学要寻找一种在异域文化语境中安身立命的美学形式，必然依托汉语诗学的理论资源，认同意境等理论所蕴含的中国文化的独特审美个性，在叙事与抒情、典型与意境、再现与表现等转换张力中，铺设一条适合自身的美学通道。由此，一系列的诗学范畴或需要调整，或需要新创，已非旧有概念所能胜任。再次，汉语诗学精神赋予华文诗学以主体性意义。从西方诗学形态来看，它的精神主流在于在理性意识引导下以再现为主体的模仿诗学和以形而上神性中心论为主的抒情诗学，是对西方古典戏剧、小说加以理论化的产物，这和汉语诗学起源于自然与人相谐和的原始诗性思维，以及以诗歌为主导文体的诗学理论，有着很大的区别。在此意义上，重视汉语诗学的主体性，就是华文诗学返归自身文化结构、族类本性的应有路径。此思路下的比较诗学研究，应该注重在中西文化的跨文化背景中寻找汉语诗学的古今嬗变，以纵向的互文来阐释华文诗学，突出跨越时空的诗学和文化对话，彰显自有系统内的诗学比较性。正如有的学者所说，“比较是一种代表着现代文化需求和现代学术精神的方法去向”[10]。作为汉语文学史重要组成部分的华文文学，只有在这样一个全方位的比较过程中辨识文化精神中的鲜活内容，其所谓中国命题和文化中的中国元素，在被不断阐释运用之后，才可能整合性地走进汉语世界，成为汉语诗学的有机构成，而不至于沦为西方诗学的注释和补充。

2. “人的文学”语境下华文诗学的建构，有着汉语诗学精神的深刻资源。华文诗学的发生，当然有中西两方的原因，因为作为一种域外文学，必然要从这两个方面加以界定。对此，笔者的态度是：正是有了内在的来自汉语传统诗学的诗性诉求，华文诗学才在西方文化的启引之下将这种感性的诗意理性化，实现诗学建构的目的。在“人的文学”的语境中看待这一问题，华文诗学的这一特征显然有着深刻的汉语诗学精神动因。从汉语诗学的发生看，原始汉语文化语言和思维的生命感性，就在与人自然本性的深层契合中孕育着汉语个体的生存诗意；而较近一些来看，晚明以来的性灵文学思潮又构成了古典文学中最具活力的人文景观，无疑是“人的文学”的古典形态，最终消解着非人性的儒教传统，使得追求个体生命自由发展的抒情品格成为诗学的主流。这一点虽不能绝对化，但无疑构成汉语诗学的根本。现代“人的文学”虽有着西方的影响与催生，但实有赖于前者提供的水到渠成之便利。在此背景下，华文诗学建构以汉语的感性诗学为先决步骤和参照，重视以抒情理论为主的汉语诗学资源，就是汉语诗学经由自身“人的文学”维度推演出的话题。当然，国内的现代文学并不具备这一意义的推演性，长期以来面向西方的理性化和社会化的现代诉求，弱化了“人的文学”的诗性意义。而“阶级文学”对于“人的文学”的非难，已然抽空了革命群众的鲜活个性，致使“人的文学”沦为空洞的概念躯壳，也就背离了汉语诗学的生命品格。如此，在“人的文学”背景下看待汉语诗学的现代性意义，汉语诗学也就寓意了人性的诗意动力与意义。如此，“恢复中国传统诗学活泼泼的生命体验，恢复‘人’在诗学意义追寻中的地位”，“将诗学的一般语言和美学追问转化为对人的诗意存在和意义的探询的根本性追问”，无疑也是华文诗学乃至中国诗学现代性建构的重要努力方向[15]。

3. 华文诗学属于汉语诗学和现代诗学交汇共生的产物，具有丰富的理论张力。强调海外华文诗学与传统汉语诗学的联系，并不意味着轻视西学在华文诗学建构中的重要地位。若无西方近现代人文主义思想的激发和在个人品格上的示范，汉语诗学的感性诗意或许并不能够在华文文学中得到相对集中的表现。因为产生于传统文化母体的汉语诗学精神已经失去了分娩汉语诗学现代性的能力，只有借助外力的撞击，方有可能促生传统汉语诗学向现代转化。但在当下华文诗学风云波诡的理论建构中，如果不去研究汉语诗学的“原生性”，不重视汉语诗学精神在诗学现代化进程中的至高无上作用，除了证明我们在西方话语面前的矮化和个体生命诗意的淡薄，还能证明什么？相当程度上，华文诗学的诗性建构体现的是一种中西交汇的阐释思路，是一种在传统与现代、本土与异域、东方与西方多元互动中对汉语诗学本真品性的探求。比较诗学视野下的华文文学研究，是近年来研究界大力倡导的结果。从倡导者的观点来看，动态多元研究视野和从国家中心走向以“人”为中心而非以“文”为核心的“华人学”研究，已被舆论指认为当前华文文学研究的方向。我们固然不能否定它的客观与合理，但其中存在的吊诡是，这种对华人身份的强调是否潜藏着人种学、社会学的非文学化倾向，走向以“人”为中心的华人学走向，是否还存在着消弭民族文化身份特性而落入移居国中心的危险，而且以人种作为华文文学的命名取向，本身还存在着对华文文学作为语言产物的文学本性的消解。虽说海外华文文学研究需要开放视阈，但无疑仍然要以汉语诗学或汉语文化精神为立足的基点。只有体现这一精神参与的主体性，才能够使华文文学保持华文性，而不至于陷入文化身份建构争论不休、命名流动不拘的众声喧哗困局，遮蔽华文文学进入汉语文学史的合理性和合法性。

目前比较诗学语境下的华文诗学建构，有着突破西方诗学理论的“覆盖”而回复自身语言与文化的汉语血统，彰显诗性维度的必要。但要指出的是，汉语诗学目前还只是华文比较诗学研究中的一种方法和视角。面对华文文学愈加纷呈、品味各异的作家作品和艺术创新，以及异质文化同化的逐渐深入，这里仍有着一个适用范围和场阈的问题，值得我们追问与思考。这样一来，诗学阐释难免会出现某些片面化现象。我们当然不可能，也没有必要将海外各地区、多层次的华文文学统统纳入到汉语诗学中来，但汉语诗学的诗性之维，毕竟是构建华文比较诗学的基本维度，其所突出的是汉语文学的审美品性和文化血脉。

**【参考文献】**

［1］曹明．旅美女诗人心笛［J］．世界华文文学论坛，2008（1）．
［2］刘士林．中国诗性文化［M］．南京：江苏人民出版社，1999．
［3］庄伟杰．灵魂的珍珠项链——余光中诗歌从边缘切入的两种向度窥探［J］．晋阳学刊，2005（1）：103～108．

[4] 廖玉蕙. 打开作家的瓶中稿 [M]. 台北：九歌出版社有限公司，2004.
[5] 王轻鸿. 汉语语境中的原型阐释 [M]. 北京：中国社会科学出版社，2005.
[6] 聂华苓. 桑青与桃红 [M]. 台北：时报文化公司，1997.
[7] 李永平. 答编者五问 [J]. 文讯，1987 (9).
[8] 杨匡汉. 中华文化母题与海外华文文学 [M]. 武汉：长江文艺出版社，2008. 225~230.
[9] 吴奕锜，刘俊，袁勇麟，熊国华等. 海外华文文学读本 [C]. 广州：暨南大学出版社，2009.
[10] 王一川. 中国现代性体验的发生 [M]. 北京：北京师范大学出版社，2001. 3.
[11] 白先勇. 蓦然回首 [M]. 台北：尔雅出版社，1984. 77~78.
[12] 夏祖丽. 第六号手指 [M]. 上海：文汇出版社，1999. 327.
[13] 朱立立. 身份认同与华文文学研究 [M]. 上海：上海三联书店，2008. 128.
[14] 鲁西. 海外华文文学论 [J]. 广西民族学院学报（哲学社会科学版），1999 (3).
[15] 陈跃红. 比较诗学导论 [M]. 北京：北京大学出版社，2005. 168~169.

（原刊于《暨南学报》2010 年第 3 期）

世界妇女的独特身份和境遇”[2]有关，正是从这一立场出发，女性主义在中国获得了被广泛接受的语境。如果上文所述是一个事实，那么现今许多运用女性主义文论解读作品的学术论文便体现出逻辑上的薄弱——即女性主义批评的是“女性被女性化”的历史，带有鲜明的意识形态意味①，而这些论文的基本目的则是通过极端的女性经验来凸显女性作家的作品特性。无可否认，海外华文文学中确实存在以写作体现女性自身意识觉醒或反抗男权社会的实例，然而，只要是女性作家创作的表现女性生活的作品都能适用女性主义文论，这毫无疑问是一种理论运用的放任。笔者无意于否定用女性主义文论解读作品的合理性与合法性，只是强调对理论运用的精确态度。对“女性主义”这个关键词的来源、阐释边界及使用方法的细化和明晰化，并不损害理论本身的锋锐性，而是力求在更为严密的逻辑框架下尽可能避免片面或先验的论断。

举例来说，用女性主义文论解读黎紫书的短篇小说就是一项挑战。黎紫书的小说与东南亚其他国家（如印尼、菲律宾）的女性作品格调迥异，充满撕裂体验和暴力冲动，毫无传统女性的沉静与温婉。典型例子是《蛆魔》的主人公：她的父亲在目睹妻子与人私通后愤而自杀，她随母亲与继父共同生活。她在极其狂暴的心态下不仅用药杀死了继父，还想将因她而变成智障的弟弟推下湖去[3]。类似的还有《把她写进小说里》的江九嫂，不仅将丈夫打至残废，还追杀叔叔，甚至以刺竹杀死了家里的猫，只因为它偷吃了侄儿的晚饭[4]；《推开阁楼之窗》里的小爱残忍地将自己刚生下的婴儿溺死在马桶里[5]；《浮荒》里，已死的鬼魂还要追求又一次“真正的死亡”[6]……有研究者将黎紫书小说的阴暗与暴力归因于对男性（父权）的激烈抗争，然而，我们必须承认黎紫书血淋淋的笔锋却并不仅仅指向男性。在短篇小说集《天国之门》自序中，黎紫书称自己“写小说写了五年，直至写到《天国之门》，我才发觉写作于我就像睁着眼睛解剖自己，在清醒和痛苦之中发掘许多自我的秘密。那何其残暴，却又有着自虐的快感。……总要在阴暗和潮湿之中才能得到存在的自觉”[7]。这无疑是对自身创作动机的总结：迷恋于这黑暗恐怖的文字，是“从内在不断地挖掘自己，把血淋淋的心肺脾肝都掏了出来祭祀文学”[7]。黎紫书的写作虽然存在男女间的对抗，却是着眼于普遍的人性，如此我们便不难明白为什么她经常假借男性视角写作（如《天国之门》、《裸跑男人》、《洞》等）——

① 例如斯皮瓦克的代表作《三个女性文本和一种帝国主义批评》是通过对经典女权主义作品《简爱》的解读来实现批判帝国主义公理性之目的的。见罗钢，刘象愚．后殖民主义文化理论［M］．北京：中国社会科学出版社，1999. 158.

性别转换使她拥有了双性视角，可以完整而彻底地完成这种情感与精神上的疯狂解剖。正如海外研究学者林春美所说："女性文学中的失调（disorder）症状，疾病与死亡，暴力与疯狂，巫婆与妖妇，向来被女性主义者解读为妇女反抗父权的书写策略。然而这套理论不可生搬硬套到黎紫书身上。黎紫书小说的暴力特质无疑可视为对父权压抑的反应。小说角色与修辞之狂躁乖戾是作家无意识情感之表达，亦无可否认是一种切切实实、身体力行的抗议。可是她的反应至多也只是如此，激烈而不激进，而且甚至还是疲弱而模糊失焦的。她的小说中有易为男性批评家所捕捉的'弑男情结'，可是却也有一般男作家作品中经常出现（因此不易察觉?）的'厌女症'（misogyny）。她刻画女性之阴森、淫荡、恶毒、泼辣、自私、贪婪的文字，一点也不比她刻画男性的少。"[8]

黎紫书曾提到她的写作深受莫言和苏童的影响，这从她作品的文字和意象中可以轻易得到证实。我们不应忽略这种影响对作家创作心态和习惯产生的作用。通奸、乱伦、残疾、病态的表达是苏童作品非常突出的特点，这提醒我们，影响作家创作的因素是多样的，其在作家写作中发挥的实际作用也不可简单片面地去认识，作品的最终面貌取决于复杂而纠结的现实语境，而理论的运用也必须尊重这种现实存在的复杂性和个体性。"女性主义"这个有着明确意义和内涵的关键词不应因过于宽泛的阐释边界和过于程式化的阐释方法而失去了贴近文本的能力。如果说黎紫书的小说存在女性主义文论的阐释空间，那应该体现在它对个体存在合理性的深刻质疑和对抗性的表达模式，而非某些研究者所认为的"以根植于女性丰富的生命体验的知性视角完成以母性情怀为中心的女性主义叙事"。

## 二、族裔身份

"族裔身份"这个关键词及由其生发引申的各种关于华人（华族、华裔）身份的理论术语和阐释框架，在很长的一段时间内成为承载海外华文文学理论建构的主要力量。在很多研究者看来，"族裔身份"可以成为整合海外华文文学作家及其创作的最佳尺度。产生这种结论的思维基点，无疑是将海外华文文学视为中华文化在海外的延伸，因而在共同族姓传统及利益的前提下，海外华文文学取得了以"族裔身份"为标签的合法化认同。由于使用汉语写作，以共同的文化传统、思维方式、价值观念为纽带的族裔身份对文学创作产生的影响是不容忽视的；身处异族包围之中，作为少数族裔的华人群体以同质性的文学想象缓解精神与生存压力，建构族群性的文化共同体，这是不争的事实。然而，将族裔身份与作家作品简单对应的方法，随着全球化的深入及文化传播频度的加快，产生了越来越多难以跨越的理论困局。海外华文文学创作的复杂性、多义性、模糊性越得到认识和认可，“稳固”、“统一”的“族裔身份”阐释模式就越成为一种理论预设。

当今社会，文化的生发、传承和发展已超越狭隘的民族（国家）及单一历史模式，显示出多元特征，而以“族裔身份”为标志的文化认同，也本着“和而不同”的原则，在超越族群和国别的文化交流语境中转变为多重复合、不断分裂与重构的复杂模式。斯图亚特·霍尔在论及文化认同时提到：

认同这个概念不标示自我的稳定核心：在历史的所有变迁中从头至尾一成不变地加以展示的自我，总是保持“一样”的自我，在时间中保持与它自己一致的自我。倘若我们把这个本质化的想象解释成文化认同，那也不是“集体的或真正的自我，以及隐藏在许多其他的、更表面的或虚假地被接受的‘自我’之内的自我，而那样的‘自我’是一个拥有同样历史和祖先的民族所共有的自我（Hall，1999），是可以确定、固定或保障一种不变的‘一致性’或隐藏在所有其他表面差异之下的文化属性的自我。”我认为，认同从来就不是一致的，在晚期现代阶段，它变得日益碎片化和断裂化。而且，认同从来就不是一种单一的构成，而是一种多元的构成，包括不同的、常常是交叉的、敌对的话语、实践和立场。它们完全服从于历史化，永远处于变化和转变的过程中。[9]

这种以“多元多义性”为特征的观点，作为当今社会文化观念之主潮，必然对海外华人作家的“族裔身份”认同产生深刻的影响。我们有理由认为，在当今海外华文文学的全球化语境中，“稳固”、“统一”、“单一”的“族裔身份”阐释框架和边界，会遮蔽海外华文文学创作本身已经蕴含的复杂性和丰富性：当今海外华文作家的创作已与所谓“华侨文学”有了本质的区别，作品在表现对原有“族裔身份”之文化诉求的基础上，也具有拆解历史和传统，剖析人类共同心理、情感及生活体验的能力和要求。詹宏志在论及马华文学现状时说：“台湾本地的文学创作者有三种乡愁的世代，第一个世代怀旧着‘中国’的逝去，文字往往有旧国的身影；第二个世代缅怀着‘乡村’的逝去，种种描摹乡村美好生活与城市的尖锐对立，是常见的母题；第三个世代连城市都已理所当然，他们缅怀的是某种古老灵魂的逝去，……大马作家何独不然？看温任平、小曼作品，乡愁犹在中国符号；到了张贵兴的《群象》、黄锦树的《鱼骸》，热带雨林已入Kampung Boy的梦中；如今有黎紫书一代，她们将脱离前辈，另外寻找一种写作的理由……”[10]所谓“另外一种写作的理由”，即是背离前辈从中华传统文化中得到精神动力，在“族裔身份”构建中寻求精神家园的现实主义手法，转而在对“族裔身份”经典神话进行不断拆解、消解、颠覆的过程中，以充满个人化色彩的写作，表达自我存在的多重意义和质感。

本文选取黎紫书作品作为文本分析的对象，是因为它们将这种断裂的历史意识推向极致，使文本中的“族裔身份”想象呈现出魔幻诡异、曲折迂回、扑朔迷离的格调，对传统的“族裔身份”阐释法则提出了尖锐的挑战。她甚至连马华文学持续不断的“身份建构”和“文化建构”的努力，都深深掩藏在诡异的文字之下。典型例子是《山瘟》[11]和《州府纪略》[12]。黎紫书以极端个人化的立场，再现了那段“日本仔来了英国人走，日本仔走了英国人来”[13]的“马共”历史。马共是马华作家无法回避的集体记忆，然而在《州府纪略》中，狂飙一般的历史巨潮却悄然湮没于马共女战士谭燕梅人生命运的溪流里。而《山瘟》里以主人公先辈祖先面貌出场的人物的存在及命运，却显示出既不“合理”也无意义的吊诡——被称为“太哥”的英军上校，“金毛绿眼满腮虯髯，举一把长枪例无虚发”。然而这个魔鬼般的人物，温义多次追杀不果，却在一次猎野猪时，“人称金毛太岁太哥上校的家伙”，极其偶然地死在温义“杀猪的枪下”；“我祖上”一辈子“怯懦失德无药可救”，因为“贪酒嗜赌”惹祸上身而被迫加入马共，成为队长温义身边“癞皮狗”一般的人物，被温义救下一条性命，却最终伙同队友出卖了温义，在良心的忏悔和恐惧之中度过余生，精神几近崩溃，交代家人自己死后需切下罪孽的“舌头一根，烟熏风干”，陪伴温义，“望能泯尽恩仇”；被着力塑造的马共游击队长温义，是热带雨林中的山魈，“饮猪笼草兜里的露水长大，一生与鳄为伍与蛇同眠，尽收天地灵气日月精华”，“在莽林中魑魅般蹿越”，“昂藏七尺，从林中豆点灯火间闪闪烁烁的深处走来”，“他是妖、山精。有人说一入夜他瞳孔就烧起磷火，你没见过山猫两眼，就一个样绿光惨惨”，“偶尔他在灯下读马克思，黎青色脸上灯火黄黄燎过，眼神既虔诚又脆弱。可作战时他总枯鳄似的潜藏在密林暗处，只露一双眼绿光磷磷，似乎打一个饱嗝也透血腥，或腐物的气息”。然而这个神鬼一般莫测的人物，没有死于战争，却在战争已结束后死于“同志”的阴谋——“兄弟们在暗林中摸黑行事，死伤十来人方得成事”，尸体被瓜分，成为“邪魔回避，妖兽难侵”的护身符。

“至于她小说中的橡胶厂的气味和青龙木的身姿，或许是台湾读者的‘异国情调’，但除了象征意义，黎紫书没有卖弄她的‘本土色彩’。她写她想写的：她的观察、思考和想象；不因为文学奖，更不照顾读者的能力。”[18] 作为个体色彩极浓的创作，黎紫书正是不适于以“离散”美学整体框架涵盖的作家。而我们对她及她作品的研究，也必须从片面的整体论述中抽身出来，进行更为精确的个人化分析，从个体实际生存经验、审美路径、语言习惯入手，以求贴近作家的创作实际。从理论上来说，“离散”应细化为带有个体特征的生命存在方式、精神方式和美学倾向来考虑。

## 四、结　语

要使理论的阐释功能得到有效释放，必须做到在保证理论逻辑有效性的前提下，与实际存在文学经验紧密契合。重新辨析已被广泛接受和大量使用的“女性书写”、“族裔身份”、“离散经验”三个关键词，就是为了实现理论、方法与对象的统一。这提醒我们在思考和接受宏观理论的同时，必须明确自己所面对的研究对象的复杂性和特殊性，并勇于建构能够有效地阐释这一研究对象的新鲜的理论与方法。

**【参考文献】**

[1] 黎紫书. 另一种异端邪说［A］. 天国之门［M］. 台北：麦田出版社，1999. 13.
[2] 罗钢，刘象愚. 后殖民主义文化理论［M］. 北京：中国社会科学出版社，1999. 2.
[3] 黎紫书. 蛆魇［A］. 天国之门［M］. 台北：麦田出版社，1999.
[4] 黎紫书. 把她写进小说里［A］. 天国之门［M］. 台北：麦田出版社，1999.
[5] 黎紫书. 推开阁楼之窗［A］. 天国之门［M］. 台北：麦田出版社，1999.
[6] 黎紫书. 浮荒［A］. 刘俊，蔡晓妮. 出走的乐园［M］. 广州：花城出版社，2005.
[7] 黎紫书. 另一种异端邪说［A］. 天国之门［M］. 台北：麦田出版社，1999.
[8] ［马来西亚］林春美. 在父的国度：黎紫书小说的女性空间［J］. 华文文学，2008（1）：75～83.
[9] ［英］斯图亚特·霍尔. 导论：谁需要“认同”？［A］. 周宪，周计武，殷曼楟. 文化认同：跨学科的反思［M］. 北京：中华书局，2008. 5～6.
[10] 詹宏志. 紫色之书［A］. 黎紫书. 天国之门［M］. 台北：麦田出版社，1999.
[11] 黎紫书. 山瘟［A］. 刘俊，蔡晓妮. 出走的乐园［M］. 广州：花城出版社，2005.
[12] 黎紫书. 州府纪略［A］. 刘俊，蔡晓妮. 出走的乐园［M］. 广州：花城出版

社，2005.
[13] 刘俊，蔡晓妮．出走的乐园［M］．广州：花城出版社，2005. 102.
[14] 聂华苓等．“文学行旅与世界想像”工作坊纪要［J］．上海文学，2006（9）：97.
[15] 饶芃子，蒲若茜．从本土到离散——近三十年华裔美国文学批评理论评述［J］．暨南学报（社会科学版），2005（1）.
[16] 张锦忠．南洋论述：马华文学与文化属性［M］．台北：麦田出版社，2003.
[17] 聂华苓等．“文学行旅与世界想像”工作坊纪要［J］．上海文学，2006（9）：97.
[18] 傅承得．异数黎紫书［A］．黎紫书．天国之门［M］．台北：麦田出版社，1999. 8～9.

（原刊于《暨南学报》2010年第3期）

# 文艺副刊与马华地志散文之兴起

林春美

**【摘　要】**马华地志散文之兴起，与本地文艺副刊大有关系。为溯其近源，本文将从20世纪80年代末以来文艺副刊本土化之实践谈起，继而检视与分析20世纪90年代初由文艺副刊《星云》所发动的两场地志散文书写活动的成果，及其对马华文学的意义。

**【关键词】**马华文艺副刊；《星云》；地志散文；地方感；地方景观

## 一、前　言

“地方”，在21世纪开始大量进入马华作家的书写范畴。一些具有特殊历史地位的城市如曾为海峡殖民地的槟城与马六甲，及南洋原始色彩十分鲜明的雨林地带如婆罗洲，逐渐冒起成为马华散文的显著地标。上述诸地的书写，有的以专栏的形式长期在报章上持续刊载，有的则获出版社支持，以系列丛书的形式推出市场。前者比如欧阳珊之书写马六甲，曾先后在《星洲日报·文化空间》的不同专栏，如“明日遗书”（2002）、“笑看古城”（2004—2005）与“城墙内外”（2007—2009）上刊出；又比如杜忠全之书写老槟城，除在《南洋商报·商余》有专栏“岛屿纪事”（2004—2005），另外从2002—2005年间在同一报纸的“方志”版亦不定期有文章发表。后者则比如杨艺雄、沈庆旺、蓝波等书写砂拉越雨林的作品，在大将出版社社长傅承得的促成下，先在西马报章刊登，后复由其出版社结集成《猎钓婆罗洲》（2003）、《蜕变的山林》（2007）、《寻找不达大》（2008）、《砂拉越雨林食谱》（2009）诸书，并同列为“婆罗洲系列”①。

① “婆罗洲系列”诸书出版缘起，可参阅傅承得的《五年猎钓杨艺雄》，见杨艺雄的《猎钓婆罗洲》（吉隆坡：大将，2003）；及古晋电台“文学星座”的节目记录《沈庆旺谈〈蜕变的山林〉与“书写婆罗洲”》，http：// www. hornbill. cdc. net. my/shahua/wenxuexing. htm。

这些地志散文近年颇得评论者关注，尤其是旅台的陈大为与钟怡雯夫妇，曾分别从都市、雨林、自然书写等角度切入论之。然而，对马华地志散文书写的讨论中，始终没被探询的极为基本的问题是：马华地志散文何时兴起？如何兴起？

马华地志散文之兴起，其实与本地文艺副刊大有关系。为溯其近源，本文将从20世纪80年代末以来文艺副刊本土化之实践谈起，继而检视与分析20世纪90年代初由文艺副刊所发动的两场地志散文书写活动的成果，及其对马华文学的意义。

## 二、文艺副刊之本土化

1990年，综合性文艺副刊《星云》推出专题系列“大马风情话”，并公开向马华作者征求书写马来西亚各地风土人情的文稿。这个系列获得广大回响，从该年六月推出，至次年四月结束，前后十个月，比该版同一时期所策划的任何一个专辑都为期更久。“大马风情话”系列总共刊登了五十一篇散文，所书写的内容大至一个州属，小至一条河、一道桥、一条街。作为马华文坛第一次集体且持续近乎一年之久的地方书写活动，它可谓开了马华地志散文写作的风气之先。

1994年，《星云》推出专栏“南北大道”。这个专栏取名自马来半岛第一条贯通南北的同名高速公路，然而却比同年通车的这条公路更早“开跑”。“南北大道”一方面是“大马风情话”地志主题的延续，另一方面又是对后者的进深发展。此专栏将所志者锁定在马来半岛八处人文面貌各异之地，即蕨坡、亚罗士打、槟城、新山、呇株巴辖、马六甲、适耕庄及玻璃市，并邀八位居住于斯的作者分八期从不同角度书写相关之地。这个专栏分十六期刊出，在四个月内密集发表共六十四篇地志小品。

《星云》是两大报之一的《星洲日报》的一个综合性副刊，早期多刊登史料掌故、文化习俗、名人逸事等文章。其文稿多转载自中国大陆、港、台报刊，本地用稿不多，本地文学创作更少，偶尔点缀其间的多是杂感随笔和旧体诗。《星云》的“文艺色彩”随主编的风格而有所变易，一般认为，它在20世纪80年代中期开始（重新）偏向文艺性。[①] 而从《星洲日报》的招牌文学奖“花踪”自首届起，把在《星云》及该报“正宗”文艺版《文艺春秋》上发表过作品若干篇，作为推荐奖所必须具备的被推

---

① 有关《星云》版自创刊迄20世纪90年代初的变化，详阅马汉.44年回首来时路——谈《星云》的几个时期与风格［A］.文林杂忆［M］，2008.182～187.

英亩土地上。至于巴生市区，则是战后殖民地式建筑、中国式建筑、新式建筑混杂林立的景观（《乌鸦螃蟹肉骨茶》）。而巴生港口外的吉胆岛，则是毅修笔下“桥下有流水，有栓满两岸的渔船”的地方（《赤脚踩在板桥上》）。

从雪兰莪州继续南下，则会来到马来半岛中央主干山脉的终点。“从淡冰街上仰首北眺，主干山脉的歇脚巍峨雄姿尽收眼帘。”（秃橡《风神风洞淡冰山》）淡冰更常被称为淡边，在森美兰边界。淡边部分地方延入南部的一个州属，那就是三保太监下西洋曾经停驻过的古城马六甲（苏子玲《古朴秀雅的历史城》及静华“南北大道”专栏诸篇散文），其野外一条无声的吉山河流过的小镇，叫作野新（禤素莱《吉山河水去无声》）。

马六甲与其南部的柔佛州之边界，矗立着充满神话与传说的金山（谕枫《我热爱的金山》），山脚下有一个新村叫砂益（谕枫《金山脚下的砂益》）。往柔佛州行进，首先会来到有香妃城之称的城镇蔴坡（灵子《香妃城之约》），这里除了有著名的蔴河（梁志庆“南北大道”专栏诸篇散文），还有一座叫武吉摩的青山（艾斯《武吉摩的回忆》）。在横跨蔴河两岸的蔴桥之上，可以看到见证过马六甲皇朝末代苏丹与葡萄牙侵略者之间的战争的文打烟河（沈洪全《没有河口的小河》）。蔴河的上游有没落的小镇班卒（沈洪全《没有河口的小河》）。蔴坡以东约六十公里处是莲花村，那里曾经在紧急状态时期发生过著名的 Bukit Kepong 战役（献民《莲花村的记忆》）。更远一点是小镇昔加末（杨善勇《回乡偶书——卸妆和化妆后的昔加末》）。

蔴坡以南是意译为凿石城的峇株巴辖（西贝君《看山岁月——凿石城》，艾斯《最美还是故乡山》及其“南北大道”专栏诸篇散文）。其附近有渔村石文丁（佩韦《靠海的日子》），与山芭安和芭（晴缘《安和芭的故事》）。离峇株巴辖不甚远处，有个巴力士隆镇，其地标是一座建于二战时期的拱桥（艾斯《彩虹桥边的乡镇》）。以生产陶器闻名的亚依淡，亦在附近（晴缘《陶器的故乡》）。

半岛最南端的新山，与新加坡一水相隔，是个发展非常迅速的城市（翻腾《今日的新山》及高秀“南北大道”专栏诸篇散文），亦是许多学生与游子的驿站（杨善勇《南城驿站》与《工大城》）。其西面海岸有一个龟咯渔村（黄妙倩《海鲜迷的天堂——龟咯渔村》）。

从新山往东，然后沿着半岛海岸线北上，一路驰入彭亨州，再往北甚远，有一个介于丰盛港和北根之间的小镇叫那示（杨善勇《小小的镇，大大的桥》）。从那示再往北约近百公里，就是该州首府关丹（田埂《师训在关丹》)。一度闻名国际的世界最大地下采矿场林明,就在关丹西北方的数十公里之外(黄尊源《没落的林明》)。从彭亨进入旧称丁加奴的登嘉楼州,沿着南中国海一直奔至一个叫瓜拉丁加奴的河口,那里有一处意译为坏石的沙滩(杨善勇《河海之间有城立起》)。再北上约一百七十公里,即是吉兰丹州的首府哥打巴鲁(黄尊源《哥打巴鲁的天空》)。此去不远,即来到马来西亚国土边境,那里有一个叫兰都班让的小镇,旱季时即使涉水也能去到对岸的泰国(李国七《边缘小镇》)。

从加基武吉起步南下,至新山折回北返,至兰杜班让,20 世纪 90 年代初的一场地方书写,密集完成了马华文学绘制马来西亚地理版图的使命。从加基武吉以至新山的诸篇散文所志之地,若一一陈列其名,或仿似在地图上圈出绵密的地点,可铺缀而成半岛西海岸鲜明的地理形势与景观。这种情况大致也显示了半岛西部较为丰沛与繁盛的文化发展面貌。相反地,书写半岛东海岸的稀落的篇章,亦反映了该地与之相应的文化状况。

大量地方与景观之集体浮现,固然形成这场地方书写活动最为壮观的记录之一,然而我们亦必须承认其局限性:它所绘制的,以西马来西亚为主。"南北大道"系列既以贯通半岛南北的高速公路为名,东马来西亚诸地不在相关的地方书写范畴之中自可理解。然而整个"大马风情话"系列中,却亦仅有两篇书写东马的散文(罗继才《我的达雅族学生》及陈承达的《小香港,山打根》),与写西马的篇数比例显然十分悬殊①。造成这种情况的原因之一,或与当时西马报纸在东马所面对的发行困境有关②。

## 四、地方感之形成

从社会学的角度看来,地方(place)并不能单纯地用距离、方向、面积、地域、疆界等绘制地图的符号来界定。它与空间(space)的差异在于:地方是充满人、习俗、物质等的空间;如若抽离事物、意义与价值于其中的特殊聚集,地方便也变成了空间。因此,地方之制造(place-mak-

---

① 这种情况或许有助于说明田思等人"书写婆罗洲"之主张的必要与意义。然而想必无可求证的是,2002 年左右提出的"书写婆罗洲"概念,是否亦是某种程度上受西马主流报章地方书写活动的刺激/启发而生成?

② 虽然亦有向西马报纸投稿的东马作家,然而毕竟是少数。以砂华作家为主的多数东马作家,或许都会认同田农在其《砂华文学史初稿》(诗巫:砂罗越华族文化协会,1995)中提出的看法,认为砂拉越本身出版的华文报章之文艺副刊,才是培育该州写作人最为重要的园地。田农所说的虽是 20 世纪五六十年代的情形,但迟至 20 世纪 90 年代的状况亦大致如此。

ing)，不仅牵涉上层势力与精英专才，及彼等之权力、财富与知识，亦牵涉该地的普通民众实际经验的感觉与特质[8]。

地方的意义，乃由经验所建构。某人对某地的客观认识，固可通过观察、思索或识别而达致，然而，全方位地认识一个地方，却还包括必须通过“拒绝客观化的、被动且直接的经验”方能完成[9]。人文地理学家段义孚指出：

> 被动经验是可以深刻体会，却难以清晰表达的。日常生活中细微的喜悦与烦恼，几乎不能登记在案但却无所不在的声音与气味的氛围，空气的感觉，柔软的泥土，坚硬的土地，快乐的机遇与命运偶然的打击——这些生活中的平常经验都可能汇集而成深厚的地方感。[9]

20 世纪 90 年代初期的地志散文不只如前所述绘制了“地方”，而且其中不少篇章还捕捉了如段义孚所言的“生活中的平常经验”，并呈现为鲜明的“地方感”。总体而言，这些地志散文可说从不同的感官层面与认知角度，将作者的被动经验与初始感觉赋以形式，继而使其成为可见。

朵拉的《搬到实兆远》与小黑的《记忆的火车穿过大山脚》，即通过各种感官反应书写各自题目中的地方。前者从嗅觉开始书写她刚搬到实兆远的日常生活体验：逢星期一、三、五会都会嗅到的“有点像搁久了的鱼虾，又像腐烂了的水果等等不太好嗅的臭味”。视觉探寻的结果让她获晓臭味的来源：“家家户户的铁丝网篱笆上悬挂着一大包一小包的塑料袋。”累积足够的“居于斯”的生活经验后，她方才有能力作出总结：原来垃圾车星期二、四、六才会“光临”该住宅区。而后者则是通过声音与生活经验中所累积的感觉，书写他曾经长期居住的大山脚。方圆四公里之内有五个火车栅门的大山脚，使居于其间者“在黑夜里受尽火车的笛声骚扰清梦”，而白天在公路上又“因为苦候它（火车）的掠影而忍受折磨”。木栅的开合、火车的呼啸、凌乱拥挤的交通，形成大山脚人每天随旭日升起的噩梦，同时也构成大山脚的地方感。而作家因感觉大山脚被州政府“亏欠”而生的愤怒与不平心理，更是让此地方感平添一种辛辣之味。

秃橡与苏清强则通过对自然气象与其细微变化的感知，分别书写了他们居于淡边与玻璃市的被动经验。淡边山是马来半岛主干山脉的终点，此地于是成为一年两度季候风的气流漩涡中心。因此，淡边的风，尤其在春节前后，“风势大且冷，走势无定向，顷刻间可以凭空起舞，转眼又可以隐形遁迹消逝无踪”。在秃橡笔下，淡边的风不是以“阵”而是以“群”

来度量，并且还带有一些神秘色彩。风群虽然势大，却会“纹风不动”来到人的面前，然后突然“一下喧哗起哄”，待人意识到时，“它们”已“混入其他风群”去了。秃橡对风及对儿时目睹漫天红色炮衣在小龙卷风中旋转飞舞情状的描写，颇“绘声绘影”了淡边的风/风神（《风神风洞淡冰山》）。而在以蔗糖为经济发展命脉的玻璃市州，苏清强写道，一到旱季，“朱宾一望无际的甘蔗芭就开始烽烟云起，一日一块一日一段地被点燃焚烧”。火起时噼噼啪啪的气势悲壮凄沧，“烟尘四处飞窜”，“一时之间，人民与灰生活在一起”。玻璃市旱季时节蔗灰飘飞的特殊空气，在此篇地志散文中显得清晰可见（《旱季烧蔗芭》）。

生活经验因地方之不同固会有所差异，然而即使在同一州属里，区域与区域之间的地方经验也不尽相同。大山脚的宗教盛会圣安娜盛会，吸引了全国各地的天主教徒前来朝拜。黄昏时分，附近马路已水泄不通。至半夜时分，则可见“圣安娜教堂整座山点满了蜡烛，照亮了整个大地”。而另一个主要是由商人主导的“拜大老爷盛会”，虽然热闹程度稍逊前者，但信徒烧大香、烧庞大的纸扎大老爷神像的花费，更甚于前者之蜡烛（田埂《大山脚下的城市》）。在福建人居多的槟榔屿，则是正月初九的天公诞最为热闹。风车路一带居民对此节日的慎重可从祭品之丰盛与讲究看出，而他们“大肆”庆祝的态度，则体现在“一炷香的时间内，一叠又一叠腰高的金纸在一把火里轮流烤红了风车路”，与次日清晨飘扬在马路上的灰烬、炮屑与香烟之上（林春美《天公诞》）。槟榔屿与大山脚虽然同属槟城州，然而一水两隔，民间习俗亦有点两样。

另一些地志散文则让我们看到，尽管所写事态相似，可是发生在不同的地方就有不同的体验。比如若远《嫁到安顺》与毅修《涉过哀乐》同样提及水患，然而安顺与吉胆岛的地方面貌就不因水患而相混同。安顺地处海湾，水患是日常生活的一种体验。若远在散文中写到她与家人一次早晨出外用餐，初时但察附近有水涌入，再吃几口，水竟已淹起。面对食肆成“灾区”，从大都市吉隆坡来的客人都发出惊呼，然而“周围的安顺人一个个都不为所动，任由潮水轻轻的替他们的足踝、小腿‘按摩’，他们继续轻松的吃他们的肉骨茶”，大有处变不惊且符其地名的“安顺”风度。而吉胆是海岛，虽然岛上条条水沟通大海，但是一样逃不了水患，尤其是在闰年朔望之时。那几天潮水特别高涨，有人可能一觉醒来发现自己睡在“水床”之上，有人则必须连日早起，以免潮水淹过厕所而得忍上几个小时。如厕是水患期间的大事，因为岛上的厕所“不过是隔起来的一个小空间，里边的地板上留个洞口”，因此潮水高涨时淹入厕所，“海水几乎与洞口齐高”，洞口清澈的海水形同一面镜子，足以照见几许令人尴尬的事物。这样的事不时发生，调派到此执教的教师会互相交换上厕所的“心得”，甚至把裤脚高卷至膝盖、穿着拖鞋进教室，充分显示了他们顺应这个地方生活方式的姿态。

20 世纪 90 年代马华的地方书写，难免需要碰触地方城市化的课题。城市化现象对日常民生的重大影响之一，就是经济发展造成的严重交通问题。类似的问题，在不同地方的书写中，就呈现了不同的面貌。在繁华都会吉隆坡，熙攘川行的迷你巴士是公路上的特色。“横冲直撞，马路小英雄似的迷你巴士跋扈穿梭，若不清醒，准将你弄得晨昏颠倒，永远搞不清方向。”（山尘《巴士一族》）在街道较为狭隘的槟城，摩托车则是公路上的霸王。在交通灯前，“摩托车在汽车与汽车的空隙间左闯右窜；排满了车前，也填满了车旁。绿灯一亮，叭叭叭地冲着出去”（毅修《公路上的原始》）。而在峇株巴辖，“车辆开始风驰电掣，个个宛若驰骋于南北大道只只猖狂呼啸”，则是由于全峇株巴辖改道，而一些街道改成单行道所致（艾斯《大马路》）。一雨成灾是此地大事发生后所产生的另一问题，情况严重一点的街道甚至会让“峇株河错认为支流”（艾斯《寒水》）。

城市的规划比不上车辆增加的速度，于是交通停放也成了问题。居住在新山的人所面对的情况是：“经常得花上好几十分钟兜转才有机会将车停放在合法的地方——这算是顶幸运的。当要喂‘吃角子机’的时候，心里总拿不定主意；喂多喂少，很难有个准绳。有几回就因为‘不爽手’，逗留银行的时间又估计错误，结果遭‘红单伺候’。”（高秀《下坡底》）而在没有“吃角子机”竖立却有地痞流氓横行的槟城老城区，除了存在停车位不足的问题之外，更存在以私法执行“严禁泊车”的另一种难题：“不论是以前或是近几年来画了黄格子的某些地方，都不是可以就理泊车的。否则当你取车时，一握门柄，你的手即黏糊的沾了一滩黑油，或者，你的锁匙始终插不进孔里去，你低头一看，原来里头塞着一截断了的火柴。”（林春美《风车路》）

以日常生活中的普通人作为文化生活主体的英国文化理论家 Raymond Williams，提出“感觉结构”（Structure of Feeling）一词，以指称在特定的地方与时间中所形成的特殊生活方式，与对此生活的独特感知。他认为，作为普通人生活经验的感觉结构，并非固定不变的。相反地，它总是处于塑造与再塑造的过程中。因此，每个世代之间都会体现不同的感觉特性。[10] 20 世纪 90 年代初的马华地志散文书写成果，即鲜明展现了不同世代的作家对同一地方的感觉结构之差异。同样是写槟城老城区风车路的生活，在上一代作家的记忆中，是深夜在楼梯霸位，“只为收听丽的呼声的侦探广播剧，虽然没有画面，只有对话声枪声打斗声，却也紧张刺激，大感过瘾”（淡北云《绿岛上的足迹》）。而在下一代作家的记述中，丽的呼声已被淘汰出局，电玩中心开始入侵风车路，“空闲而无聊的人全躲进店里‘打叮叮’去了。街头斗士走出街头，操纵小荧幕上另一番血拼肉搏的Street Fighter”（林春美《风车路》）。两篇“风车路志”，大致概述了槟城老城区科技/娱乐发展的情况，与民风的变化。

正因为每个世代的地方感受不尽相同，而且许多地方（尤其是国家的经济重镇，或政治上的“兵家必争之地”）时刻都在面对发展与变化，因此地方书写更显其意义。淡北云《绿岛上的足迹》写自己儿时“在车水路旁，贴耳电柱，聆听老爷电车驶来的轰隆隆声”。通过她细腻的描绘，我们看到当时槟岛“主要街道上空电缆密布，纵横交错，一辆辆电动巴士，顶上一根电杆，衔接电缆，在马路上滑动着”。这种街道面貌，已与下个世代的槟城书写者所见的大不相同。淡北云以自己主观经验描述的槟城生活，及招引出的几处已然消逝的地点（如“蓝色巴士总站”、槟岛首间中国百货市场槟榔、甚至小至现在香格里拉大酒店地段上原存的“卖金鱼的水族馆”、“卖经济饭菜的摊格”），于是彰显了地志散文的另一层意义：以书写对抗流逝的时间，继而挽留地方记忆。

## 五、结　语

20 世纪 90 年代初期综合文艺副刊《星云》所策划的“大马风情话”与“南北大道”两个系列的文章，促使马来西亚（以马来半岛为主）由南至北许多大城小镇，甚至一些之前罕为人知的小地方，集体浮现出马华文学的地表。其以主文形式处理这些地志散文的编辑方式，提高了“地方”的能见度。这两个系列所刊载的文章，就其数量、书写者，与所涉地方（内容）之总和而言，可说是马华文学史上规模最大的一次地方书写活动。从其成果而言，它不仅从某个程度上绘制了马来西亚地理版图，亦初步总结了马华作家对国境之内诸多地方的感性经验。与此同时，它亦展览了不同地方与不同世代作家的地方感，不仅使地方景观成为可见（Visible），亦使一些随时代变化而不复存在的隐形景观（Invisible Landscape）得以展示。20 世纪 90 年代初的这场地方书写活动，以文学建构地方，以书写赋空间以意义，其突出的成果，在某种程度上也许牵动了 21 世纪蓬勃的马华地方书写的活动与发展。

## 一、香港："异"侵入中的悲剧性格

1841 年，香港开始以毗邻祖国而"失养于祖国"的方式生存。一方面，她以其开放性和包容力，接纳四方来人，"而因各种不同原因借居此地的人，又会带来许多好处"，其中最显要的好处，自然是不同文化的交汇。但外来过客，甚至外来"主人"与香港，又总处于"彼此相依却不相亲的关系，形成了香港的悲剧性格"[2]。从香港的悲剧性格角度来审视香港的文化环境，显然能对香港"异"文化环境中的社会心理有更深入的认识。

香港是中国城市中发展海洋文化"最有成效的都市"[3]，它孕育了海洋文化的许多意识，包括开放性、包容性、混杂性、创新性等。早在 1930 年代，就有人这样描述香港："香港五方杂处，各民族之人皆有之"，"最多者为华人"，其他除英人外，"印人、葡人、日人，亦占少数欧亚杂交而造成之杂种，为数颇众，大多……能通数种语言，最易适应环境"。[4]这反映出香港华洋杂处的人员构成具有的文化敏感。作为英殖民地，香港也历来有相当自由的文化空间。1940 年代就有人这样对比过香港和上海："香港虽是'外国地方'，自由的空气比上海讨人喜欢得多……每天看报纸，报纸也的确比上海的看得入眼——不是印得好或排得好，而是比上海说话自由。什么事一有自由，便觉得舒适。虽然开天窗是必有的事，到底不再灰色得令人难过。"[5]香港的这种自由度，固然源自英国殖民当局对本国自由主义思想传统的尊重，但也跟英殖民者从未把香港纳入英文化圈的心态有关。"英国殖民主义最典型的特色，它和法国殖民主义最大的不同，就是对殖民地的统治只重制度和经济，不重文化。"[6]这种将香港放逐于"边缘"的做法反而使香港文化环境有了更大的自由度。不仅许多难以在中国大陆或台湾存身的文化传统、各种政治倾向的中国文人会流散、迁徙到香港，各种西方的非西方的文化因素也会在香港各得其所。香港甚至得到外人这样高度的称誉：香港是不同文化"融合成功的榜样……在香港不是华洋杂处，而是华洋共处，相互尊重，共存共荣，各自都能保持自己的特性……香港这个地方你说它多洋，它就多洋，你说它多土，它就多土"[3]。

然而，香港的社会文化心理又趋于"保守"。胡适于 1930 年代南游香港时曾感慨，香港"绝大多数的中文学校里，文言课本还是很占势力"，"广东人的守旧风气"也使家长们"迷恋中国古文"[7]。后人也谈到，港人中虽有醉心欧化者，但"专心致志的读番书，识番字，讲番话"者更众[8]。与内地“五四”文学革命后的情况迥异，早期香港新文学兴起后，香港文坛在较长时间里是新旧文学并存，旧诗文一直占有一席之地。1920年代创办的香港大学中文系、学海书楼都以弘扬国学为己任。这自然跟香港社会的自由空间有关。香港早期文学一直以中文古典文学为主，旧文化的遗老遗少无法存身于中国大陆，却可以在香港延续他们的遗民情结，但香港保守的文化心理更在个人的、世俗的层面上给旧文学以庇护之地。对于外来文化，香港人似乎有一种本能的戒备心理，他们称外国人为“鬼佬”就让人感觉到这一点。台湾被殖民五十年，光复时，台湾本土作家用中文写作已经像阿Q画圆圈那样艰难了。然而，英人殖民香港百余年，反而仍是粤语方言“包围”住了英语，这似乎也见出香港民众对外来者的重重戒心。香港人这种看似保守的心理应该从香港的历史、环境得到更深入的说明。香港自开埠以来，就面临着作为“异”的来者不断“侵入”的局面，也经历着与大陆“过客”“相依而不相亲”的境遇，外来进入者过于频繁的情况不断刺激了以香港为家园的香港人的警惕、戒备，香港人一些看似保守、甚至封闭的做法实际上是一种自我保护反应，香港都市空间的逼仄狭窄强化了这种反应。我们不时可以从香港文学中读到抵御“侵入”的故事。

许荣辉的小说《鼠》（1994）讲了一个关于“异”侵入的地道的香港故事。封闭的电梯、闭塞的大楼，暗示出一种排斥的环境。“我”家里来了满大姨，她喜欢养老鼠，于是整座楼里的邻居见到“我”如避瘟疫。然而，正如许子东解读《鼠》所言，小说有着“香港本土意识”的叙事角度[9]，当满大姨“理直气壮”地在大楼里住了下来，养开了老鼠，原先众人围观“异类”的沉重压迫感被“对入侵者的无奈”感所替代，众人或逃走，或失忆，皇后码头的老鼠则成群结队，似乎要占据整个天下。小说由日常叙事慢慢进入了“寓言”，那种惊惶悲哀让人强烈感受到，“香港是个很开放的空间。但是香港这个社会有本能的防御力，对外面的任何地方都有一种很强烈的排斥感”，因为香港面临过太多的“侵入”。

满大姨被楼里人视为“侵入者”，反映出香港人根深蒂固的本土意识，其本土是香港人“多年来赖以为生的岭南文化”，“香港人甚至把珠江以北的所有中国地区，都称之为北方，把大陆人称之为北佬”，[6]这种“心理上的南北区分”，正反映出香港人“自我保护”的心理。将一种区域性文化作为安身立命之根，是否会危及香港人的民族文化深层结构，是否会形成香港城的某种封闭性，这正是我们考察香港性格时要留心的。

这就是香港的悲剧性格，开放性、包容性和封闭性、排斥性悖反共明显的正邪对峙的环境或背景，揭示出多族群杂居（尽管香港非华人血统的人口只占5%左右，但其分布面还较广）的香港，不只有着经济贸易的强大动力，也凸现着人类趋善向上的品格，不管是经济还是战争的风暴都使后者更得以发挥。外来者（例如张爱玲）写香港，都不免阴沉；而侣伦的小说虽不免感伤，但也时有刚健明朗，黑丽拉、史密德、亚莉安娜这些异族形象，更在兀兀独立中有清新之气息。这正表明侣伦小说才是地道的香港本土作品，有着不同于海派文化的独立品格。侣伦小说的异族形象，显现了香港文学的特异之处，而又始终扣住了人类相通的人情人性。

从侣伦小说开始，香港文学中的异族形象就突破了单一意识形态性和乌托邦表达的局限，重要原因就在于香港本身就非单一意识形态，也非纯然的东方或西方，香港作家会更多地从文学对人性人情的寻找出发来体验异族的生活、命运。有意味的是，相对于外来香港作家（例如张爱玲、施叔青）对于异族形象的描绘常常联系着香港被殖民的历史、境遇，香港本土作家笔下的异族形象更多一些“同是天涯沦落人”的亲和感。例如西西的小说《十字勋章》（1981）讲述在香港边境当警察的尼泊尔男子德罕（“我”）和9岁的蒙古族孩子布纳的友情。德罕“辗转到过几个国家”，在香港举目无亲，与布纳亲似兄弟。在德罕的记忆中，印象最鲜明的始终是故乡耶玛节，姐姐在德罕额中央贴上“一朵小小吉祥的红痣”，许愿说：“我把荆棘栽种在死神的门口，让我的兄弟长命百岁。”这种心愿伴随德罕，使他执勤面对偷渡者拔刀刺他时，他也不用父亲送他的锋利佩刀回击：“他们也是被命运逼迫得走投无路的生物！”山泉样清澈明净的语言，写活了德罕、布纳一长一少的异族形象。布纳盼望着长大成为德罕那样的警察英雄，但无论是德罕的行为还是布纳的心愿，都无意识形态的阴影，只有与他们在香港平淡真切的生活联系在一起的善良。

相比较之下，张爱玲所写香港的“异族”形象显得尖刻。《沉香屑——第一炉香》在嘲讽香港社会“处处模仿英国习惯，然而总喜欢画蛇添足，弄得全失本来面目”中描写了那个葡萄牙等血缘复杂、中国的成分却微乎其微的混血儿乔琪，一个在其父乔诚爵士眼中最没出息的花花公子，葛薇龙正是从他眼中证实了自己从而迅疾堕落。《倾城之恋》中，范柳原留学英国归来，他眼中的白流苏和印度公主萨黑荑妮相比，前者尚不失闺秀之态，后者虽为公主，仍不免“另类”。总之，张爱玲写香港很难不从殖民文化进入，所写“异族”也难免“异类”之色彩。而在施叔青笔下，尽管时间过去了半个世纪，“异族”也仍然印证香港的殖民历史。《香港三部曲》中，不管是亚当·史密斯、通格拉斯·怀特等的西方殖民心理，还是西恩·修洛对东方的迷恋，都是自我的丧失。在外来作家的笔下，“异族”形象首先并且主要表现为殖民（者）形象，很少有香港本土作家笔下的他族小民形象，这其中的差异及其缘由是很值得探讨的。

## 三、“异”的日常感受：“他者视域”的言说及其超越

20 世纪以来，全球性的文化交流日益频繁，对“异”文化影响的感受也日益渗透于日常生活中。而在香港这样一座经济自由度名列全球前茅，中西文化高度交汇的城市中，“异”审美视野更表现为日常生活中对“异”文化的态度。香港文学就最丰富地表达了中国人对西方文化的日常感受，多侧面地反映了“五四”后中国人对于西方这一“非一”存在的认知。

香港文学受西方文化的影响一直有它的历史延续性，这跟中国大陆、台湾地区文学受西方影响的中断性有所不同。从早期（1941 年前）香港新文学到回归（1997）后的香港文学，西方现代文学的影响一直多方面存在，反映出香港作家与西方文化复杂的心理距离。香港文学中许多有影响的作品生动反映了作家们对西方文化的日常感受和心理矛盾。

在表达香港人对西方文化的感受中，刘以鬯的长篇小说《酒徒》（1963）是最值得关注的。作为中国第一部意识流长篇小说，这部入选“20 世纪中文小说 100 强”、“百年百种优秀中国文学图书”等经典书单的作品借一位时醉时醒的香港作家“我”之口，表达了对古今中外文学的种种看法，自然也多层面呈现了香港的“异”审美视野。小说开始于“我”酒醉后醒来对身边舞女的品鉴：“以她的整个脸相来看，只有鼻子长得最美”，因为，“她的鼻子有着西洋人的趣味”；而“我”首先想写的是中篇小说《海明威在香港》，痛快淋漓地想象着海明威在香港的落魄……这样的开篇，似乎强烈暗示出“我”对西方文化的痴迷。在“我”的时醉时醒中，挥之不去的也始终是西方现代文学的大师名作。事实上，“我”熟谙中国古典文化，对“五四”后的中国新文学有着远见卓识：“在短篇小说这一领域内，最有成就、最具中国作风与中国气派的，首推沈从文……张爱玲的出现在中国文坛，犹如黑暗中出现的光……端木（蕻良）的《遥远的风沙》与《鸶鹭湖的忧郁》，都是第一流作品……他（师陀）的《期待》应该归入新文学短篇创作的十大之一。”这样的评价出现于 1960 年代初，早于夏志清的《中国现代小说史》，其深邃准确在 1990 年代后的中国内地文学史研究中才得到全面呼应，“我”称得上“重写”中国现代文学史的第一人了。“我”在谈到“鲁迅的《阿 Q 正传》无疑是一个杰作，可以与

海明威的《老人与海》相提并论”时，批评法国书评家对《阿 Q 正传》有失公允，认为“一个对中国社会制度与时代背景一无所知的人，怎能充分领略这篇小说的好处”？同时“我”也时时批评“法国智者说了一句俏皮话，就有一百个中国诗人争相引用”的“愚昧”。显而易见，“我”绝非西化崇拜者。

酒徒“我”其实是一名香港智者，醉中所言往往包含关于香港文学的真知灼见。“我”意识到香港之所以会是“文化沙漠”，是因为香港没有“真正的批评家”和文学知音的“读者”，“中国读者对作者的缺乏鼓励性，不但阻止了伟大作品的产生，而且使一些较为优秀的作品也无法流传或保存”，“如果我们的读者不能欣赏文学领域里的果实，那么外国读者更加无法领略了”。小说描写了两个“文学爱好者”，一个是 17 岁少女司马莉，她对莎冈、纳布哥夫的作品“推崇备至”，然而她的赞赏对作家的“艺术创作，似乎并无深刻的了解”，而只是 17 岁少女对“罗丽姐”的“同情”；另一位是报社助理编辑麦荷门，他自费创办纯文学杂志《前卫文学》，有着始终不悔献身文学的热情和勇气，然而，他的文艺欣赏力却不高，甚至不能辨别作品优劣。路汀是个创作量少质优的严肃小说家，“有的甚至说他的成就高于沈从文”，然而，当他旅居英国给《前卫文学》寄来了“写得非常出色”、日后会“逼使有良知的文学史执笔者非提到它不可”的小说《黄昏》后，麦荷门却欣赏不了，并退还了小说。司马莉、麦荷门与西方文学的心理距离过远，因而无法真正了解西方文化的精髓。连麦荷门这样的文学“殉道者”都无法欣赏西方文学的精华，香港的异文化环境是令人悲哀的，“处在这样的环境里，即使写出《老人与海》那样的作品，又有谁欣赏”？

正缘于此，《酒徒》才不断地借助着普鲁斯特、乔也斯等“他者视域”来言说香港，甚至看出了香港“太过自由”的文化环境有“使整个社会基础产生虫蚀的危险”。从文化角度讲，小说中那个一再酗酒而被送入医院的“酒徒”是唯一的清醒者。他无法自制而再三酗酒，甚至由此葬送了慈爱的雷老太太的性命，是因为他最真切地感受到香港的“自由”而造成的文化压力，他醉中清醒的言语，其实不断切中了香港文化的病脉：艺术欣赏力、文化感受力在以经济自由为核心的社会日益萎缩，甚至可能荡然无存。

于是我们发现，酒徒的醉态酒语，包含有一种既不“西化”也不“华化”的意识，他借西方文人中的刚健有力、认真执着来痛悼香港文化的虚弱无为，同时又充分警觉于“太过自由”的西方文化的戕害力。他的感受，截然不同于西方殖民者，也不同于中国内地的作家。

## 四、流动的香港叙事：“异”审美多元魅力的呈现

香港文学给人印象颇深的是作品中往往有不同文化空间的穿插、交置，人物出入于种种异域文化空间，叙事线索在不同文化空间之间穿梭、交织、勾连，作家摆脱了以往的时间性叙事模式，更关注空间性叙事。这种情况自然与香港作家习惯出入于不同的文化空间，其文化身份也往往有多元的认同有关。而香港叙事的这种流动性正反映出“异”审美的多元魅力，因为作品中不同文化空间的穿插、交置，往往有着“异”审美对于“自我”的超越，作品自然由此呈现出“多元美”。这里不妨以香港著名的小说家、诗人也斯的创作作一些简略的考察。

“边界”意识和“越界”品性，是也斯笔下人物最明显的特征，正如他在长篇小说《记忆的城市·虚构的城市》（1993）中描述的那样，这是香港城与人相依而生的：它既源自“香港人自小养成的对护照问题、对出入境问题的过度敏感”，也孕成于香港人“跑过各种边界，又进入各种国土”的经历，这其中自然有着香港人特有的身份视野。主人公“我”是一个“不属于这儿也不属于那儿，还要骄傲自己喜欢越界的品性”的香港作家，“我”“永远置身途中”，“其实更想停下来”；“在外面我总是为香港解释，为它分辩，回到香港我又仿佛老是在批评它”；不断地“以言语的流动重新建构自我”，“又不忘拆穿其中的神话”……而这一切“暧昧的感觉，也许正来自我们游移的视点、搬动的住址”。这就是香港人的新质，流动的、越边界的观念、意识渗透在他们对香港城的情感、对世界的认识中，但这种观念、意识在现实中往往会遭受挫败。就如小说写到的那样，“我”往往会在旅程中被阻隔在边界的一侧，“作为一个香港人特别没有浪漫的条件”。这种“越界”的品性使“我”成为不同文化的见证者，而也斯小说的魅力就往往来自于“我”越界而出的视野中。例如，也斯的“城市”是流动的，“城”在“流放”中显示出其魅力。所以，也斯小说的人物行走于不同的城市，而他对异域之城的领悟常有旁人不及之处。《革命大道路旁的牙医》（1985）讲述留学美国的“我”去墨西哥提弯拿城寻找流落在那里的中国内地女学生微微。微微这个“中国可爱的姑娘”在琐细的叙事中之所以显得异常亲切动人，就因为在“我”的眼光中，她与提弯拿城显得如此和谐。对美国游客来说，提弯拿是“异国情调的地方”，但“我们来到墨西哥，反而少一点异国猎奇的心态，多一份亲切”，是因为那

［10］乐黛云．顾彬《关于“异”的研究·序》［M］．北京：北京大学出版社，1997.
［11］卢玮銮．侣伦早期小说初探［A］．黄继持，卢玮銮，郑树森．追迹香港文学［M］．牛津：牛津大学出版社，1998.

（原刊于《暨南学报》2011 年第 3 期）

# 叶维廉与现代主义

闫月珍

**【摘　要】** 20世纪50年代，叶维廉选择五四现代主义作为自己接续中国传统的直接途径，并尝试寻找西方现代派诗歌与中国诗歌表达方式的会通，从而将自身之文化命脉导向更为久远的中国古典传统。此一时期，台湾的现代主义思潮的实质在于接续五四文学传统和反对浪漫主义之过激情绪。现代主义与道家美学在精神旨趣上的一致，是叶维廉选择现代派作为自己生存的表达方式的原因。叶维廉引进现代主义并通过中国美学内部之道家美学寻求明证和支持，正是其理论策略之独特之处。

**【关键词】** 叶维廉；现代主义；浪漫主义；梁实秋

20世纪初，西方的现代主义文学思潮得以在中国传播①。中国的现代主义诗歌将西方现代主义诗歌理论与中国古典诗歌的意象理论进行结合，进行了富有新意的创造，涌现了施蛰存、戴望舒、卞之琳、穆旦、袁可嘉、艾青等为代表的一批现代主义诗人。生动的意象和知性的说理，成为了五四时期现代主义诗歌的主要特征。新诗向现代主义的借鉴，正如袁可嘉所言“它使得我们在浪漫主义和现实主义之处得到了一些新的品种”，“为新诗的发展提供了有用的经验”[1]。西方现代主义的两个基本精神，是反传统和反浪漫主义，而中国的现代主义则进一步将中国古典的意象与现

---

[基金项目] 教育部人文社会科学研究项目“叶维廉诗学思想研究”（批准号：08JC751020）；广东省哲学社会科学“十一五”规划项目“现象学论在中国”（批准号：08YJ－02）；广州市社会科学规划项目“叶维廉诗学研究”（批准号：08Q22）。

① “现代主义”这个术语，指19世纪末到20世纪的西方文学艺术。它标明了一种不同于以往任何时期的文学精神气质，或“现代的感受性”，是象征主义、未来主义、意象主义、表现主义、意识流、超现实主义等诸种流派的总称。

代主义的知性进行了融合，这是其理论语境之不同①。

战后台湾的现代主义文学思潮开始于20世纪50年代末，经60年代到70年代末逐渐趋于沉寂。在这段时期，现代主义成为了文学思潮的主流。身处时代潮流，叶维廉躬身于理论探讨与诗歌实践，成为台湾现代主义文艺运动中最重要的批评家与诗人之一。一个显著的特点是，叶维廉自觉地以五四以来的现代主义传统为契机，寻求中国文化的传承之路，并以此为契机反思五四以来浪漫主义思潮的影响，寻求中国文学未来的出路。

## 一、台湾文化的根性虚位及其对五四传统的延续

诗人纪弦是1933年由施蛰存创刊的《现代》杂志的重要作者，又与戴望舒、徐迟在上海创办过《新诗》月刊，是20世纪30年代现代派的重要一员。纪弦到台湾后，将“大陆现代诗的火种带到台湾”[2]：1953年，纪弦创办《现代诗》诗刊；1956年，在《现代诗》基础上，成立了“现代诗社”，在随后作为“现代诗社成立专号”出版的《现代诗》第13期上，发表了《现代派宣言》，主张“领导新诗的再革命，推行新诗的现代化”。纪弦现代派的六大信条是：

1. 我们是有所扬弃并发扬光大地包含了自波特莱尔以降一切新兴诗派之精神与要素的现代派之一群。

2. 我们认为新诗乃是横的移植，而非纵的继承。这是一个总的看法。一个基本的出发点，无论是理论的建立或创作的实践。

3. 诗的新大陆的探险，诗的处女地之开拓，新的内容之表现，新的形式之创造，新的工具之发现，新的手法之发明。

4. 知性之强调。

5. 追求诗的纯粹性。

6. 爱国反共，追求自由与民主。

纪弦的现代诗宣言要求主知、创新、西化，尤其反对诗的抒情，要求

① 在五四现实主义和浪漫主义激流的挟裹之中，现代主义诗歌毕竟显得纤弱而促狭，这也是其未能与时代同步成为主流的根本原因。现代主义在五四时期并未成为诗歌主流，这正如袁可嘉所言，它“一般说来，不大能够直接表现民族和时代的广阔画面，这是它的局限；但这类诗却善于表达深沉的玄思，微妙的意境，细腻的感触，这又是它的长处”（袁可嘉．现代派论·英美诗论［M］．北京：中国社会科学出版社，1985．372．）。

“注重诗想、不重诗情”，显示了与主导文化决裂的趋势。台湾文坛有一个流传很久的传言：“诗人杨唤有一大本手抄的三四十年代诗人作品，这一抄本曾经被几位好友借去转抄。”[1]这也在一定意义上说明台湾现代主义并非凭空而生，是在延续和吸收五四诗歌精神上所作的积极探索。

叶维廉接续五四时期的现代主义，有两个契机：

第一，叶维廉青年时期对象征主义和五四以来诗歌的接触，是他接受西方现代主义思潮的起始。青年时期的叶维廉在香港曾对西方象征主义诗歌和中国五四到20世纪三四十年代的诗歌及理论选抄过四五本，虽然都因流转而失散不存，但从中可以发现他和五四新文学传统的血脉联系。象征主义是现代主义之一脉，李金发、戴望舒、卞之琳、冯至和九叶诗人的新诗创作，就直接受到西方现代主义的影响。叶维廉在回顾自己的诗歌写作生涯时说，他的诗的生命是在香港开始的。正是在当时的英国殖民地香港，幼年的叶维廉深切地感受到了异族的压迫和同族的冷漠。叶维廉在《中国现代作家论》的后记中言：“在香港那段离乱艰辛的日子里，我虽然才十四五岁，竟因为忧国思家而猛读五四以降40年代的作品，那时的香港，散落在旧书摊的书是相当多的，我虽无钱买书，但从朋友中借阅的竟然也不少，除了个人集子之书，批评的书籍也不难找到，甚至五四以来相当蓬勃的翻译作品，都时常读到一些，使我作为一个中国新文学的作家的血缘关系未曾中断，起码在感受上是如此，这包括语言、思想两方面。很可惜那时我真穷（中学的全部教科书都是从旧书摊买来的），无法买下这些珍贵的著作，我当时的办法便是猛抄，幸好兴趣在诗，抄了五大本，也不能不说是一种机缘。”[4]在此期间，叶维廉抄录有诗人冯至、卞之琳、王辛笛、穆旦、杜运燮、艾青、梁文星（吴兴华）、何其芳、臧克家、曹葆华、戴望舒、废名、陈敬容、殷夫、蒲风、罗大刚、袁水拍、苏金伞等人的诗歌，择录的批评文字有李广田的《诗的艺术》、朱自清的《新诗杂谈》、刘西渭的《咀华集》。叶维廉以五四现代主义诗歌作为个人诗歌血脉之源，也正基于其香港生活期间对五四时期诗人的阅读经验和学习历程。叶维廉对五四现代主义传统的延续，其隐含的意图是在寻找中国文化和中国诗歌命脉延续的可能。他说：“当时我读到的作品，使我作为一个新文学作家的血缘关系未曾中断，在感受上、语言中、思潮上有一种持续的意识，这是我的幸运。”[4]也正是因为这种诗学上的血缘关系，叶维廉称自己是“五四新文学革命的传承者”。

第二，更为现实的社会历史根源是，20世纪50年代末至60年代，现代主义能够跨越时空，在台湾得以兴盛。其社会心理的契机，正如李欧梵说：

如果说中国大陆的社会政治环境并未促进现代主义文学的发展，那么从1949年以来的台湾形势就恰好是相反的。国民党政府是根据一种政治神话——他们将“收复大陆”——进行统治的。他们全面树立权威的手腕，不是使人悚惧无言，就是进一步导致人们政治上的淡漠。由于1960年代土地改革的成功和社会商业化的发展，基本上“非政治性”的中产阶级思想蔓延开来了。台湾的“群众”开始要求逃避主义的欣赏：他们无意于面对未来命运尚未肯定的政治现实。无论是从大陆来的还是台湾本地的作家，都逐渐内向起来，沉浸于个人感觉的、下意识的和梦幻的世界之中。[5]

因此，叶维廉接续现代主义及现代主义思潮在台湾的传播有两个契机：一是台湾知识分子对五四现代主义诗歌的一脉相承，并尝试以此实现文化命脉之延续；二是20世纪50年代以来台湾知识分子的孤岛处境，使得内心冲突和社会冲突的爆发成为了文学的内在驱动力。白先勇谈到他们这一代文学青年在接受西方现代主义文学影响时曾说：“西方现代主义作品中叛逆的声音，哀伤的调子，是十分能够打动我们那一群成长于战后而正在求新望变彷徨摸索的青年学生的。”[6]内在精神需求和外在社会现实的相契，正是叶维廉以及其他台湾现代派诗人吸收现代主义而发展台湾文学的个人及社会基础。

## 二、20世纪50年代以来叶维廉参与的现代主义杂志及接触的现代派诗人

1955年，昆南、无邪、叶维廉编辑出版《诗朵》诗刊，向现实主义和浪漫主义传统提出挑战。1955—1959年，叶维廉在台湾大学外文系学习，结识了当时文坛上的重要诗人和重要刊物。以台湾大学外文系为中心，20世纪50年代末至60年代初，介绍现代主义的文学杂志成为一时潮流，叶维廉的创作活动也正是围绕这些杂志展开的。以《文学杂志》和《现代文学》两本杂志和“创世纪诗社”为中心，叶维廉积极参加当时的现代主义诗歌活动①。

《文学杂志》于1956年9月由台湾大学外文系教授夏济安创办。这本杂志提倡文学创作“朴实、理智、冷静”的作风，在当局规定文学宣传政

① 台湾文坛在戒严时期（1949—1987）约四十年间，以台大外文系为中心的“现代主义文学”杂志，如《文学杂志》、《现代文学》、《中外文学》，富于相当的实验性和开掘性。

治意识形态的20世纪50年代，杂志主张“艺术不能脱离人生”、“不可逃避现实”，要脚踏实地“当一个认真的作者”。该刊以推崇的态度评介了如卡缪、艾略特等西方现代派作家大量的作品和理论以及存在主义、象征主义、意识流等西方现代哲学、文学流派与观点，为台湾现代派小说的崛起进行了舆论准备，培养了一大批现代派小说作家。其中余光中兼任“新诗”一栏的主编，作者除叶维廉外，另有王文兴、白先勇、陈若曦、叶珊、庄信正、李欧梵等一批台大外文系学生。

叶维廉参与的另一现代主义文学杂志是白先勇创办的《现代文学》（1960—1973，1977—1984）。白先勇在发刊词中揭示了两点重要方针：一是试验、摸索和创造新的艺术形式和风格；二是向近代西方的文学作品、艺术潮流和批评思想借鉴。白先勇说：“我们打算分期有系统地介绍翻译西方现代艺术学派和潮流，批评和思想，并尽可能选择其代表作品。我们如此做，并不表示我们对外国艺术的偏爱，仅为依据他山之石之进步原则……”，“我们感于旧的艺术形式和风格不足于表现我们作为现代人的艺术情感。所以，我们决定试验，摸索和创造新的艺术形式和风格”，并主张对传统做一些“破坏性的工作”。[7]现代主义的推广正是到《现代文学》才达到顶点。在保守的20世纪60年代，从卡缪到萨特，从卡夫卡到乔伊斯，杂志大规模介绍了西方文学。《现代文学》的成员大都是台大外文系学生，发刊词由刘绍铭执笔，写得铿锵有力；叶维廉写一首创刊诗《致我们的子孙们》[8]。《现代文学》的主张，正与1956年纪弦创立现代派诗社的主张遥相呼应，推进新诗之现代化。

除接触以台湾大学外文系为中心的作家和杂志，叶维廉还参加了创世纪诗社①。1959年，痖弦、洛夫、张默等组织建立了创世纪诗社。诗社在1959年拉起“超现实主义”大旗，最终成为台湾现代派的中坚和核心。代表人物除叶维廉外，尚有大荒、辛郁、季红、梅新等。洛夫在《超现实主义与中国现代诗》一文中，将《创世纪》所提倡的超现实主义理论的要旨归纳为三点：①它反抗传统社会、道德、文学等旧有规范，透过潜意识的真诚，表现现代人思想与经验的新艺术思想。②它是一种人类存在的形而上学的态度，以文学艺术为手段，使我们的精神达到超越的境地，所以也

① 20世纪50年代，台湾的现代派诗社多有成就，除“创世纪”外，还有1954年覃子豪组织的“蓝星诗社”以及1956年纪弦组织的“现代诗社”。

可以说是一种哲学思想。③在表现方法上主张自动主义①。《创世纪》所倡导的超现实主义，将台湾现代诗运动推向了第二个高潮。《创世纪》诗刊大量介绍西方诗潮，倡导所谓纯粹经验的美学，一再强调诗的“世界性”、“超现实性”、“独创性”和“纯粹性”，发表了大量现代主义作品。叶维廉在《创世纪》杂志发表作品，与大荒、辛郁、季红、梅新、碧果、管管、商禽、罗英、汪启疆、沙穗、渡也、冯青等人一道成为杂志现代主义的代表人物。

叶维廉谈到这一时期自己参与现代主义诗歌运动的经历时说：“在参与《创世纪》诗运动的同时，我在夏济安老师办的《文学杂志》译了 Wallace Fowlie 对超现实主义的介绍和引进吴兴华的诗（通过林以亮取得），因为当时两岸冷战僵持，不便用他的原名，是按林以亮给我们的名字：梁文兴和邝文德刊出。前者对我的同代诗人有些启发，后者对我个人的句子内在的音乐性有所推动。夏济安老师是文学艺术的信徒，对后进的创作推动有加，他当时的不到十英方尺大的教员宿舍，就是我们台湾大学外文系爱好文学创作的学生朝圣的地方，我和比我低两班的白先勇、王文兴、李欧梵等人常常拜访，聆听新知，其中一个重要的信息，就是写作必须避开‘固定反应’的词语、意象，力求新鲜独特。后来由白先勇、王文兴、陈若曦、李欧梵他们一班同学推出的《现代文学》可以说是继承夏老师的美学意念并进一步的挥发，《现代文学》几乎一鸣惊人，每期介绍一个当时最重要的现代与前卫作家，我也参与几期的编译介绍，譬如卡夫卡和圣约翰·濮斯（St. John Perse）。白先勇、王文兴的成就已闻名世界，不必我来介绍（参看我的《我与〈现代文学〉》），我有幸被邀参与了他们风起云涌的运动。”[8]

叶维廉对现代主义的接续，除了诗歌创作上的借鉴，更是对诗歌理论和文化命脉的反思。他以现代主义为武器批评浪漫主义传统，是台湾知识

---

① 洛夫．超现实主义与中国现代诗［A］．洛夫自选集［M］．台北：黎明文化事业股份有限公司，1975.269. 此文中，洛夫认为超现实主义与禅有一致之处，即不落言筌之虚无境界。超现实主义所谓“求知的方式（way of knowing）”之“知性”，“是时代精神象征的存在，最高层次生命价值的存在，做一个芸芸众生之外的个人主体的存在”，“决不是一般所谓的知识，或可予抽离的意义。散文中的意义犹如假发，可以戴在任何女人头上，而诗的知性却是诗生命的一部分，不可分离”。（第 278 页）并认为台湾现代诗人中，作品纯然诉诸感觉的，碧果最为典型，其他能适度把握感性与知性的广义超现实主义诗人，以叶维廉最具代表性。（第 278 页）洛夫认为中国传统诗论之“神韵”、“兴趣”、“性灵”等作为衡量诗中纯粹性的标准，其中以严羽“言有尽而意无穷”、“含不尽之意见于言外”的表述较为透彻。这种“言外之致”和“韵外之致”，即是禅宗的悟，即超现实主义所谓“想象的真实”和意象的“飞翔性”，超现实主义诗中所谓“联想的切断”，以求感通，这正与我国“言在此而意在彼”之旨相符。（第 280 页）

分子中最有代表性的，这集中于两个方面：

首先是浪漫主义的激进思想和其非理性态度，再者是浪漫主义的泛情论。叶维廉认为中国白话诗运动向西方浪漫主义的情感成分的认同却导向了平铺直叙的温情主义和形象的概念化，而拒斥了浪漫主义内涵对想象、智心的意义追索[9]。叶维廉在《历史整体性与中国现代文学研究之省思》一文中曾对二三十年代中国作家疯狂拥护浪漫主义的行动进行了批判，他说："他们强调的仅仅是浪漫主义的情感成分（常常以滥情主义的极端形式出现），而对浪漫主义的中枢运思行为——想象，则几乎毫无所知。他们被新近奉若神明的科学之宏伟气势所慑服，而不明白，西方的浪漫主义者当时却是为了反抗科学带来的威胁，才强调想象作为有机组织体的重要意义。"[10]叶维廉批评五四知识分子对西方文化笼统的接受，从这个意义上说，他所批判的正是这一浪漫主义思潮以情感和个性为旗帜对传统文化的离弃。

在20世纪60年代的台湾，叶维廉、纪弦、杨唤等台湾现代主义诗歌作家有一个普遍共识，那就是对五四现代主义传统的自觉延续。如李欧梵言：

"五四"那一代的"西化"，留给这一代最大的危机，是这一代海外华人的"认同"（Identity）问题。上一代在打倒"孔家店"，烧尽传统文化之后，留下来的却是一片真空，于是知识分子拼命吸收西方文化，希望能弥补这一个真空，创造新的传统。[10]

李欧梵认为，五十多年的时间，使"五四"成了历史，也把20世纪中国的知识分子分成了两代："五四"时代和"60年代"[11]。而接续这"五四"时代和"60年代"的正是台湾学者"五四"诗人对现代主义的推崇。

## 三、续接现代主义与反对浪漫主义

自20世纪70年代以来，叶维廉一直致力于沟通和融会现代主义与中国古典诗学。叶维廉选择三四十年代的现代主义作为自己接续传统的直接途径，将自身之文化命脉导向了更为久远的中国古典传统：

其一，西方现代派诗歌与中国诗歌表达方式的会通是叶维廉选择现代派作为自己表达方式的原因。叶维廉以20世纪诗歌思潮和艺术现象来说明西方文艺创作与道家精神的契合，特别是英美意象主义诗歌到后现代诗歌中那些越来越趋近中国诗歌精神的创作潮流，主要包括休姆（T. E. Hulme）、庞德（E. Z. Pound）、威廉斯（William Carlos Williams）、艾略特（T. S. Eliot）、史提芬斯（Wallace Stevens）、罗斯洛斯（Kenneth Roxroth）、奥森（Charles Olson）、邓肯（Robert Duncan）、克尔里（Robert Creeley）、史乃德（Gary Snyder）等英美诗人，叶维廉认为他们的创作标志着从传统西方式的“超越性”方式到中国式的“物自性”方式的转变。其中，庞德的意象主义理论以及他得自于中国诗的意象并置的手法，指向了一种“物自性”诗学的可能；威廉斯的“没有意念，只在物中”和史提芬斯的“用无知的眼睛看世界”为后来的美国诗人开拓了“物自性”的写作方式。叶维廉认为：“美国现代诗语法的调整——罗列句法，语法切断，空间切断迫使西方读者重新思维语言框限构成观物形态的运作情况，从而打开寻求两种诗学美学交汇的可能。”[11]

其二，现代主义与道家美学在精神旨趣上的一致性，是叶维廉选择现代派作为自己表达方式的原因。如叶维廉所言：“现代主义其中一个主要的目的，像道家的原动力一样，也是要走出心灵的箱子，要拆框解囚，回到一种原真（现代主义诗人要追回‘未变形的、未被玷污的诗’：道家要破‘名限’而复归于‘朴’），虽然在终极的胸怀和视径上不尽相同有时甚至背道而驰。”[12]叶维廉的《与当代艺术家的对话——中国现代画的生成》一书分析了20世纪80年代左右当代画家如赵无极、陈其宽、萧勤、刘国松等的现代中国画的表现手法，以其渗透出的西方思潮的影响及技法观念上的借鉴，探讨“来自西方的新表现方法与中国本源的艺术意识的不断协商、不断对话”，以道家美学“无言独化”的美感经验来诠释这些画家们的总体艺术风貌，将道家美学与西方现代主义艺术进行比较和会通，并验证其在现代画中的表达方式，叶维廉试图发现道家美学在现代的传承和衍变，以及不同文化背景之下绘画的共同规律。

因此，选择现代主义作为生存意义的表达方式，有着其历史与文化的因素，一是出于对中国传统的延续，二是出于现代主义与道家美学在精神上的契合。这里有一个巧妙的理论问题，即西方现代主义与中国诗歌传统的连接。叶维廉选择现代主义作为与中国诗歌传统连接的理论依据，一方面，固然由于他对五四现代主义诗人的接触和消化，另一方面则由于他对延续中国诗歌传统的自觉。20世纪三四十年代诗歌“意象内在的呼应”，“场景的变换”，“保持事物刻刻在眼前发生”，“戏剧场景的推进”，“事件律动与转折的紧扣”这些方法，正与中国诗歌传统“任自然无言独化”的旨趣相契合[5]。而如何融汇西方现代诗和中国古诗的美感经验，是叶维廉早期一直思考的问题。

西方现代主义的两个基本精神是反传统和反浪漫主义，但叶维廉的用意显然不在于此，他正是以现代主义为筏而登中国诗歌传统和道家美学传统之岸。如他所言：对内，“让国人认识我们原质根性的危机”，试图通过创造来建立一个价值统一的世界，哪怕是美学的世界来弥补那渺无实质的破碎的中国空间与文化，来抗衡正在解体的现实。为此，叶维廉将这一体验诉诸诗，“如何在诗的创造里找到均衡，在传统诗与现实切断的生活中重建文化谐和感而重新可以沐浴于根生于古典的美感经验中”，是他思考的内容和方向，他对中国美感经验的追寻为心灵寻找到了一方古典的栖息地；对外，面对文化虚位，道家传统依然具有其现实意义，如他所言“认识我们本有的抗拒暴力强权的潜在力量，孕育在古代哲学美学和古典诗里的视野，包括道家为抗拒‘以语框物’‘以人制天’的霸权运作所提供的‘去语障解心囚’的策略”[14]。因此，叶维廉“参与其他诗人艺术家试图重建中国文化的努力，试图找到一个入处，促使此刻正急速解体的中国文化的原质根性得以复苏更新”[14]。他对道家美学传统的回归，如他所言：“我写诗，先用中文，然后用英文，转化，翻译，要让大家注意到我们生死存亡的处境，不光是认识我们原质根性的危机，还要认识我们本有的抗拒暴力强权的潜在力量，孕存在古代哲学美学和古典诗里的视野，包括道家为抗拒‘以语框物’‘以人制天’的霸权运作所提供的‘去语障解心囚’的策略，进而探索和认识西方现代哲学诗学因为批判柏拉图、亚里士多德系统‘以语框物’‘以人制天’的强制行为而切入、回响东方的思域的诡奇蜕变……”[14]

因此，台湾知识分子对五四浪漫主义的批判，显然有着隐秘的情结，一方面对以激进主义为思想导向的大陆“左翼”政权的批判，一方面却是对自身之“无根”和“放逐”状态的省思。正如叶维廉所言，我们不得不生存在一个支离破碎、失去了故国记忆和乐土希望的文化空间，几代人“游离在一个崩离破裂的空间寻索、犹疑、追望。这种情境最像因为天变、战乱、人祸而被迫离弃和谐统一的文化中心而流放他乡的人，面对着新异，但心中却是一知半解、支离破碎的事物，不知如何纳入他记忆中的文化架构里使之胶合凝融为一有意义的整体”[14]。这是1949年以后台湾知识分子的迷失心情的写照。

首先，台湾的现代主义运动是对五四浪漫主义文学的反省和批评。浪漫主义是泛情的、激进的、非理性的，这都是其为持现代主义的台湾知识分子诟病的原因。李欧梵的《五四文人的浪漫精神》认为，中国新文学所受外国的影响，其主流就是19世纪欧洲的浪漫主义文学，他说：

这一阵烈火，这一阵旋风，这一种浪漫的行动，的确为中国带来一番新气象，也为后一代带来许多新问题。“五四”的一股冲劲，把传统打倒了，“新文化运动”事实上形同真空，文士们一意歌颂爱情，发扬自我，庆祝再生，建筑理想的“空中楼阁”——无政府主义、人道主义、托尔斯泰主义、世界语主义……但却不能静下心来仔细思索一下自己在推翻了旧文化、旧社会、旧礼教后的新地位。[15]

李欧梵认为20世纪60年代台湾《现代文学》开始介绍卡夫卡、福克纳、海明威，恰可以代表“60年代”文人对于上一代浪漫主义的一大反击。

再者，台湾的现代主义运动是对当时浪漫主义思想的反省和批评。黎湘萍谈到台湾“五十到六十年代倡导‘纯’文学的批评家和学者，有一个很值得注意的反‘浪漫主义’的倾向”[15]，台湾的现代派理论“是在对‘浪漫主义’展开反省和批判的基础上进行的。在某种意义上说，这也是台湾‘现代主义’的开始。在这样的充满了学术性的批评下面，没有人愿意被称作‘浪漫主义’者。因为‘浪漫’是与重情感不重理智、重印象而不重科学，夸张、矫情、滥情、虚假等联系在一起的”[16]。

在这一历史语境之下，现代主义在台湾文化场域当中有着特殊的意义：一方面，现代主义针对的是反共文学、乡愁文学的弊病而发，如叶维廉说：“五六十年代的现代文学打垮了作假不真的‘反共文学’，开出了更大的空间，让‘新生代’作多元主题技巧的探索。”[9]另一方面，现代主义强调知性反省，怀有怀疑批判性质的文学观，更针对当时主导文化之下，浪漫抒情古典但是保守缺乏批判性的文艺概念[17]。艾略特言：“诗不是情绪的流露，而是情绪的逃避；不是个性的表达，而是个性的逃避。”对情感的隐匿和对知性的流露，正是台湾现代主义最为鲜明的特色。

因此，现代主义在此充当了反对政治激进主义和软调抒情主义之角色。这也正是台湾的现代主义诗人强调知性的原因。自美国华人学者陈世骧以下，先后有高友工、孙康宜、林顺夫、余宝琳，以及台湾学者蔡英俊、吕正惠、张淑香、郑毓瑜，建构和延续着对中国抒情美学的揭橥。而叶维廉继承五四现代主义的文学传统，提倡“抒情的纯粹境界”，其意识形态内容与“抒情传统”建构一派的路线相左①。而叶维廉论诗之“抒情的纯粹境界”，推崇“景物自然兴发与演出，作者不以主观的情绪或知性的逻辑介入去扰乱眼前内在生命的生长与变化的姿态”，所反对的正是浪漫主义的抒情论[18]。主知对立的是抒情，纪弦提出的六大主张当中就明示要讲主知，不重诗情；杜国清评论台湾新诗的主知倾向时言：知性的强调是匡救浪漫主义和现实主义诗人时常患有的感伤症的一大法宝……浪漫主义诗人容易陷于情绪感伤，而现实主义诗人容易陷于政治感伤。带有感伤症的作品，在创作上大多诉诸感性的倾泻，而缺乏知性的制约。感情的表现是直线的，一泄无遗的；信念的表露是直接的，如呼口号。这种作品，缺乏深度，读者不需思考，因此不耐读，而且诗句往往有公式化、偏激、矫情浮夸的气息[2]。台湾的现代主义运动正是在其对浪漫主义抒情论的反思和较量中发展自身的。

## 四、结　语

综上所述，20 世纪 50 年代以来的香港和台湾现代主义促成了中国知识分子对五四浪漫主义的反思，而不仅仅是一种创作方法，更隐含着对激进主义意识形态的批判。20 世纪六七十年代台湾的现代主义思潮的实质在于接续五四文学传统和反对浪漫主义之过激情绪。

叶维廉引进现代主义并通过中国美学内部之道家美学寻求明证和支持，正是其理论策略之独特之处。接续五四现代主义并回归中国古典传统，这是叶维廉接受现代主义所体现出的文化认同感。因此，叶维廉致力于现代诗创作和现代主义理论的探讨，其意图并不在于现代主义。他将彼岸之现代主义与中国此岸之古典传统进行沟通，以期实现台湾现代主义运动向中国古典精神的“回归”。叶维廉认为，道家美学“以物观物、物我通明”的美学策略为西方现代主义提供了一个有益的参照。叶维廉以 20

---

① 表述内容上，纪弦对知性的强调与叶维廉对“抒情的纯粹境界”的强调是一致的，它们都是对狭义抒情性的批评。抒情的主张并没有成为现代诗坛的主流。洛夫对诗之“知性”的追求，与叶维廉有不谋而合之处。洛夫说：“早年我的诗风倾向感性，亟亟乎追求的是诗的纯粹性。由于受到我国唐诗，以及司空图、王渔洋、袁简斋、严沧浪、梅圣俞等的诗话，与法国象征主义、超现实主义理论的交互影响，我为自己建立了一个经验重于知识、意象重于结构、暗示重于陈述的诗观。那时叶维廉的‘纯粹经验’论尚未提出，等他的理论发表后，我才发现我们的看法大致不谋而合。”（洛夫．现代诗二十问［A］．孤寂中的回响［M］．台北：东大图书公司，1981.）洛夫认为中国现代诗发展的第一个进程是“富于古典趣味的抒情”，第二个进程是“纯粹经验的呈现”，第三个进程是“调整知性与感性”、“既具真挚性又含有超越性的诗。”除“纯粹经验”外，洛夫与叶维廉在强调诗之知性的方面也有不谋而合之处。

世纪三四十年代的现代主义作为自己接续传统的直接途径，并将现代主义与中国诗歌传统和道家美学传统进行了融汇，其意图则在更为久远的古典传统，即中国诗歌传统和道家美学传统。而这又是在与浪漫主义的比对和纠结中实现的。

中国知识分子试图通过反浪漫主义而实现中国传统的延续，有着更为久远的历史。五四开辟的新文学的方向，即来自西方自卢梭之后的浪漫主义、现实主义与现代主义。梁实秋却提倡西方的古典主义。早在 20 世纪 20 年代，梁实秋以古典主义的立场对卢梭之后的浪漫趋向包括中国的新文学进行了激烈的否定。这一论点的代表作正是 1926 年发表的《现代中国文学之浪漫的趋势》。他说：

> 古典主义者最尊贵人的头；浪漫主义者最贵重人的心。头是理性的机关，里面藏着智慧；心是情感的源泉，里面包着热血。古典主义者说："我思想，所以我是"；浪漫主义者说："我感觉，所以我是"。古典主义者说："我凭着最高的理性，可以达到真实的境界"；浪漫主义者说："我有美妙的灵魂，可以超越一切"。按照人的常态，换句话说，按照古典主义者的理想，理性应该占最高的位置。但是浪漫主义者最反对者就是常态，他们在心血沸腾的时候，如醉如梦，凭着感情的力量，想象到九霄云外，理性完全失去了统驭的力量。据浪漫主义者讲，这便是"诗狂""灵感"，或是"忘我的境界"。[20]

叶维廉首先需要解决的正是如何看待五四新文化运动的问题。叶维廉批评了新文化运动对传统文化中一些对新文化新社会仍具有启发意识的美学内容及形式甚至生活、伦理观念一笔抹杀的做法。与梁实秋一样，叶维廉对所谓"浪漫主义"持批判态度，但并没有像梁实秋那样，以道家比拟浪漫主义并对之加以批判，而是将道家美学作为其反对浪漫派激进态度的思想武器。但通过仔细的分析我们会发现，不同派别的理论家与之共鸣的元素并不相同。这根本上是由中国学者解读古典美学时所处的复杂语境决定的。简言之，是对现代性的双重态度（保守与激进）折射到了理论领域，因其处于中国现代性追求的古今之维而呈现出阐释的矛盾性。一方面，保守派对道家美学多有指责，梁实秋对道家任性而为的浪漫主义精神多有批评；另一方面，审美派则对道家美学的审美现代性多有褒扬，道家美学的审美主义和经验主义倾向，被中国学者阐发为中国哲学和美学之价值之证明。

**【参考文献】**

[1] 袁可嘉．现代派论·英美诗论［M］．北京：中国社会科学出版社，1985.372.
[2] 杜国清．新诗的再革命与现代化：论台湾现代诗的特质［A］．诗情与诗论［M］．广州：花城出版社，1993.186，188.
[3] 陆卓宁．20世纪台湾文学史略［M］．北京：民族出版社，2006.148.
[4] 叶维廉．中国现代作家论·编后记［A］．中国现代作家论［M］．台北：联经出版事业公司，1976.561.
[5] 叶维廉．我和三四十年代的血缘关系［J］．中外文学，1977（7）．
[6] 李欧梵．台湾文学中的"现代主义"和"浪漫主义"［A］．现代性的追求——李欧梵文化评论精选集［M］．北京：生活·读书·新知三联书店，2000.127～128.
[7] 白先勇．《现代文学》创立的时代背景及其精神风貌——写在《现代文学》重刊之前［A］．白先勇自选集［M］．广州：花城出版社，1997.351.
[8] 白先勇．现代文学·发刊词［J］．现代文学，1960.
[9] 叶维廉．中国诗学·增订版序［A］．中国诗学［M］．北京：人民文学出版社，2006.7.
[10] 叶维廉．历史整体性与中国现代文学研究之省思［A］．中国诗学［M］．北京：生活·读书·新知三联书店，1992.
[11] 李欧梵．五四文人的浪漫精神［A］．中西文学的徊想［M］．南京：凤凰出版传媒集团有限公司，2005.23，1.
[12] 叶维廉．道家美学与西方文化［M］．北京：北京大学出版社，2002.65.
[13] 叶维廉．为了活泼泼的整体生命［J］．（艺术、自然、与后工业时代的省思：Kaprow，Lebel，Harrison，Shimamoto与叶维廉的台湾展演的专辑），艺术观点．台南：台湾国立台南艺术学院出版，1999（2）：10～15.
[14] 叶维廉．出站入站：错位、郁结、文化争战——我在五六十年代的诗思［J］．诗探索，2003（1、2）．
[15] 李欧梵．五四文人的浪漫精神［A］．中西文学的徊想［M］．南京：江苏教育出版社，2005.18，19.
[16] 黎湘萍．文学台湾——台湾知识者的文学叙事与理论想象［M］．北京：人民文学出版社，2003.20.
[17] 陈政彦．萧萧诗学研究［D］．台湾中央大学中国文学研究所硕士学位论文，2002.21.
[18] 闫月珍．叶维廉对道家美学抒情性的探寻［J］．学术研究，2008（5）．

（原刊于《暨南学报》2012年第1期）

他个人的传奇经历和不懈努力，才促成了包括李恩富在内的120名中国幼童赴美留学。1902年，容闳将自己的求学经历以及后来如何促成中国幼童留美一事详细地记载于自传《西学东渐记》中，并于1909年在美国出版。在对中国的表述上，以记叙事件为主的《西学东渐记》与文化教科书式的李恩富自传不同，几乎没有对中国文化习俗的展示和渲染，更多的则是对中国社会现状的描写和揭露。在容闳书中，中国是一个腐朽、衰败的没落王朝：城市萧条肮脏，农村荒芜贫瘠，生存条件落后，人民愚昧无知。如果说李恩富在谈及中国的短处时还只是“犹抱琵琶半遮面”的调侃，那么容闳在描述中国的腐败、落后时的语气则是毫不掩饰的痛心疾首了。

作为“局内人”描写中国时，容闳没有像李恩富一样设定一个隐秘的观众，而是在充当陈述主体的同时，又充当了“凝视”的主体。容文中没有显而易见的东西比较，却让人隐约感知到一种内化了的比较意识。作为比较、参照的对象，文明、先进的美国形象在容闳的大多数中国书写中都退避得远远的，但细心的读者仍能从作者不断的俯首叹息中揣摩感知得到它的存在和强大的影响力。正是由于美国的形象已深深地植入了作者的意识，才使得他眼中的故国残破萧条得一无是处。如果说李恩富还是戴着一副西洋眼镜在反观中国，那么容闳则是手持一柄西洋放大镜在凝视和批判中国现状了。当然，我们不可忽略当时的中国现实，闭关锁国、内忧外患早已使这个绵延几千年的文明古国失去了原有的气度和魅力。客观上讲，容文并非完全失之公允。但值得注意的是，另一位华人作家林语堂笔下的北京城则与上文有着天壤之别①。处于几乎同一时期的两位华人笔下的同一座城市，何以有如此大的差异？我们是否可以根据他们对中国形象的褒贬来言说、界定他们各自的文化身份观，关于这个问题笔者将另文再叙。但是二人截然不同的中国书写至少说明主观因素在形象塑造方面的决定性作用。

西方文化对容闳塑造中国形象时的影响更显见于以下这段清政府镇压广东暴动的触目惊心的描写：

当予在粤时，粤中适有一暴动，秩序因之大乱。……彼两广总督叶名琛者，于此暴动发生之始，出极残暴之手段以镇压之，意在摧残方茁之花，使无萌芽之患也。统计是夏所杀，凡七万五千余人。……时方盛暑，寒暑表在九十度以上，致刑场四围二千码以内，空气恶劣如毒雾。此累累之陈尸，最新者暴露亦已二三日。……据此景象，加以粤省人烟之稠密，

---

① 林语堂．京华烟云［M］．张振玉译．长春：时代文艺出版社，1987．174．

在理当发生极大之瘟疫，乃竟得安然无恙，宁非怪事。……似此不分良莠之屠戮，不独今世纪中无事可与比拟，即古昔尼禄王之残暴，及法国革命时代之惨剧，杀人亦无如是之多。罪魁祸首，惟两广总督叶名琛一人，实尸其咎。[5]

在这段文字里，不独古昔尼禄王和法国大革命两处典故体现了西方文化的印记，以及作者内化了的东西比较的外显，而且几处有关中国形象的套话也以极为血腥的形式得到了印证和强化，比如中国人口之众多、人情之冷漠、中国人抵御病害之顽强的动物般的生命力、中国官员之腐败、中国社会之无序等。这几个典型的中国套话自18、19世纪起一直流传于欧美，尤其得到了美国传教士明恩溥（Arthur H. Smith）来自人类学和社会学的论证。由于受教育的缘故，美国社会的集体无意识对容闳的潜移默化是不容忽视的。实际上，虽然容闳在书中以“局内人”的身份出现，但自幼留学美国的他对中国的印象也大多来自西方的书籍。他书中也隐晦提及，他的中国内陆之行，或验证或推翻了原有的、基于他所阅游记的认识。[5]那么，我们是否可以就此推论出容闳笔下的中国形象是他在西方文化影响之下对中国的东方主义表述呢？

问题显然不是那么简单。同样是对近代中国的批判，容闳却与明恩溥有着本质的区别。明恩溥将中国人的弱点归之于中国人本性中的劣[6]，容闳在上文中却一再将所有罪名归在两广总督叶名琛一人头下。容宏还认识到中国政治体制的腐朽和政府的昏庸是导致民不聊生的根本原因。这一结论比较明恩溥以西方优越论为依据的人种学臆断更为客观中肯。而且，容闳始终在文中表达了欲推翻清朝专制统治从而解救中国的意愿。他认为最紧迫奏效的办法是使中国国民，尤其是青少年接受西方教育，用西方的科技和民主来拯救中国于危难之中。这一点与明恩溥企图对中国人施以基督教教义以救赎灵魂之说就有了天渊之别。

事实上，容闳与李恩富采取了相似的叙事策略：把中国的腐朽归咎于体制或个别官僚，同时高扬中国人个体的人性之美。例如，容闳通过描述自己与母亲久别重逢的场景，颂扬了中国女性感人至深的舐犊之情。由于身份的特殊性，容闳还于书中展现了一些与他有过直接接触的中国高官的个性魅力，比如时任两江总督的曾国藩等。总之，不论描写的是普通百姓还是政府高官，容闳在书中呈现的都是中国人有血有肉的鲜活个体，这种来自“局内人”的人物刻画在容文中较之李文的小心翼翼，显得更为率直、真切。这与容闳书中满含责任感和使命感的表白是一以贯之的。他在大学毕业纪念册上曾有这样的留言："大人者不失其赤子之心。"[7]他更是于书中多处毫不掩饰地表达了自己的拳拳报国之心，如："予之生于斯世，既非为哺啜而来，予之受教育，尤非易易；则含辛茹苦所得者，又安能不望其实行于中国耶？一旦遇有机会，能多用我一分学问，即多获一分效果，此岂为一人利益计，抑欲谋全中国之幸福也！"[5]容闳这种强烈的自我身份意识和社会改革意识是他与西方作家的本质区别，也是与李恩富的不同之处。

可是，有鉴于此，我们是否又可以把他和中国作家完全等同起来，从而否定他华裔美国作家的身份呢？从一方面看，他的中国人身份得到了他本人主观上的首肯和客观行为的证实。主观上可见于上文；客观上，他终生为中国的教育和洋务事业奔波，曾一手操办了中国幼童留美的事务和江南机械制造局的建立。但从另一方面看，他又与其他旅居过国外的中国作家不同。首先，他从主观上也认同美国，称美国为第二故乡："因余曩曾入美籍，美国实余第二祖国也。"[5]其次，上文已经说过，西方文化，尤其是早年在美国生活的经历对他的人生观和价值观有着决定性的影响，他跨越两种文化的生活经历、思维方式和思想观念已经使他与完全的"局内人"存在了相当的差距，这表现在上文所引他对中国的描述以及内化了的中西比较意识上。更重要的是，虽然容闳致力于中国本土的教育事业和改革，但不同于着眼于中国本土的民生民情的中国作家，他著书的目的指向却是美国。他之所以选择用英文著书除了是因为他的中文不及英文娴熟外，关键在于他著书的目的不像鲁迅等中国作家一样具有强烈的国民改造意识，而是外求于美国政府和社会。

容闳倾其一生为中国幼童留美一事奔走，著书自然与这一目标关联甚密。但很难说容闳自传有着与李恩富自传一样明白而直接的现实目的。为了实施他的幼童留学计划，他几度游走于中美两国之间，既要极力劝说清政府向美国派送幼童，又要争取美国政府的许可和协助。这一计划在美方的实施较之中方更为顺遂，得到了上至官方下至民众的支持和关注。但由于清政府的保守，幼童留学计划在实施了九年之后终究半途而废。而后容闳回国成为戊戌变法的大力支持者，变法失败后又流亡海外。可以想象，在幼童留学计划流产后，容闳那满腔的抱负无从施展的极度失落感。他痛心之余唯有诉诸笔端以抒己愤。于是，在整个计划实施过程中始终给予他眷顾和支持的美国民众便成了他最好的倾诉对象。此刻，美国不仅是他的恩主，更是他的知己。在自己的国度得不到认可和重用的容闳唯有将满腔的怨气向着他的第二故乡和精神顾主——美国——尽情排遣。而他对美国民主政治和教育方式的认可赢得了美国读者的同情。加之他对落后的中国现状的批判有意无意地满足了美国读者的期待视野，他与美国读者之间的亲缘和默契更不是一般在美的外国人所能够比拟的。对于与他血脉相连的故土中国，他怀着一种“恨铁不成钢”的矛盾心态，从感性上无从割舍，从理性上，即意识形态上则渐行渐远。因此，容闳对中美两国所怀有的情感比之李恩富更为细致微妙。

容闳一再于自传中表达的对故国的愤懑，与他溢于言表的对美国的感激之情，恰恰反映了他跨越两国间斡旋时作为“弱者”代表的尴尬与无奈。这种尴尬与无奈在一位学识渊博、感情细腻的学者身上不可避免地转化为一种无可遏止的愤慨，尽数抛洒在了让他处于如此尴尬境地的故国的昏庸政府上，才有了他笔下如此不堪的故土形象。所以，容闳的终极目标虽然与李恩富不同，但游走于力量悬殊的两个国度之间，他同样怀有与李相似的“夹缝心态”。正是这种心态使他区别于中国作家。

## 三、关于华裔美国作家文化身份的思考

通过上文对容、李两位作家笔下的中国形象的分析，我们或许可以探知二人微妙的文化身份。如前所述，他们既区别于中国本土作家，又不同于美国主流作家。但从作家自己的身份认同来看，他们又不像第二、第三代华裔作家那样有着深切的身份焦虑：他们既不怀疑自己的中国人身份，又视美国为第二故乡，对之有着非同寻常的依赖和眷恋。他们这种“既不是/也不是”、“既是/也是”的身份意识倒是可以用“离散作家”来加以概括。然而他们的所谓离散身份又不同于20世纪末一些华裔美国作家在文学创作上自觉疏离族裔团体的倾向，因为在他们的作品中反映出了不亚于第二代华裔写作的浓郁的族裔经验，也就是跨文化、跨民族、跨国界的实际生活经历，以及一种上文所提及的“夹缝心态”的创作心理。这里所谓的“夹缝心态”，概括来说就是，基于一种跨文化、跨国界的写作活动，作品反映出现居国和祖居国两种价值观或意识形态的影响，并且在实力悬殊的两种文化之间或求生存或求认可所作的策略书写时的一种作者心态。赵健秀等人在界定华裔作家身份时过于强调种族、出生地等文化身份构成的外在因素，而忽略了作家从事文学创作时的心理机制对身份构成的决定作用。像容闳和李恩富这样的早期华裔作家虽然没有第二、三代华裔美国作家的身份焦虑，但是他们同样没有对祖居国文化和现居国文化超然物外的超脱视角。相反，这两代作家有着共同之处：两种文化同时作用于他

的界限，因为它预设了“中国文学”一类原有学科分类的合法性，首肯了学科知识可以个别独立地存在的规训，只是在多学科综合研究方面做一番尝试、突破而已。而这也正是一种更广义的学科践行。

## 一、“海外华文文学”的学科命名

作为一门新兴学科，自然要有一个知识层面的名分。

何谓海外华文文学？海外华文文学的知识背景是什么？海外华文文学的内涵与“中华文学”、“世界华文文学”有何联系和区别？这就需要对这一新知识门类作命名的考辨。

“海外华文文学”是指中国本土以外其他国家、地区用华文创作的文学，是中华文化流传与外播以后，与世界各民族文化相遇、交融而呈现的一种特殊的汉语文学形态。“海外华文文学”之“海外”，顾名思义是中国域外的非本土的文学，却又作为同文同种的文学，似有“内”与“外”之区别。不过，从创作和研究的实际过程而言，此词、此概念、此命名，经历着从无到有，从出发到旅行，自身处于动态式、关联性的知识结构之中。

由于华文文学自身的复杂性和丰富性，面对其所具有的跨国文化及其多元并存的特征，面对着不同地区的华文文学创作，在不同的文化地理时空形成各自具有独特性格和色彩的不同板块，又以各自的生存境遇、人文生态、表现形态和价值取向等形成的世界性华文文学共同体，让人们感受到，文学作为一种文化现象，其潜在的力量是相当惊人的。随着华人移民海外的逐年增多及散居遍及于世界各地，形成了“有海水的地方就有华人”的一片天地。同样的，随着无数生命个体的移植，华文文学像流散的华人移民携带的种子，在每一个落脚处播撒。尽管这些华文书写者，在所在地依然是身处边缘的弱势社会（文化）群体，但他们却乐此不疲，共同组合汇成为庞大的海外文学军团。如果我们想象中的“大中华文学版图”，大致可分为“三个华人世界”或由“三个华人文化版图”所组成有其合理性的话，那么，整体性（世界）华文文学景象如用数学公式来表示，应该是：中国（大陆）文学 + 台港澳地区文学 + 海外华文文学 = 世界华文文学。

由于近代以来的政治、经济等多种历史原因的遭遇，台湾、香港、澳门三地曾先后沦为日本、英国、葡萄牙的殖民地。在相当长的一个时期里，这三个地区在社会经济、人文历史和制度文明等诸多方面产生的“裂变”，明显与中国大陆迥然有别。尽管港澳两地已回归，但长期积淀的社会文化氛围以及人的观念和思维方式等方面依然有其自身的特点。而大陆与台湾虽同文同种，但事实上与港澳一样，因长期的隔海相望，已然构成为同中有异、异中有同的形态。诚然，台港澳三地在历史上本来就是中国的一部分，所谓“中国文学”是由大陆、台、港、澳即两岸四地文学共同构成的。如是，我们便可将前面的数学公式排列成：中国（本土）文学 +（海外）华文文学 = 世界（全球）华文文学。再运用数学加减的提取法，以上公式可简略表示为：中国文学 + 华文文学 = 世界华文文学。据此，我们发现，许多学者对以研究海外为主的华文文学（学科），命名为“世界华文文学”的称谓之所以引发争议，其原因从公式上便显而易见。其实，从一个大视野去看，海外华文文学也好，世界华文文学也罢，如果皆去掉前面二字，直接命名为“华文文学”也未尝不可。因为称“世界华文文学”必然包括中国文学在内，用“华文文学”来统称中国本土文学以外的、遍布世界各地的、以汉语（华文）创作的文学，不仅鲜明、醒目、简洁，而且符合华人日常生活的习惯叫法，完全有可能获得普遍的认同和接受，况且，把“海外”两字去掉，在人类走向“地球村”的时代，也甚为得体，且不至于让生活在中国以外的华文作家有种疏离感或有所反感。如是，各国的华文文学便可以坦然自在地站在同一平台上彼此呼应，并与中国本土文学平等对话，互动同构形成整个大中华文学版图。

倘若以上的简明分析有一定道理的话，那么，海外华文文学作为流散于世界各地的文学存在，应由哪几大板块组成呢？略加细分，同样可以列出公式：东南亚华文文学 + 东北亚华文文学 + 南北美（美加为主）华文文学 + 大洋洲（澳新为主）华文文学 + 欧洲（各国）华文文学 + 非洲华文文学 = 海外华文文学。

对于“海外华文文学”，在学科知识的意义上，需要强调的是探求事物普遍规律的学问法则，以“有序”的普遍主义拒绝知识的零碎化。在此基础上，我们认为，“海外华文文学”的学科知识殿堂，是由“一体多元”、“和而不同”的基本理念所构成。所谓“一体”，即华文文学以中华民族血脉和汉语作为文化载体，既有承继又有创新，既母性又多重并且具有人文精神的新文学为本体。本体为一、为和、为底气；万形则为多元、为不同、为各有所长。在“一体多元”的总格局中，根据目前华文文学的现状，有必要强调整体思维的方式、精神价值的支撑、艺术水准的提升、有容乃大的气度。在这个基础上，一旦进入实际运作，又需要更具体切实的内容，诸如“海外华文文学的人文母题及其变奏”、“海外华文文学创作中的中外逢源与古今会通”、“海外华文作家的人格类型与艺术取向”、“海外华文文学在多重空间的运思”等多种知识命题。同时，在拓展中华文化与海外华文文学的关系研究时，不妨从新的“四维”入手：一是从历史维度认识中国百年移民史及其文本；二是从社会结构维度考虑海外华人社会的多元构成及其文存；三是从文化维度探悉中华文化的价值、传播及其文缘；四是从审美维度研讨海外华文文学的特殊母题、处理这些母题的美学架构及其文脉。如此，文本、文存、文缘、文脉的四重奏，既可表达对海外华人历史、族性、文化、心理层面和文学审美层面的全面关注，也说明了海外华文文学既是“语种的华文文学”又是“文化的华文文学”，有着和而不同、自立自足的内在性意义与特质。

“海外华文文学”的学科命名，并不具有排他性，不过是改变从19世纪的社会科学知识论前提发展出来的“大学体制”，以“体制”而论，也是对它的丰富和发展。它以开放性、跨学科为己任，将学科知识的问题，从狭义的学院范围扩阔到广义的现代学科规训世界，从而将知识层面和实践层面结合起来，在人文脉络之间展开辩证对话，求得比今日更有成效的知识谱系的建构。

## 二、“海外华文文学”的学理之弦

作为一门新兴学科，自然还有其“学理之弦”，“弦”牵出自己的思维线索，也弹奏自己的学术之声。从海外华文文学创作与研究的实践来看，学理之心需有“三弦”。

### （一）思维路向的跨界之弦

福柯在考察人文学科中大量的知识片断如何置于一个相应的系统中时，提醒我们要注意“不规则的事物”。他指出，在“不规则”的状态中，“事物被如此相互不同地‘停放’、‘安置’和‘排列’在场基中，以至于不可能为它找到一个居留地，不可能在它们的下面限定一个共同的场所。”也因此，在形成知识系统时，福柯认为要关注实际存在的“要素体系”，即“对相似性和差异借以表明的部分所做的限定，这些部分借以能影响的种种变换，以及最后，在其上有差异性，在其下有相似性的那个界限”[1]。

海外华文文学中也确实存在着“要素体系”，需要有相应的概念和逻辑表述，对那些相似性和差异性的东西设定一些界限，从中理出具有亮点的元素，并以新的针对性的学术语言进入对问题的把握。

我们不难发现，海外华文文学具有明显的跨疆越域的建构特点，因之，其阐释模式同样应当是越界和跨域性质的。或者说海外华文文学是超越政治空间的想象。它打破边界，是超越地理和超越时空的带有整合性想象的建构。因为“它”是“华文”的（或华人的），便有着共同的文化脉络与渊源；又因为它是“跨域”的，便凝聚着不同国家和地区华人生存的历史与经验，凝聚着不同国家和地区华文书写的美学特征和创造。它们之间共同拥有的语言、文化背景和属于各自不同的经验和生命，成为一个可以比对的差异空间。有差异便可交流，而交流将使我们更深刻地认清自己，不仅是特殊性，还有彼此的共同性。华文文学的跨域建构，就是在共同语言、文化的背景上肯定差异和变化的建构、多元的建构。每个国家和地区的华文创造，既是“他自己”，也是“我们大家”。这就是我们所指认的“华文文学的大同世界”。

总体而言，有鉴于华文文学形态的某种特殊性使然，其独特的内涵、审美价值和文化意义自然有其独具的实践范式，而不同国家和区域的华文书写，除了带着不同地域的生存境遇，共同散发着中华文化传统的存在气味外，还常常将世界意识与寻根愿望连接在一起，呈现出一种“散存结构”的华人族群书写。随着学术界和批评界对华文文学的研究逐步走向深入和研究品格的渐次确立，如何更好地寻找问题的切入点或支点，以及理论批评话语对海外华文作家和文本进行有效而准确的解读；如何在阐释中更理想地窥探在异质文化土壤上，谋求发展的海外华人灵魂的真实跃动；如何对新移民作家经历了重大人生转型和处于中西文化夹缝中寻求生存的文学写作与作家心态，进行深入思考和探讨等，驱使我们对华文文学之所以得以维系及整合的人文风貌展开系列研究。

**（二）知识碰撞的对话之弦**

要诠释复杂丰富的、跨疆越域的、在多元文化语境中生成的海外华文文学（包括不同文化形态的华文文学及双语文学），即便其本身具有巨大的挑战性、新奇的诱惑力和相当的刺激性，无论如何都需要从全球视野出发，采取东西文化对话和华文文学内部的对话的方式，以开放的心态和多元并存的姿态来建构与发展自身的一整套相对完善的批评理论。谈何容易？这不仅仅是地缘或族性（即华人社会）就能够加以解读和阐释得了的。就此而言，“世界华文文学”的命名有其欠周延的一面，同样模糊了一些必要的界线。这种“越轨”有可能改变华文文学的本质属性，同样难以获得人们的普遍接受和认同。况且，在当前海外华文文学研究正走向“青春成长期”的特定境遇下，我们的批评理论资源还相当薄弱，或者说，还有许多处女地急需我们去拓垦，还有许多新的学术增长点等待我们去挖掘。诚如著名学者王赓武在《只有一种华人离散族群?》（A Single Diaspora?）一文中所指出的，单单中国境外的华人，由于身份认同之不同，用英文时，Chinese Overseas、Overseas Chinese Ethnic Chinese、Huaqiao、Huayi 等名词都可以使用，各有其理由，各有需要。因此，同样以跨界越域的方式寻找或“拿来”各种能为我所用的理论资源来诠释华文文学，交流与对话，无疑是我们寻求更多共识的学理之弦。

自然，无论在东方或者西方都同样有着许多值得我们加以借鉴和采用的理论资源。当然，作为一种世界性、跨域性等多重色彩交融于一身的华文文学，其研究视野应是开阔的、开放的，只要合适，得心应手，都将有助于提升华文文学创作与研究的品质。放眼西方的许多论述，如赛义德的《知识分子的放逐、外侨与边缘人》、《放逐思考》及《在外面：边缘化与当代文化》、《放逐的感觉》等论著中的观点，又如戈慈（Clifford Geetze）在《本土知识》所使用的本土知识，波狄奥（Pierre Bourdieu）所谓的文化生产现场（Field of Cultural Production），还有德里达、德勒兹、霍尔、詹明信、亨廷顿等西方学者的有关论述，当可作为“他山之石”，提供展开对话的可行性。海内外华人学者和华文作家也充分意识到分散世界各地的华文书写的特质和蕴含的价值，已渐次打开视野展开探讨，出现了像王润华的《华文后殖民文学——中国、东南亚的个案研究》、《从浪子到鱼尾狮：新加坡文学中华人困境意象》，白先勇的《新大陆流放者之歌》，简政珍的《放逐诗学》，林幸谦的《当代中国流亡诗人与诗的流亡》等论述，并就相关话题借用后殖民文化理论进行思考和对话。

在海外学界，对远离母土散居各地的华人及其华文文学的探究，作为华人生活中的一项有意味的对话活动很早就开始了。1989 年新加坡就举办过“华文文学大同世界国际会议”，以“大同世界”为主题。在会上，来自包括两岸三地在内的世界各地的学者，以知识碰撞、求同存异的对话，讨论了一系列有关华文文学整合建构的论题，诸如“多元文学中心”、“双重经验书写”等，对华文文学研究的理论与实践，起到了积极的推动作用。之后由美国柏克莱加州大学亚裔研究系于 2002 年 11 月主办的“开花结果在海外——海外华人文学国际研讨会”，重点围绕着华人文学书写进行广泛而深入的对话。2006 年春天，由华人学者王德威主持的美国哈佛大学东亚系，诚邀遍及各国的华文作家及留美中国学生，以“华语语系文学研讨会”作为主题，从另一种视角就中国想象与中国经验等多元跨国的现代性话题，与中国大陆的海外华文文学研究展开对话，同时对“华语语系文学”概念的内涵作出新的理论阐释。

“对话”之弦自然不为海外华文文学之专有。探究其源流，中国的孔子、墨子早有关于“对话”的知行观，西方的“交流与对话”理论晚出于知识界。在知识碰撞中对话，也不仅限于华文文学研究，且在创作中也有践行。对话可以打破体现于权力和利益关系的西方偏见，也可以在知识的发展与会通中对一些概念与命题作出更合理的解释。例如对“财富”这一观念，一般都仅仅视之为物质的或矜贵的东西。而旅美作家卢新华在其《财富如水》中，与东西方读者对谈的话题，则是“合天道，衡人欲”的财富观。在他看来，“财富”的“水相”终究是空相，其深层意义还在于如何公正合理、和平稳健地进行财富创造与分配，打破社会长期以来在财富的创造、积累、享受等认知问题上所生成的种种误区，建立一种可帮助人类社会持续发展的财富观。作者一扫几百年以来西方资本主义社会所奉行的线性发展认识，认为财富有聚则有散，散是为了更好地聚，犹如大海一般，日增不见其多，日损不见其少，如此循环往复，生生不息。这种辩证的知性见解，为正在极力创造财富的发展中国家和一些已累积了大量财富的发达国家开出了药方，使浮躁的世人和功利的商界梦醒。这也是东西方知识与观念碰撞、对话的一个积极成果。

**（三）治学境界的“十六字”之弦**

这里所讲的“十六字”，即“本土立场、问题意识、还原历史、弥合断裂”的知识立场与姿态。

所谓“本土立场”，就是在“古今之变”和“中西之辩”的文学进程中，作为华文文学研究，需在面向世界的开放体系中，维系文化的、民族的、语种的根性，恪守主体性的文学叙述。这不是怀旧和退守，而是经过现代性、全球化洗礼的学人应有的立场、襟怀与气度。那种西方文学观念（即便是先锋的、前卫的）机械移用的操作，很容易对华文文学的真相造成遮蔽，是值得警惕的。况且，海外华文文学研究不应当也不可能成为西方学术语言的回音壁。

所谓“问题意识”，就是在海外华文文学的新问题不断浮现于前沿、老问题又时有复现的当今，在缺乏先在的或预设的答案时，“问题化”的凸显，意味着对陈旧的知识与经验的片面性、局限性的质疑和修补。海外华文文学的实践经验还同样说明，问题往往不是意识的简单外化和主观认定，而是根源于海外生活与文学现实的矛盾冲突。只要按照事物本来面目及其产生的根源来理解事物，任何深奥的知识命题都会返璞归真。在通常情况下，特定的历史现场、生存环境的感染、文学诉求的焦灼，都会表现在作家所面对的问题之中。我们的主要困难不是现存的答案，而是问题的揭示，是继续深入思考人生和艺术中的问题，并产生真实的想法。这种问题和想法，不仅是自己的，而且也是足以引起国际学界注目与共鸣的。

所谓“历史还原”，就是在已有一个多世纪的海外华文文学历程中，去“打捞”和触摸已逝的文化精灵，让那些在风雨中变得模糊的事实重新恢复真貌，让在泡沫中曾被随意改写的东西“完璧归赵”，并且在这种历史还原中，以“思想”去寻找价值，用“学术”来承担历史的拷问。

所谓“弥合断裂”，就是鉴于海外华文文学学术史实际上产生过因历史割断、地域切割和各自为政而造成的“分裂”现象，有必要用既传统又现代的思路，有效地、整体地把握海外华文文学的百年血脉，以互相回应、互补优长。而“弥合断裂”，必然引出“和合”的观念。这种“和合”的思维，确认华文文学是一个整体；整体包含许多部分；部分之间有机联系；了解事物，分析作品，需要观其会通；考察文学时，与天地同呼吸，一地书写与天涯美学相缩结，以展现华文文学的大同世界。

求“海外华文文学”之发展，同样要有一种陈寅恪先生指点的“旧途径之真精神”。“旧途径”就是以不变应万变的文学的内在法门，文学的固有规律；“真精神”该是寻求变数、启动辟思的睿智而朴茂的审思穷达，不断探索。朱熹有诗曰：“旧学商量加邃密，新知涵养转深沉。”就文学研究的精神而言，“学”唯求旧，“知”则求新；“学”贵旧传统，“知”期新启发；有“旧”方有“新”可达，有“新”可使“旧”发芽。创新是文学发展的生路。

应当承认，西方人对中国文学及华文文学的流播，其实是很关注的，西方汉学中有一部分是在研究当代的海外华文文学。然而，海外华文文学并没有因为这种关注而显露真正的光芒，一个重要的原因是海外华文文学中精粹的部分尚未得到充分的诗学阐释。同样，也应该看到，海外华文文学在中国现当代文学界尽管开始受到越来越多的重视，但这种重视在中国学界又有远近、亲疏之别，并且所使用的知识谱系与语言系统又多以西方学术语言为主导，仅仅用西方的概念、理论、视角去解读海外华文文学，毕竟在一定程度、一定层次上不可能完全说得明白。因之，中国及海外的学者负有一个重要的责任，就是在跨文化的语境以及文学与史学、人类学、心理学、哲学、宗教学等其他学科的交叉中，寻找疑点、难点，享用智慧的愉快，自觉地进行学术推演，不断地开发新思维，创辟新领域，用当代人容易接受的语言，走辩证整合的研究之路，来阐释华文文学经验中那些最有价值的知识命题与话语实践，来建构和完善海外华文文学的概念体系。

## 三、以道观器

一般来说，学术研究是传承和发展的过程，其基本要求是“纵深性发展”而不是“平面性拓展”。作为“纵深性发展”，需要以对于学科领域已有成果的盘点与述析为基础性工作。即便我们主观上力求重视这一“基础性”，但事实上，目前我们对于海外华文文学知识谱系中相关文献的综述，对于整个学科领域以及子领域问题的解读，对于它所面临的现实挑战的探讨等，都还是粗略的，不足以说明已走上“纵深性”的轨道。

无论是书写者还是研究者，我们对历史、对现实、对文学本身，都应当负有一种愧疚感。不妨想象一下，在海外华文文学领域，有多少作家真正以自己独有的个性、艺术的良知去介入并拓展了历史的记忆？有多少作家的书写真正从深处与原乡或异邦的土地相联系以至于有灵魂的沟通？有多少文学作品去见证其他艺术样式无法描绘的人性存在和染乎世情的变化？有多少文学家笔下出现了诸如唐·吉诃德、高老头、葛朗台、于连、安娜·卡列尼娜、玛丝洛娃、爱玛、格里高尔、帅克、葛里高里、阿Q等对人与时代作双重探求的“共名”型人物形象？又有多少当下的作家在面对权力、金钱、名利时，不仅耐得住寂寞，更能守住文学立场，守住精神情操，守住作为审美的语言艺术那纯美、圣洁的理想和精致、灵动的表达？毕竟，海外华文文学所寻求的那种有普适意义又独具审美魅力的伟大杰作，至今还没有出现于世界文学之林。

这就是说，理性考辨仍然脱离不了研究对象——作家作品是否具有“高技术含量”及其“放射”出的种种可探性元素。不消说，海外华文文学的作家作品，作为一种精神之旅，也是一种话语实践。这种话语实践，无疑被确定在特殊的时间和空间里，文学的时空又由时代和那些既定的社会、经济、地理、文化、语言、意识形态等诸多方面，确定了阐释功能实施的主客观条件。话语实践的丰富性、差异性、动态性与不规则性，为我们认知多元共生的海外华文文学提供了欲说还休的源泉。但对于作家作品的诗学考辨，倒是让我们看到了它的凸显性构成了皮埃尔·布迪厄所说的那种“文学场”。正是在这个“场域”里，海外华文文学凸显了它的延异（由中华本土文化延伸、远行、播撒，并在时间上产生差异，在空间上发生变异）、回翔（在汉语语系的苍穹里盘旋、回荡、呼应、和鸣），从而留下了以“踪迹”的形式把文学的历史留住，向世界展示自强不息的念想与践行。这个“场域”因之也就有了和中国本土文学不尽相同的“异质性”。

气；有在回答世界与人生命题中展示尽善尽美的一面的文化精神等。上述这些学理性期待，也是海外华文文学极需担当的学科建设之重任。

## 【参考文献】

[1]［法］米歇尔·福柯．词与物——人文科学考古学［M］．莫伟民译．上海：上海三联书店，2001. 5～8.

[2] 钱穆．湖上闲思录［M］．北京：生活·读书·新知三联书店，2000. 33～35.

（原刊于《暨南学报》2012年第6期）